Edition Akzente
Herausgegeben von
Michael Krüger

Boris Groys

Politik der Unsterblichkeit

Vier Gespräche mit Thomas Knoefel

Carl Hanser Verlag

1 2 3 4 5 06 05 04 03 02

ISBN 3-446-20139-4

Umschlag nach einem Entwurf von Klaus Detjen
unter Verwendung von: Ilya Kabakov, *Noma*,
Kunsthalle Hamburg 1993 (Foto: Natalia Nikitin)
Satz: Filmsatz Schröter GmbH, München
Druck und Bindung: Friedrich Pustet, Regensburg
Printed in Germany

Inhalt

Der Leichnam des Philosophen

Herr Groys, wir wollen heute über einige elementare Fragen und Grundprobleme der Philosophie sprechen. – Deleuze und Guattari schreiben in ihrem letzten Buch, dass die »Frage Was ist Philosophie? *sich erst spät stellen lässt, wenn das Alter naht und die Stunde, um konkret zu werden … gegen Mitternacht, wenn es nichts mehr zu fragen gibt«. Auch wenn, wie ich annehme, Sie einer solch romantischen Formulierung nicht zustimmen würden, und ohne zu wissen, ob einem von uns die Stunde naht, möchte ich das Gespräch eröffnen mit der Frage: Was ist Ihr Verständnis von und Ihr Antrieb zur Philosophie?*

Ich kann diese Frage mit einem Wort beantworten: Selbsterhaltung. Ich meine hier: das Streben nach Unsterblichkeit. Und als Mittel: die Selbstpositionierung im philosophischen Feld. Die philosophischen Fragen sind von der Art, dass sie nicht beantwortet, nicht erledigt werden können. Sie können nicht aufhören, sie werden nie gelöst, und man wird von ihnen auch nicht erlöst. Dadurch unterscheiden sich die philosophischen Fragen etwa von den wissenschaftlichen Fragen. Die wissenschaftlichen Fragen werden irgendwann beantwortet, oder sie werden anders formuliert. Auf jeden Fall sind die wissenschaftlichen Fragen endlich, sterblich. Die Wissenschaft vergeht – damit vergehen aber auch alle individuellen Beiträge zur wissenschaftlichen Forschung: Sie bleiben, wenn überhaupt, nur als Gegenstände einer spezifischen Wissenschaft erhalten – nämlich der Wissenschaftsgeschichte. Dagegen sind die philosophischen Fragen ihrem Wesen nach nicht beantwortbar – und damit unsterblich. Diese Fragen markieren einen geschichtlich stabilen Sprachraum, in dem individuelle Diskurse ihren Platz finden und ihre Gültigkeit dauerhaft erhalten. Dieser Sprachraum der Philosophie ist sogar stabiler als Kunsträume, die doch auch eine längere geschichtliche Dauer beanspruchen, denn unser Verhältnis zur Kunst wird weitgehend von der jeweils herrschenden Mode diktiert. Für die Wahrnehmung eines literarischen Texts ist seine Form entscheidend – unsere ästhetischen Präferenzen ändern sich aber mit der Zeit. Nun darf der Philosoph durchaus schlecht, unschön, ungeschliffen und sogar unverständlich schreiben und sprechen – und kann trotzdem als ein wichtiger Autor gelten und einen prominenten Platz im Sprachraum der Philosophie bekommen. Das ist ein kaum zu unterschätzender Vorteil. Der Sprachraum der Philosophie verortet und bewahrt unsere Diskurse unabhängig davon, ob sie entsprechend dem aktuellen Stand der Wissenschaft formuliert sind oder nicht, ob sie schön klingen oder nicht. Dieser Raum, der gleichermaßen für all diejenigen offen steht, die in ihn eintreten wollen, die philosophieren wollen, gibt uns die Möglichkeit, uns in ihm frei zu positionieren und dauerhaft – eigentlich für eine unendliche Zeit – einzurichten.

Dabei möchte ich unterstreichen, dass man sich erst dann ernsthaft der Philosophie oder der Kunst widmet, wenn man nicht ernsthaft an eine außerkulturelle, außergeschichtliche, ontologische Garantie der Unsterblichkeit glaubt. Wer an Gott, den Weltgeist, das Sein, das Unbewusste oder etwa an den absolut Anderen glaubt, der braucht sicherlich nicht philosophische Diskurse zu entwickeln oder Kunstwerke zu schaffen, die für die Dauer angelegt sind. Dann reicht die ontologische Garantie allein, der man vertraut, dass sie auch ohne eine Intervention dem Untergang aller Dinge Einhalt gebietet. Wer aber in Bezug auf die ontologische Garantie der Unsterblichkeit zum Skeptizismus neigt und trotzdem für die Unsterblichkeit optiert, der beginnt, die Politik der Unsterblichkeit oder zumindest die Politik der langen Dauer zu praktizieren. Er beginnt nämlich, dafür zu sorgen, dass bestimmte Diskurse – und seien es auch die Diskurse über Gott oder das Unbewusste – strategisch positioniert werden, erhalten werden, institutionell verankert werden. Eine grundsätzliche Option für die Unsterblichkeit führt hier also zu einer Option für die geschichtliche Dauer.

Sie schildern, wenn ich Sie recht verstehe, einen wittgensteinschen Ansatz?

Nein, das würde ich nicht sagen. Wittgenstein meint vielmehr, dass wir erlöst werden sollen von den philosophischen Fragen. Er will den philosophischen Sprachraum beseitigen, den er als einen Raum der freizeitlichen, unverbindlichen Verwendung der Sprache versteht. Wittgenstein lässt nur diejenigen Fragen gelten, die beantwortet werden können. Alle anderen, das heißt die genuin philosophischen Fragen, will er dagegen verbieten – oder vielmehr die philosophisch Fragenden einer Sprachtherapie unterziehen, die sie von dem Wunsch befreit, philosophische Fragen zu stellen.

Zumindest glaubt er, dass nicht wir, aus einer eigenmächtigen Entscheidung heraus, beginnen, sondern dass die Fragen der Philosophie mit uns beginnen.

Wittgenstein spricht in der Tat davon, dass wir in eine Sprache hineingeboren sind, die die Möglichkeit eröffnet, Fragen zu stellen, die sich nicht beantworten lassen, das heißt unsinnige, vergebliche Fragen. Diese Tatsache bedeutet für Wittgenstein, dass die Sprache ursprünglich krank ist – und die Philosophie ist nur ein Symptom dieser Krankheit. Deswegen schlägt Wittgenstein eine Sprachtherapie vor, die uns von der Erkrankung durch die philosophischen Fragen bewahren soll. Wittgenstein will also die Sprache gesund machen, sie von der Krankheit Philosophie kurieren. Das scheint sicherlich auf den ersten Blick ein nobles Unterfangen zu sein, denn wir neigen quasiautomatisch dazu, das Gesunde dem Kranken vorzuziehen. Ganz besonders leitet in unserer gegenwärtigen Kultur das Streben nach der Gesundheit die meisten unserer Aktivitäten. Daher rührt der immense Erfolg der therapeutischen Praktiken und Diskurse, den wir heutzutage erleben. Sogar Sex wird inzwischen allein dadurch für gut gehalten, dass er in richtigen Dosen der Gesundheit zuträglich ist.

Die eigentliche Frage, die sich hier stellt, ist aber die folgende:

Sollen wir in der Tat das Gesunde dem Kranken vorziehen? Wir wissen nur zu gut, dass die Gesundheit vergänglich ist, wohingegen die Krankheiten dauern. So viele gesunde Menschen sind irgendwann wegen unterschiedlicher Krankheiten gestorben, Generationen nach Generationen. Aber die Krankheiten sind im Wesentlichen die gleichen geblieben – und kehren immer wieder zurück. Sogar Cholera und Pest, die für eine Weile ausgerottet zu sein schienen, treten immer wieder auf. Derjenige, der die Ewigkeit – oder zumindest die ewige Wiederkehr – dem Kurzfristigen vorzieht, wird sich also lieber mit der Krankheit als mit der Gesundheit identifizieren. Wissenschaftler denken in der Regel therapeutisch. Aber Philosophen und Künstler tendieren meistens dazu, wie eine Krankheit zu wirken, von der die Menschheit für immer geplagt werden soll. Zumal der Unterschied zwischen Gesundheit und Krankheit ein relativer ist: Wenn sich der Mensch, in dem sich verschiedene Bazillen und Viren vermehren, auch schlecht fühlt, fühlen sich die Bazillen und Viren dabei wunderbar – und als Philosophen, die einen allgemeinen, unparteiischen Standpunkt vertreten wollen, können wir dem Wohlbefinden bestimmter Wesen gegenüber dem Wohlbefinden anderer Wesen nicht eindeutig den Vorrang einräumen. Nun wollte Wittgenstein sicherlich sowohl die Krankheit sein wie auch die Therapie – und das sei ihm gegönnt.

Um die eingangs schon zitierten Deleuze und Guattari aufzugreifen: Die beiden drehen Ihre Definition von Philosophie um, wenn sie schreiben: »Die Philosophie ist die Kunst der Bildung, Erfindung, Herstellung von Begriffen.«

Das ist für mich eine sehr problematische Definition, weil sie sehr viel voraussetzt und sehr viel offen lässt. Zum Beispiel stellt sich die Frage, ob die Begriffe etwas sind, was wirklich erfunden werden kann. Sind denn *alle* Begriffe, die wir benutzen, erfunden – von jemandem, von irgendwelchen Philosophen? Sind zum Beispiel die Begriffe Bildung, Erfindung, Herstellung, die Deleuze und Guattari in ihrer Definition benutzen, etwa auch erfunden – vielleicht von den Autoren selbst? Und wie ist es mit dem Begriff »Begriff«? Aber wenn die Begriffe, und zwar ausnahmslos *alle*, nicht erfunden sind, dann können auch wir die Begriffe nicht erfinden – dann können wir sie nur benutzen. Die Begriffe sind uns genauso vorgegeben wie die philosophischen Fragen. Wir können aber mit diesen Begriffen wie auch mit den philosophischen Fragen auf unterschiedliche Weisen umgehen – und zwar durchaus individuell und originell. Daraus ergibt sich eben die Möglichkeit der Selbstpositionierung im Sprachraum der Philosophie, von der ich gesprochen habe. Die philosophische Arbeit vollzieht sich nicht auf der Ebene der Produktion, und sei es auch der Produktion der Begriffe, sondern auf der Ebene des Konsums. Der Philosoph konsumiert Begriffe, Fragen, Formeln, rhetorische Figuren und traditionelle Verfahren der Philosophie auf seine eigene Weise – dadurch kann er sich auch in Bezug auf die anderen positionieren. Müsste der Philosoph den Sprachraum, in dem er agiert, jedesmal neu erfinden, neu herstellen, wäre seine Arbeit vergeblich und irrelevant. Die Frage, ob ich die Begriffe, die ich benutze, erfinden kann oder nicht, gehört übrigens ihrerseits zu den philosophischen Fragen, das heißt zu den Fragen, deren Beantwortung zu gewissen Entscheidungen *innerhalb* dieses Raumes führt. Es handelt sich hier also um keine Antwort auf die Frage: Was ist die Philosophie?, sondern um eine relativ undeutliche Antwort auf die Frage, welche die Position von Deleuze und Guattari *innerhalb* des philosophischen Sprachraumes ist.

In unseren früheren Gesprächen nannten Sie drei Philosophen, in deren Tradition Sie sich sehen: Kierkegaard, Husserl und Wittgenstein. Wie würden Sie diesen »Ast« des philosophischen »Stammbaumes«, diese genealogische Linie – vorausgesetzt, es gibt eine solche – in Verbindung zu Ihnen charakterisieren? Handelt es sich um die Stammväter unserer jeweiligen Diskurse?

Ich möchte in diesem Fall nicht von einer Genealogie oder von Vätern reden. Wenn wir in den Sprachraum der Philosophie eintreten, stellen wir sofort fest, dass dieser Raum schon ziemlich dicht möbliert ist. Hier steht ein großer Schrank namens Heidegger, da finden wir ein Sofa namens Kant, dort eine ganze Kücheneinrichtung namens Hegel. Das bedeutet: Die anderen Philosophen sind für mich nicht Vaterfiguren, sondern vielmehr Möbelstücke, die man benutzen kann – oder auch nicht. Man kann sich zum Beispiel im Heideggerschrank einschließen und sich dort für alle Ewigkeit einrichten – in ewiger Verzückung darüber, wie wunderbar unbequem dieser Schrank doch ist, sodass er einen zwingt, immer wachsam zu bleiben. Man kann sich aber auch auf das Kantsofa legen und dort einen gesunden Professorenschlaf genießen usw. Nun gibt es aber Möbelstücke, an denen man sich ständig stößt, wenn man sich im Sprachraum der Philosophie frei bewegen will. Was auch immer für eine Denk- oder Sprachbewegung man unternimmt, muss man feststellen, dass da irgendetwas steht oder hängt, was einen daran hindert, unbekümmert weiterzumachen. Für mich sind solche Möbelstücke eben vor allem Kierkegaard, Husserl und Wittgenstein. Für andere sind es andere Namen – und anders gelagerte Möbelstücke.

So stellt sich die Frage: Warum haben gerade diese Philosophen für mich eine solche Bedeutung – und nicht andere? Der Grund besteht wahrscheinlich darin, dass ich, wie jeder andere Autor, beim Schreiben quasiautomatisch dazu tendiere, mit Unterscheidungen zu operieren, die auch für den potentiellen Leser nachvollziehbar sein sollen. Man will sich verständlich machen und rekurriert auf Oppositionen, von denen man als Autor annimmt, dass sie den Lesern ebenfalls vertraut sind. So schreibt man fast unvermeidlich irgendetwas vom Typ: Bis heute war die Welt so und so – und ab heute ist sie anders geworden, wobei dieses »heute« durch alles Mögliche ersetzt werden kann, wie etwa die Französische Revolution, das Aufkommen des Internets, den Zweiten Weltkrieg, die Klonierung eines Schafs, die Bombardierungen Serbiens, den Aufstieg von Prada. Letztendlich ist damit aber die eigene Schrift gemeint, durch die alles erhellt werden soll, was früher dunkel war, beziehungsweise durch die alles verdunkelt werden soll, was früher hell zu sein schien. Man kann nicht anders argumentieren als mittels der etablierten, allgemein bekannten, in der Sprache verankerten Unterscheidungen, wie ich es gerade gemacht habe, als ich unterschieden habe zwischen Wissenschaft und Philosophie oder zwischen Genealogie und Möblierung. Deswegen sind diejenigen Philosophen für das eigene Sprechen und Schreiben besonders gefährlich, die gerade dieses tragende Gerüst der Unterscheidungen in Frage stellen. Sobald wir beginnen, an der explikativen und illustrativen Evidenz der sprachlichen Unterscheidungen zu zweifeln, kollabiert jede Rhetorik, verschwindet die unmittelbare Überzeugungskraft eines jeden Diskurses. Und genau das passiert, wenn man die Schriften von Kierkegaard, Husserl oder Wittgenstein liest. Ihnen kann man auch die Schriften von Derrida hinzufügen. Denn durch diese Schriften werden alle gewohnten wie auch alle neu eingeführten Unterscheidungen gleichermaßen unglaubwürdig gemacht. Und damit wird jede Rhetorik, die sich anders nicht entfalten kann als durch solche Unterscheidungen, von Anfang an außer Kraft gesetzt.

Kierkegaard stellt fest, dass wir keine Kriterien haben, die es uns erlauben würden, zwischen Gott und Mensch zu unterscheiden: So unterscheidet sich für ihn die Figur Christi nicht von der Figur eines jeden Wanderpredigers der damaligen Zeit – eine Einsicht, die später von den Monty Python in ihrem Film »The Life of Brian« gut illustriert wurde. Husserl akzeptiert ebenfalls keine fertigen Unterscheidungen, sondern fragt stattdessen nach dem Vorgang ihrer Konstituierung. Wittgenstein löst alle festen Unterscheidungen in der Mannigfaltigkeit der unzähligen Sprachspiele auf. Und Derrida hat aus der Dekonstruktion unterschiedlicher Oppositionen sein Hauptgeschäft gemacht. So fühlt man sich ständig verlegen, wenn man in der Präsenz dieser Diskurse mit Oppositionen und Unterscheidungen rhetorisch unbekümmert umgeht. Aber wie kann man anders sprechen, wenn nicht mittels

Unterscheidungen und Oppositionen? So fühlt man sich dazu gezwungen, das Gerüst der eigenen Rhetorik einer Renovierung und erneuten Legitimierung zu unterziehen.

Es sind Autoren, die einen subjektzentrierten Diskurs führen, die, wie Sie, das Subjekt als »Macher« des Diskurses, der Literatur, der Künste einsetzen. Das Subjekt und nicht das »Sein« inszeniert.

Ja und nein. Sie denken in der Tat alle subjektzentriert, aber sie bekennen sich nicht auf die gleiche Weise zum Subjekt und sind auch in anderen Hinsichten sicherlich recht unterschiedlich. Hier muss man differenzieren und kann eigentlich nicht in einem Atemzug über alle diese Autoren sprechen.

Mir geht es, vereinfachen wir ruhig, um das Gemeinsame.

Gemeinsam – in Bezug auf das Subjektive ist es sicherlich der Fall – ist diesen Autoren, dass sie das Subjekt nicht als etwas Vorhandenes voraussetzen, sondern das Subjektive gerade im Ausweichen vor einer allgemeinen und sich an die Allgemeinheit richtenden Rhetorik suchen. Das Subjekt entsteht im Grunde erst durch dieses Ausweichmanöver – dadurch zum Beispiel, dass der kierkegaardsche Held die Unmöglichkeit der Unterscheidung zwischen Göttlichem und Menschlichem einsieht und infolgedessen die ganze traditionelle erbauliche Rhetorik verwirft, die an diese Unterscheidung appelliert. So wird dieser Held zur eigenen Entscheidung, zur eigenen, objektiv unbegründbaren Unterscheidung gezwungen – und wird dadurch zum Subjekt. Nicht anders ist es bei Husserl: Das Subjekt ist das Subjekt der phänomenologischen Einstellung, die dadurch gewonnen wird, dass der Philosoph einsieht, dass es keinen nachweisbaren, sichtbaren Unterschied gibt zwischen einer real existierenden und einer bloß imaginierten, virtuellen Welt.

Das Subjekt im etymologischen Sinn seiner Bedeutung, als Grundgeber, zugrunde Gelegtes, auf das wir bauen können, das eine ganze Welt trägt – dieses Subjektum ist passé.

Ja, wenn das Subjekt als etwas Evidentes verstanden wird – oder sogar, wie bei Descartes, als letzte und größte Evidenz, auf die wir in der Tat bauen können. Ein solches Subjekt ist passé. Wenn nun aber das Subjekt nicht mehr als ontologische Voraussetzung unseres Denkens und unserer Tätigkeit fungieren kann, bedeutet dies noch lange nicht, dass wir so etwas wie das Subjekt nicht produzieren können. Vieles, was es in der Welt nicht gab – Traktoren zum Beispiel oder Flugzeuge – und was nicht ontologisch verankert war, haben wir entworfen und hergestellt, und jetzt fahren und fliegen diese Maschinen. Daraus, dass sie nicht ontologisch verankert sind, folgt nicht, dass sie nicht funktionstüchtig sind. So können wir auch das Subjekt herstellen – und zwar durch unser Vertrauen oder Misstrauen, durch die Feststellung einer Schuld oder einer Unschuld usw. Wir haben in unserer Kultur verschiedene Verfahren, mittels deren wir bestimmte Worte oder bestimmte Taten bestimmten Subjekten zuschreiben. Zu behaupten, dass diese Verfahren »objektiv« falsch sind und dass wir solche Zuschreibungen gar nicht vollziehen können, weil es das Subjekt »in Wirklichkeit nicht gibt«, ist völlig absurd. Es ist ganz klar, dass es völlig irrelevant ist, ob es das Subjekt vor einer solchen Zuschreibung gibt oder nicht, denn im Rahmen einer solchen Zuschreibung gibt es dieses Subjekt auf jeden Fall. Die Zuschreibung oder die Übernahme einer subjektiven Verantwortung sind Operationen, deren Wirksamkeit völlig unabhängig davon ist, ob es das Subjekt im ontologischen Sinne gibt oder nicht.

Also können wir das Subjekt »bauen« und dann wiederum auf dieses Subjekt bauen.

Genau. Wir können das Subjekt einsetzen, nachdem wir das Subjekt produziert haben. Kierkegaard, Husserl und Wittgenstein sind auch diejenigen, die uns zeigen, *wie* das Subjekt produziert wird, *wie* das Subjekt als ein nicht ontologisch verankertes, künstliches Subjekt hergestellt werden kann. Indem diese Autoren dem allgemeinen Raster der Unterscheidungen entgehen, indem sie die Rhetorik, die an dieses Raster appelliert, außer Kraft setzen, übernehmen sie eine persönliche, subjektive Verantwortung für ihr Schreiben und ihre philosophische Praxis. Und dabei zwingen sie uns auch dazu, diese ihre Übernahme der Verantwortung zu akzeptieren, denn wir spüren deutlich, dass wir keine gemeinsame Sprache mit ihnen mehr haben, dass alles, was wir von ihnen hören oder lesen, keine allgemein etablierte und nachprüfbare Gültigkeit besitzt – und so können wir nur sagen, dass diese Autoren allein in ihrem eigenen Namen und unter ihrer eigenen Verantwortung reden und schreiben.

Gestatten Sie noch eine Frage zu Ihrer eigenen Positionierung im philosophischen Feld. Ihr Diskurs betont die materiellen Träger und damit die Endlichkeit des Denkens, der Archive, der Kunst, die materielle Basis aller Prozesse und deren Produktionsweisen. Daneben findet sich das »Readymade« und dessen Verfahren – so auch in unseren ersten Gesprächen – als ein immer wiederkehrender Begriff, wie auch die Frage: Wie tut man etwas, ohne es zu tun? Wie schöpft man – ohne Anstrengung, ohne zu arbeiten – souverän, mit der Leichtigkeit eines Augenblicks? Scheint es nur so, als setzten Sie auf dieser Linie den marxistischen Diskurs fort? Sind Sie ein »Linker«, ein später, postmoderner Marxist?

Ja – oder eigentlich nein.

Ja oder nein?

Ja und nein. Zunächst einmal: Es gibt im späten neunzehnten und im zwanzigsten Jahrhundert keine interessante Philosophie, die nicht marxistisch wäre. Marx hat uns etwas gelehrt, was absolut notwendig ist für unser Denken heute: Die Idee muss sich durchsetzen, um uns als eine richtige erscheinen zu können.

Jede durchgesetzte Idee ist eine wahre Idee?

In gewissem Sinne ja. Eine Idee muss sich uns zunächst präsentieren, damit wir sie überhaupt nach ihrer Richtigkeit befragen können. Und eine Idee kann sich uns nur dann präsentieren, wenn sie von bestimmten realen, materiellen Kräften getragen wird. Wenn sie aber von solchen Kräften getragen wird, dann macht es auch wenig Sinn zu sagen, dass sie falsch ist, denn ein solches Urteil allein bringt diese Idee nicht zum Verschwinden. Deswegen sagt Marx, dass die herrschenden Ideen immer die Ideen der herrschenden Klasse sind. Die Ideen können also nicht durch andere Ideen bekämpft werden – vielmehr müssen die Kräfte real bekämpft werden, die diese Ideen tragen, damit diese Ideen verschwinden. So agiert auch de facto die gegenwärtige Literatur- und Kunstkritik: Sie kritisiert eigentlich niemals, sondern lobt nur oder verschweigt – in der Hoffnung, dass die tragenden Kräfte an Kraft verlieren, wenn sie nicht mehr erwähnt werden. Nun muss man sich allerdings fragen, welcher Art die Realität ist, in der sich die Idee zeigt: Was ist der Kontext der Präsentation einer Idee, eines Kunstwerks, eines philosophischen Textes?

Im heutigen theoretischen und künstlerischen Milieu sind vor allem soziologische Erklärungsmodelle populär, die letztendlich das real existierende, gegenwärtige Publikum als primären Erscheinungskontext der Kunst und Philosophie setzen – wenn auch das Publikum dabei höflich als »Gesellschaft« bezeichnet wird. Bourdieu interpretiert jede künstlerische und theoretische Produktion als bloße Reaktion auf die gesellschaftliche Nachfrage, und Luhmann, der heutzutage eine zumindest auf den deutschen Sprachraum begrenzte Renaissance erlebt, meint ebenfalls letztendlich das Publikum, wenn er kryptisch vom »Betrachter« spricht. Der Erfolg dieser und anderer soziologischer Theorien wird durch die Überzeugung genährt, dass in einer modernen Marktwirtschaft die Produktion ausschließlich von der Nachfrage diktiert wird. Kunst und Theorie werden dabei als spezifische Waren interpretiert, deren primäre Aufgabe es ist, die Bedürfnisse und Wünsche eines zeitgenössischen, konsumierenden Publikums zu befriedigen – wie auch immer diese Bedürfnisse und Wünsche im Einzelnen definiert werden.

Was soll man aber über dieses gegenwärtige Publikum mit all seinen Bedürfnissen und Wünschen sagen? Das Erste, was man darüber sagen kann, ist, dass es sich um eine Ansammlung von Menschen handelt, von denen man annehmen muss, dass sie in einer durchaus absehbaren Zeit alle tot sein werden. Allein schon aus diesem Grund macht es also keinen großen Sinn, speziell für dieses Publikum zu schreiben. Und das bedeutet: Schon aus diesem Grund sind die heute herrschenden soziologischen Modelle unzureichend und unplausibel. Diese Modelle beschreiben vielleicht gut die Grundeinstellung von jemandem, der etwa Tomaten und Gurken produzieren und verkaufen will, denn diese Waren sind noch vergänglicher als ihre Konsumenten. Auch die Kleider sind inzwischen vergänglicher als die Menschen geworden. Bücher schreiben oder Kunstwerke zu produzieren bedeutet dagegen, von Anfang an damit zu rechnen, dass man Produkte herstellt, die ihre gegenwärtigen Konsumenten überleben können – und sich damit notwendigerweise an unbekannte, noch nicht geborene Leser und Betrachter zu wenden, deren Bedürfnisse und Wünsche ebenfalls unbekannt sind. Man schreibt letztendlich nicht für einen realen, sondern für einen utopischen Leser, der das Buch nicht nur mit größter Aufmerksamkeit liest und in ihm alles entdeckt, was der Autor »sagen wollte«, und nicht nur darüber hinaus im Buch einiges entdeckt, wovon der Autor nichts wusste, sondern der vor allem das Buch liebt. Und das Buch zu lieben bedeutet, dieses Buch mehr zu schätzen als die Wirklichkeit selbst. Ob ein solcher Leser schon heute lebt oder später geboren wird, oder ob er nur eine Traumfigur bleibt, ist letztendlich egal. Denn es handelt sich lediglich um eine regulative Idee, die für den Vorgang des Schreibens allerdings konstitutiv ist und durch keine

Beschwörung eines gegenwärtigen Publikums ersetzt werden kann.

Darüber hinaus ist diese Leserfigur viel weniger utopisch, als man meinen würde. Als ich jung war, habe ich viele solche Leser gekannt – und war auch einer von ihnen. Damals, in den fünfziger und sechziger Jahren, nachdem die wahre Beschaffenheit des stalinschen Systems vielen klar geworden ist, hat man angefangen, verbotene Bücher zu lesen, deren Autoren, wie etwa Mandelstam oder Charms, niemals mit solchen Lesern hätten rechnen können, falls sie ihrerzeit realistisch-pragmatisch, das heißt im Sinne Bourdieus und mit dem Ziel der Anhäufung von symbolischem Kapital geschrieben hätten. Wir hatten damals das Gefühl, dass die ganze uns umgebende Wirklichkeit vergiftet ist. Und deswegen wollten wir auch niemanden lesen, der die gleiche vergiftete Atmosphäre eingeatmet hat – was auch immer er dabei geschrieben hat. Wir hatten nur zu den Büchern Vertrauen, die eine andere Luft verströmten. Die Autoren dieser Bücher waren keine besonderen Avantgardisten, und sie haben auch keine Tabus gebrochen oder etwas Ähnliches getan. Avantgardistisch war vielmehr die Sowjetmacht, die viele Tabus gebrochen hat und deren Ästhetik durchaus provokativ und schockierend war. Vielmehr waren diese Autoren, als sie ihre Bücher schrieben, auf eine eigenartige Weise für die Wünsche ihres damaligen Publikums unempfindlich geblieben. Durch mysteriöse und wahrscheinlich ihnen selbst unbekannte Atemübungen konnten sie – zumindest zeitweilig – überleben, ohne die Luft ihrer Zeit, das heißt die sowjetische Luft, einzuatmen. Deswegen haben wir ihre Bücher viel mehr als die uns umgebende Wirklichkeit geschätzt.

Nun kann man sagen, dass es sich dabei um einen Ausnahmefall handelt – aber die Literaturgeschichte besteht aus solchen Ausnahmefällen. In den Zeiten der Renaissance und der frühen Aufklärung hat man mit dem gleichen Gefühl die Bücher der antiken Klassiker gelesen, die zu früh geboren waren, um die Luft einatmen zu müssen, die, wie man damals glaubte, durch das Christentum verpestet wurde. Und man weiß als heutiger Autor auch nicht wirklich, wie vergiftet und verpestet die Luft ist, die das heutige Publikum täglich einatmet. Deswegen bleibt einem als einzige Möglichkeit, sich an den nichtexistierenden, utopischen, imaginierten Leser zu wenden.

Nun gibt es aber auf der anderen Seite – und jenseits aller utopischen Vorstellungen von einem idealen Leser – die Realität der Kunst, der Literatur und der Philosophie als einer Ansammlung materieller Gegenstände, materieller Medienträger, die jenseits aller Vorlieben einzelner Leser oder Betrachter die Kultur weitertragen können – einfach kraft ihrer eigenen Materialität. Die solchermaßen materialisierte Kultur wird meistens durch bestimmte Institutionen wie etwa Bibliotheken, Museen oder universitäre Erziehungs- und Ausbildungsprogramme gepflegt. Diese Institutionen, die die Menschen dazu zwingen, sich mit der überkommenen Kultur zu beschäftigen, werden oft kritisiert. Man sagt, dass diese Institutionen dem Zeitgeist veraltete, irrelevant gewordene Traditionen aufzwingen, dass sie das Gegenwärtige blockieren, indem die das Alte pflegen und das Aktuelle durch die Brille der Tradition sehen wollen. So gibt man sich immer wieder sehr progressiv, sehr cool, sehr *up to date*, aber vor allem sehr kritisch, indem man die kulturelle Tradition im Namen der Gegenwart, im Namen der hier und jetzt existierenden Gesellschaft, im Namen des gegenwärtigen Publikums kritisiert. Aber so extrem kritisch und cool ist eine solche Kritik eigentlich nicht. Vielmehr handelt es sich um eine Anbiederung an den vermeintlichen Zeitgeist und um eine Schmeichelei in Bezug auf das real existierende Publikum. Viel interessanter und wirklich kritisch wäre es, die Gegenwart im Namen des kulturellen Erbes zu kritisieren, das heißt aus der kritischen Distanz heraus zu betrachten, die es in Bezug auf unsere eigene Gegenwart schafft. Denn dieses Erbe ist doch nicht anderes als die Summe der Visionen dessen, was sein könnte. Und so können wir diese Visionen mit dem vergleichen, was faktisch geworden ist.

Darüber hinaus ist es kurzsichtig, das kulturelle Erbe ausschließlich als etwas zu interpretieren, was institutionell abgesichert und vermittelt wird, und es dementsprechend einer soziologischen und institutionellen Kritik zu unterziehen. Da das kulturelle Erbe materiell ist, kann es auch außerinstitutionell aufbewahrt werden. So wurden viele Kunstwerke oder Texte in der Erde oder im Meer aufbewahrt, bevor sie ausgegraben beziehungsweise herausgefischt und ausgestellt wurden. Damit teilt das kulturelle Erbe übrigens das Schicksal aller anderen materiellen Dinge. Es sind nicht nur politische oder kulturpolitische Entscheidungen im Rahmen der Politik der langen Dauer, die dazu führen, dass bestimmte Bilder und Bücher aufbewahrt werden – und andere nicht. Dafür sind Erdbeben, Überschwemmungen oder Kriege nicht weniger verantwortlich. Man kann sich gut vorstellen, dass nach einer Katastrophe von globalem Ausmaß, wie sie in einschlägigen Hollywoodfilmen geschildert wird – zum Beispiel nach einem Zusammenstoß mit einem Meteoriten –, von allen zu unserer Zeit produzierten Büchern nur ein Kochbuch und ein Telefonbuch übrig bleiben. Dann werden diese zwei Bücher von den nachfolgenden Generationen nicht weniger verehrt werden als heute die Bibel oder der Koran. Das kulturelle Erbe beginnt viel früher als seine Institutionalisierung oder Soziologisierung – und endet viel später. Und die soziologischen Theorien, die die Kritik dieses Erbes betreiben wollen, bilden bloß einen Teil davon, denn auch sie brauchen materielle Träger für ihre Präsentation. Man darf nicht vergessen, dass eine soziologische Theorie ihrerseits nichts anderes ist als ein Buch. Und ein Buch ist eben ein Buch. Man kann ein Buch lieben – aber man kann von ihm doch nicht erwarten, dass es irgendetwas erklärt, legitimiert oder kritisiert. Ein Buch ist letztendlich ein Ding wie jedes andere – sein Platz ist auf den Regalen einer Bibliothek. Und auch ein Buch, das die Bibliothek als Institution der bürgerlichen Gesellschaft kritisiert, nimmt seinen Platz auf dem Regal ein oder – im Falle einer bedeutenden Katastrophe – unter der Erde oder auf dem Meeresgrund.

Wir können also keine »Soziologie der Soziologie« betreiben, von der Pierre Bourdieu spricht?

Nein, eine solche Soziologie der Soziologie kann es nicht geben. Es gibt allein die Möglichkeit einer Selbstpositionierung im Sprachraum der Soziologie. Für einen Soziologen ist es sogar ein Imperativ, sich in diesem Sprachraum zu situieren. Zugleich gibt es eine gewisse Freiheit, sich diesem Imperativ unterzuordnen oder nicht. Wir sind in Bezug auf solche Imperative nicht völlig unfrei, und das ist das Unsoziologische dabei.

Wenn wir uns diesem Imperativ nicht unterordnen, kommen wir dann wiederum zur »Eroberung der Mitte«, werden wir zu Agenten der Banalität?

Ja, aber in der Banalität lässt es sich gut leben, und das heißt, ich kann diese Möglichkeit durchaus wählen wollen. Wenn ich mich nicht selbst situiere, werde ich von den anderen situiert. Ich erkläre mich einverstanden mit dem Bild, das sich die anderen von mir machen, und damit, wie sie mich situieren. Und warum soll ich damit nicht einverstanden sein? Das ist eine mögliche, wenn auch banale Strategie, weil die anderen sich dabei nicht besonders anstrengen. Sie ordnen und klassifizieren mich nach schon bestehenden Kriterien und machen aus mir eine durch und durch banale Persönlichkeit. Nun kann ich natürlich sagen: Gut, damit kann ich leben. Wenn ich allerdings nicht damit einverstanden bin, dann sollte ich versuchen, etwas dagegen zu unternehmen, mich selbst anders zu präsentieren, als die anderen mich präsentieren.

Dem »Lob der Banalität« scheinen Sie nicht viel abzugewinnen: Sie arbeiten, wie Sie sagen, mehr und härter als viele andere und vertreten sich selbst auf Seiten der Produzenten.

Das Lob der Banalität ist immer zweideutig – zumindest existieren zwei Ebenen, auf denen wir über die Banalität sprechen können. Auf der einen Ebene kann ich das Bild, das die anderen von mir gemacht haben, übernehmen und mit ihm strategisch arbeiten: Das wäre ein Readymade-Verfahren …

... das Sie, wie es scheint, zum Teil selbst praktizieren.

Ja. Ich halte dieses Verfahren für eine interessante Strategie. – Die zweite, für mich relevantere Ebene ist die folgende: Wenn man sich nicht selbst erschafft, dann ist man banal. Nur, dies können merkwürdigerweise noch immer nicht viele einsehen, weil die meisten verführt und vernebelt sind von der demokratisch-liberalen Vorstellung, der zufolge jeder Mensch *an sich*, das heißt ursprünglich, interessant und originell sein soll. Wenn die Menschen aber schon von Geburt an unterschiedlich und interessant sind, dann wäre es wohl die beste Lösung, sie sich selbst zu überlassen – dann sollen sie von allein interessant werden. Nun meine ich, dass der Mensch, wenn er sich selbst, so wie er ist, überlassen wird, ein wenig interessantes Bild abgibt: Wenn wir den Menschen sich selbst überlassen, bedeutet es nur, dass wir von ihm ein banales Bild bekommen und – was noch wichtiger ist – er selbst von sich das gleiche, banale Bild bekommt. Wenn ich an meinem Bild nicht gearbeitet habe, dann bleibt dieses Bild banal.

Und jetzt frage ich mich: Wo liegt dann meine Subjektivität? Wie ich mich präsentiere, das ist nur ein Bild unter vielen anderen, und ihm die Würde der Subjektivität zuzuschreiben, wäre unangemessen. Was gezeigt wird, ist das Produkt. Die Subjektivität ist dagegen die Arbeit an meinem eigenen Bild, die grundsätzlich unsichtbar bleibt. Sie kann nur durch die Sprache vermittelt werden, durch den Hinweis auf die strategischen Entscheidungen, die bei der Produktion des eigenen Bildes getroffen werden. Die Subjektivität darf also nicht mit der Individualität verwechselt werden. Der Begriff der Individualität impliziert ein bestimmtes, individuelles, das heißt originelles Bild. Der Raum, in dem die Subjektivität agiert, ist dagegen unsichtbar. Es handelt sich um den Raum, in dem die Bilder hergestellt werden, oder in dem das Einverständnis erklärt wird mit einem schon existierenden Bild – um den Raum, in dem mit den Bildern hantiert wird. Die Subjektivität verbirgt sich hinter den Bildern, die sie den anderen präsentiert. Alle von mir produzierten Bilder sind Selbst-Bilder: Sie verdecken, verbergen mich. Was sie verbergen, ist aber kein »wahres« Bild, sondern eine pure Bilderlosigkeit. Die Subjektivität ist die Vermutung einer – wenn man so will, vollkommen banalen – Bilderlosigkeit hinter jedem individuellen Bild, so originell es auch sein mag.

Zumindest Ihre Betonung dieses Produktionsverfahrens ist marxistisch.

Ja, es ist vor allem marxistisch in einem hegelianisch-marxistischen oder nietzscheanisch-marxistischen Sinne, weil hier das Kriterium des Erfolgs wichtig ist: Ein Verfahren ist gut und interessant, wenn es erfolgreich ist. Und das Bild ist gut, wenn es seine Aufgabe der Selbstverbergung gut erfüllt. Und noch einmal: Es handelt sich nicht um Lüge oder Unaufrichtigkeit, denn das, was verborgen bleibt, ist seinerseits kein Bild. Viele, die aufrichtig sein wollten, haben sich selbst als Nichts gezeigt – aber auch ein Bild des Nichts bleibt immer noch ein Bild, das meine Bilderlosigkeit verbirgt.

Nun könnte ich auch mein Scheitern, als ein konsequentes, absolutes Scheitern – wie etwa im Fall E. M. Ciorans –, zum Produktionsverfahren meiner Subjektivität erklären: indem ich mein Versagen, mein Misslingen, mein Scheitern so weit radikalisiere, auf die Spitze treibe, dass dieses Scheitern mich konstituiert.

Nein, das würde ich nicht sagen. Was Cioran und andere, die wie er arbeiten, produzieren, ist nicht das Scheitern, sondern ein Bild des Scheiterns. Und sie produzieren dieses Bild des Scheiterns ziemlich erfolgreich. Cioran ist in diesem Wettbewerb um das beste Bild des Scheiterns besonders erfolgreich, deswegen ist er ein interessanter Autor …

… ein Prophet des verfehlten Lebens par excellence: Keiner scheitert so schön wie Cioran – ein begnadeter Verlierer!

Genau. Er zeigt: Ich scheitere besser als die anderen, und das heißt, ich bin erfolgreicher in meinem Scheitern als alle anderen: Ich bin stolz darauf, gescheitert zu sein!

Warum auch nicht?

Jedes Bild ist absolut legitim. Problematisch ist nur, wenn mein Scheitern zu einer unbeabsichtigten Banalität führt. Ist die Banalität dagegen beabsichtigt, will ich zum Beispiel banaler sein als alle anderen, dann geht das in Ordnung. Unbeabsichtigtes Scheitern und unfreiwillige Banalität sind dagegen nicht besonders sexy. In diesem Sinne kann man Heidegger zustimmen, der bekannterweise so etwas gesagt hat wie: Der Stumme kann nicht schweigen. Und das heißt: Ich muss erfolgreich sein, um erfolgreich scheitern zu können.

Wenn wir gerade so schön beim Scheitern sind, hier meine nächste Frage: Philosophie, sagt Nietzsche, ist das Produkt von realen Niederlagen im Leben, der Versuch einer symbolischen Rettung aus widrigen Umständen. Die Selbstreflexion beginnt dort, wo der Mensch ausweglos wird. – Ist die Philosophie eine Domäne der Verlierer, der Psychastheniker, der gescheiterten Existenzen? Heißt Philosophie lesen, Anamnesen, Krankengeschichten lesen?

Nein, überhaupt nicht. Nietzsche war bloß extrem erfolgreich in der Herstellung seiner Niederlagen. Eine Niederlage herzustellen ist allerdings nur eine philosophische Beschäftigung unter vielen anderen – wenn auch eine durchaus ehrwürdige und respektable. Charles Snow hat in einem Gespräch mit Mao Tse-tung einmal gefragt: Was passiert mit dem Kommunismus, wenn der Kommunismus vorbei ist? Und Mao antwortete: Die Seele des Kommunismus wird dann in einen Himmelsbereich fliegen, in dem die Seelen der toten Diktaturen leben, und wird mit ihnen ein Gespräch führen. Es gibt in der chinesischen Mythologie nämlich kein einheitliches Paradies und keine einheitliche Hölle, vielmehr hat dieses Jenseits eine sehr komplizierte Struktur. Und so sieht auch der Himmel der Philosophie aus. Will ich zum Beispiel in den Bereich des Himmels entfliehen, in dem die gescheiterten Existenzen leben, um mit ihren Seelen zu reden, so muss ich ihre Bücher lesen und dann noch mehr scheitern als sie. Vielleicht will ich aber etwas Richtiges sagen über die empirische Welt – dann muss ich Russell, Quine oder Kripke lesen und in den entsprechenden Himmelsbereich fliehen. Sicherlich sind alle diese Himmelsbereiche miteinander verbunden, aber sie sind doch nichtsdestoweniger verschieden. Ich muss die Disziplin, die Art des Wettbewerbs wählen, wenn ich in die Philosophie gehe. Was will ich: schneller schwimmen oder höher springen oder länger den Atem anhalten? Allerdings passiert es auch immer wieder, dass man sich in einer bestimmten Disziplin behaupten will, aber de facto in einer völlig anderen gewinnt. Deswegen würde ich mich hüten, etwa von einer »Ausdifferenzierung« der Philosophie zu sprechen – denn die wahren Differenzen kennt letztendlich nur der Himmel.

Meine Frage setzt aber zu einem früheren Zeitpunkt an. Auf die Frage: Wie beginnt man zu denken oder zu philosophieren? antwortet der Jude Lévinas: durch ein Trauma, in Form von Trennung, Verlust, Gewalt. Andererseits: Braucht ein Mensch der Tat, vital und durchsetzungskräftig, Philosophie? Wohl kaum! – Wir kennen diesen markanten Satz von Goebbels: »Wenn ich Kultur höre, entsichere ich meinen Revolver!« Eine Haltung, die nicht weit entfernt zu sein scheint von Wittgensteins Lieblingshelden, den Pistoleros der Western, die einfach nur schießen, ohne zu lamentieren, ohne sich ständig zu erklären und zu rechtfertigen. Wollen Goebbels und die militanten Helden Wittgensteins in ihrer antiphilosophischen Haltung ein und dasselbe?

Nun wird in letzter Zeit alles als Effekt eines Traumas interpretiert. Das Trauma tritt heute als die letzte allgemein akzeptierte ontologische Garantie der Unsterblichkeit auf, nachdem alle anderen vergleichbaren Garantien in Zweifel gezogen wurden. Das Trauma garantiert nämlich die ewige Wiederholung des gleichen traumatischen Erlebnisses, die sich von allein, unbewusst und zwingend einstellt. Und mehr noch: Es wird – unter dem Einfluss der späten Schriften von Freud – auch die Möglichkeit eingeräumt, dass es so etwas wie kollektive Traumata gibt, die fähig sind, sich über Generationen hinweg zu reproduzieren. Somit wird die traumatische Reproduktion de facto zum eigentlichen Träger des kulturellen Erbes erklärt. Die Kultur kann sich demnach in der Zeit nicht anders reproduzieren als durch eine Serie von Traumatisierungen, die allein die historische Kontinuität der Kultur sichern können. Das Trauma ist also eine zeitgemäße Gestalt der ontologischen Garantie, die der Kultur eine lange Dauer verleihen soll – und zwar jenseits jeder Politik der Unsterblichkeit, jenseits jeder bewussten Anstrengung der Formulierung, der Aufbewahrung und der Institutionalisierung.

Aber ich bin auch in Bezug auf das Trauma als Garantie der Unsterblichkeit äußerst skeptisch. Denn es handelt sich dabei doch wiederum bloß um eine Theorie unter vielen anderen Theorien, die mit kausalen Verbindungen operieren – und man weiß nur zu gut, dass solche kausalen Verbindungen ihrerseits nur theoretische Konstruktionen sind, denen keine außertheoretische, ontologische Realität zugeschrieben werden darf. Und so würde ich sagen: Die Diskurse über das Trauma sind völlig in Ordnung, durchaus unterhaltsam und aufbewahrungswürdig. Die Autoren dieser Diskurse würden aber sehr unvorsichtig handeln, wenn sie sich auf die traumatische Wirkung ihrer eigenen Diskurse verlassen würden – statt etwa diese Diskurse in Form von Büchern zu publizieren, sie in Bibliotheken aufzubewahren zu lassen, sie an Universitäten zu lehren usw.

Wie gesagt: Die Philosophie ist eine Art Wettbewerb. Das Schießen ist auch eine Art Wettbewerb. Jetzt kann man natürlich fragen, warum jemand lieber am Wettbewerb im Philosophieren als am Wettbewerb im Schießen teilnimmt. Ich denke, dass das weniger mit einem Trauma zu tun hat als vielmehr mit einer realistischen Einschätzung der eigenen Gewinnchancen. Ich würde mich zum Beispiel davor hüten, an einem Schießwettbewerb teilzunehmen, denn ich bin ziemlich kurzsichtig. Goebbels hat seine Chancen seinerzeit wahrscheinlich überschätzt. Im übrigen benutzt Wittgenstein als Beispiele mehr die Sprachspiele von Handwerkern oder von Sportlern als die von Revolverhelden – obwohl da sicherlich kein großer Unterschied besteht.

Noch einmal gefragt: Warum erkläre, warum philosophiere ich und schieße nicht? Goebbels schießt auf die Philosophie und die Kultur. Und Hitler dröhnt monoman: »Die Masse ist wie ein Weib, und als solche mache ich sie mir gefügig.« Hier wird gehandelt, hier wird etwas getan!

Ich denke, dass Goebbels vor allem einen Erfolg als Schriftsteller angestrebt hat. Die Leute zu erschießen war für ihn ein Umweg, um einen literarischen Erfolg zu erreichen. Auch Hitler war ein gescheiterter Künstler und dazu ein Ideologe, der seine Ideologie den Leuten aufzwingen wollte, weil er nicht daran glaubte, in einem fairen künstlerischen, literarischen und politischen Wettbewerb dauerhaft bestehen zu können. Hier ist das Schreiben nicht der Umweg, um etwas »im Leben selbst« zu erreichen, was man lieber auf einem direkten Weg erreichen sollte. Vielmehr wird hier ein Umweg über das Leben genommen, um etwas in der Literatur zu erreichen. Hitler hat doch immer an die Geschichtsschreibung gedacht – und wie er dort aussehen wird. Das Problem dieser Leute bestand eben darin, dass sie im Leben Siege erreichen wollten, die man nur in der Kunst, in der Literatur erreichen kann. Das Leben war für sie nur ein langer Umweg zur literarischen Größe. Deswegen waren die Nazi-Führer immer unzufrieden und wollten immer weiter gehen, wo(bei) ein Mensch, der sich realistische Lebensziele setzen würde, schon längst zufrieden wäre und aufhören würde.

Das Problem dabei ist, dass man dem literarischen Wettbewerb niemals wirklich entgehen kann, wenn man einmal angefangen hat, sich mit der Literatur zu beschäftigen. Goebbels hat es offensichtlich nie verstanden. Er hat wahrscheinlich immer wieder gehört: Sie müssen besser schreiben als bisher, damit Ihre Stücke aufgeführt und Ihre Romane erfolgreich werden – die Regeln der Kultur verlangen es. Für Goebbels ist der Fall klar: Hier spricht ein typisch jüdischer Kritiker, der zu wissen meint, was die Kultur will. Nun zeige ich ihm, denkt er, was das Leben will – und legt den Kritiker um. Aber trotzdem: Seine Stücke und Romane findet man weiterhin nicht besonders großartig – es passiert auf der Ebene der Literatur nichts, auch wenn auf der Ebene des Lebens ziemlich viel passiert ist. Die Forderungen der Kultur sind im Leben nicht zu verankern – und durch das Leben nicht zu widerlegen. Das ist das Problem mit dem Marxismus und dem Nationalsozialismus, und es ist auch der Grund, weshalb ich letztendlich doch kein Marxist bin: Weil ich nicht glaube, dass man mit den kulturellen Forderungen auf der Ebene des Lebens umgehen kann.

Welche Forderungen genau?

Vor allem die Forderung, sich im Kulturkontext, im Kontext des kulturellen Erbes angemessen, das heißt individuell, originell zu präsentieren. Jede kulturelle Aktivität ergibt sich aus der Forderung der Kultur, uns selbst zu positionieren. Wir sind immer in der Rolle von Woody Allens »Zelig«: Wir müssen uns als Individuen positionieren, obwohl wir es eigentlich nicht unbedingt wollen. Die marxistische oder nationalsozialistische Ideologie reagiert darauf negativ und meint, diese Forderung sei eine Zumutung gewisser Institutionen, gewisser Klassen, gewisser Rassen. Nun – es ist sicherlich eine Zumutung. Aber, wie gesagt, man kann keine Instanz ausmachen, die diese Forderung erhebt. Vielmehr steht jede kulturelle Instanz ihrerseits unter der Forderung, sich selbst kulturell zu rechtfertigen. Und das heißt: Diese Forderung ist nicht zu erschießen. Man bleibt dieser Zumutung ausgeliefert – wie gewaltsam auch immer man darauf reagieren mag.

Sie wollen sagen, erst die Forderung, intelligent zu denken und sich gut zu repräsentieren, führt zu Goebbels' berüchtigtem Satz. Und er kann diese Forderung nicht einfach beiseite schaffen und liquidieren.

Ganz im Gegenteil erfüllt er die Forderung, indem er zumindest diesen einprägsamen Satz sagt und eben dadurch auch literarisch erfolgreich wird. Mit seinen Romanen und Stücken war er nicht erfolgreich – mit dem besagten Satz aber schon. Und auch jüdische Kritiker zitieren diesen Satz immer wieder und gerne, auch wenn sie Goebbels sonst nicht besonders mögen.

Der Satz selber verkörpert einen Teil dessen, was Goebbels gerne negieren möchte?

Genau. In diesem effektvollen Satz ist eine Reaktion auf die Zumutung der Kultur zum Ausdruck gebracht worden, wobei unterstellt wird, dass diese Zumutung von einer *realen* Institution, von einer *realen* Instanz der Macht ausgeht. Und diese Instanz muss deswegen beseitigt, umgebracht, erschossen werden, damit wir uns endlich von dieser Zumutung befreien. Es ist ähnlich wie in der berühmten Geschichte über Stalin – es gibt einen Witz über Stalin, wahrscheinlich von ihm selbst erfunden. Stalin wird zu einem äußerst schwierigen Problem befragt. Und er fragt zurück: Welcher Genosse stellt dieses Problem überhaupt? Erschießen Sie den Genossen – dann gibt es auch kein Problem! Die Grundidee der totalitären Ideologie ist hier präzise formuliert: Diese Ideologie geht davon aus, dass die Probleme, Haltungen und Forderungen immer einen materiellen Träger haben, sodass sie, wenn man ihren Träger eliminiert, einfach verschwinden. Nun ist es sicherlich richtig, dass alles Ideelle einen materiellen Träger hat: Wenn wir das nicht anerkennen, dann fallen wir hinter den Marxismus zurück. Allerdings zwingen uns die materiellen Träger nicht unbedingt, die Forderungen der Kultur zu akzeptieren und sie zu erfüllen. Damit ich in eine Lage gerate, die mich dazu zwingt, diese

Forderungen ernst zu nehmen, muss ich zunächst einmal in den entsprechenden Wettbewerb eintreten – ich muss mich selbst als materiellen Träger der Kultur positionieren wollen. Wenn ich selbst nicht künstlerisch oder literarisch brillieren will, ist es mir doch völlig egal, was die anderen über Kunst und Literatur denken. Die Zumutung der Kultur ist gewissermaßen eine fiktionale. Wenn man diese Zumutung einfach nicht akzeptiert, dann passiert nichts. Ich kann also ohne weiteres sagen: Nein, ich will mich nicht positionieren, eure Kultur ist mir egal, ich ziehe es vor, Bier zu trinken oder Fische zu angeln – und alles ist wunderbar. Die kulturellen Forderungen selbst sind imaginär. Und im Imaginären liegt ihre Kraft, denn gerade deswegen können sie nicht erschossen werden.

Die Nazi-Führer kamen meistens aus einem ungebildeten familiären Milieu. Wenn man schon über das Trauma spricht: Auf viele Menschen, die mit der Kultur relativ spät in Berührung kamen, wirkte die erste Konfrontation mit der Kultur und ihren Forderungen traumatisch. Das wurde auch in der Literatur des neunzehnten und zwanzigsten Jahrhunderts oft beschrieben. Kunst, Literatur oder Philosophie zeigen sich bei einer solchen späten Begegnung als eine reale institutionelle Kraft, als die Herrschaft einer fremden Klasse oder einer fremden Rasse oder zumindest als die real institutionell verankerte Diktatur einer Kulturbürokratie. Die Regeln der Kultur scheinen von einer realen, die Gesellschaft dominierenden Macht aufgezwungen zu sein, der man sich unterwerfen oder die man bekämpfen soll. Aus einer solchen traumatischen Erfahrung einer ersten Begegnung mit der Kultur erwächst sowohl die Verehrung der Kultur wie auch die meiste Kulturkritik. Man reagiert auf die kulturellen Forderungen entweder mit einer extremen Anpassung oder mit einer gewaltsamen Revolte. Aber diejenigen, die im gebildeteren Milieu aufgewachsen sind, wissen, dass die Kultur bloß ein Spiel ist, das man nicht unbedingt mitspielen soll. Das ist übrigens der Grund, warum Kinder aus gebildeten Familien oft weniger kulturell produktiv sind. Allerdings müssen irgendwann alle einsehen, dass es keinen Sinn macht, ein Spiel auf der Ebene der Realität zu bekämpfen. Auch wenn man alle Schiedsrichter umbringen würde und alle Fußballregeln abschaffen würde, würde es nicht bedeuten, dass man dadurch zum besten Fußballspieler seiner Zeit aufgestiegen ist.

Die Forderungen der Kultur sind imaginär – die kulturellen Veranstaltungen sind also eine Art Gespenster-Kongress?

Ohne Zweifel, ja. Wenn Sie hier von Gespenstern sprechen, ist das völlig richtig, denn die kulturellen Forderungen gehen ohne Zweifel letztendlich von den Toten aus: Wir wollen doch genauso gut sein, wie die Toten es waren, und uns heute genauso gut positionieren, wie sie es ihrerzeit gemacht haben. Gespenst ist dabei allerdings vielleicht doch nicht das richtige Wort. Derrida benutzt dieses Wort Gespenst, um die Unsterblichkeit als Spuken zu charakterisieren – als unerwartetes, unkontrollierbares Auftauchen der Toten inmitten des Lebens. Ich sehe darin einen neuen Versuch, der Unsterblichkeit eine ontologische Garantie jenseits der institutionellen Garantie zu geben. Dagegen spreche ich von der künstlichen, artifiziellen Unsterblichkeit – von einer bewussten Politik der langen Dauer.

Wir wollen eine Architektur wie die ägyptischen Pyramiden. Wir wollen, dass unsere Bücher in den Regalen stehen wie die Gesamtausgaben von Kant und Hegel. Der eigentliche kulturelle Druck kommt nicht von gegenwärtigen Machtinstanzen, sondern von den Toten. Die Toten können aber nicht zum zweiten Mal umgebracht werden. Die kulturellen Forderungen sind wirklich Forderungen aus dem Jenseits. Als Philosophen oder als Künstler stehen wir vor allem im Wettbewerb mit den Toten. Im Grunde wollen wir, dass Hegel oder Kant uns lesen und sagen: Auf diese Idee bin ich nicht gekommen, wie wunderbar hast du das gemacht. Unsere eigentlichen Leser sind die Toten. Auch wenn wir meinen, Platon oder Kant überwunden zu haben – wirklich beseitigen können wir sie nicht. Aber wir können auch nicht von ihnen anerkannt werden, wie wir es uns insgeheim wünschen. Und so leben wir in diesem Zwiespalt: Wir wollen die berühmten Toten noch einmal umbringen, aber gleichzeitig von ihnen anerkannt werden – und beides gelingt uns nicht.

Gegen die Unsterblichkeit der Toten sind wir chancenlos.

Absolut, ohne jede Chance.

Ich unternehme einen weiteren Anlauf, um die Philosophie als Krankheit oder die Krankheit »Philosophie« zu thematisieren. Anstatt das Unmögliche möglich zu machen – so lautet der Vorwurf Leo Schestows (Sie haben darüber geschrieben) –, anstatt das deformierte Leben, die realen Wunden, das individuelle Trauma des Philosophen in der Welt, in der Realität zu heilen, wird an dieser Stelle ein abstraktes philosophisches System installiert mit einem perfiden Anspruch auf Universalität. Ohne die Impotenz Kierkegaards, mit einem glücklich vollzogenen Beischlaf, einer geglückten Penetration Regine Olsens – argumentiert Schestow – hätte es die Philosophie Kierkegaards nicht gegeben.

Ja, diese Auffassung zieht sich durch eine ganze philosophische Palette: von Schestow bis zu Goebbels – sie alle denken gleich postmarxistisch, materialistisch, lebensphilosophisch und meinen, ihre Positionierung sei eine Positionierung unter den Lebenden, und das heißt, ihre Lage sei eine Lage im Leben, eine Lebenslage – die, wenn sie unglücklich und traumatisierend ist, eine Flucht ins Jenseitige, ins Absolute provoziere. Das ist sicherlich keine richtige Einschätzung der Lage, weil wir vor allem nicht im Leben leben, sondern in der Präsenz der Toten – und wenn schon, dann erst durch die Toten richtig traumatisiert werden. Das Leben kann nicht richtig traumatisierend wirken, denn alles Lebendige ist vergänglich – und dieses Wissen allein genügt, um vom Leben nicht besonders beeindruckt zu sein. Die Toten sind eine viel ernstere Angelegenheit für uns, denn auf der einen Seite sind sie, Gott sei

Dank, tot, aber auf der anderen Seite gehen sie uns immer weiter auf die Nerven.

Uns als Kulturschaffende, »Produzierende«?

Ja, und das heißt eben: Wir agieren in einem symbolischen Raum, in dem wir nicht nur mit den Lebenden, sondern vor allem mit den Toten zu tun haben. Sie alle sind in diesem Raum repräsentiert durch ihre Werke, durch ihre Bilder, durch ihre Theorien, durch ihre Haltungen, durch ihre Sprache. Das alles benutzen wir – diese Gaben der symbolischen Ökonomie, die wir von den Toten erhalten. Und daraus entsteht die Forderung, die an uns gestellt wird, dieser Zwang, uns selbst zu repräsentieren, eigene Zeichen zu entwerfen, ein eigenes Bild zu schaffen – im Grunde das eigene Begräbnis, den eigenen Sarg, den eigenen Leichnahm zu entwerfen. Das ist eine Forderung, die nicht vom Leben her kommt, nicht von den Lebenden und nicht aus dem Kontext einer realen, lebendigen Katastrophe. Darin liegt auch der tiefe Grund für die Unzulänglichkeit der meisten soziologischen Theorien, die im Namen der Gesellschaft argumentieren – und dabei allein die Gesellschaft der Lebenden meinen. Wir agieren aber vor allem in der Gesellschaft der Toten, die aber als Gestalten des kulturellen Erbes untot bleiben. Die Massenkultur versteht diesen Zusammenhang übrigens viel besser als die heutigen kulturkritischen Theorien: Die wirklich kultivierten Menschen sind in den Hollywoodfilmen allein die Vampire, das heißt die untoten Toten.

Auch wenn Kierkegaard mit Regine Olsen nicht schlafen konnte, hätte er sie zum Beispiel umbringen können. Er hätte zum Massenmörder werden und auch andere Mädchen umbringen können. Wenn man stattdessen beginnt, Bücher zu schreiben, dann bedeutet es, dass man sich in eine andere Ökonomie stellt und einer anderen Ökonomie unterwirft als der Ökonomie des Begehrens. In meinem eigenen, etwas polemischen Essay über Kierkegaard habe ich geschrieben, dass eine ideelle Geliebte zu verlassen ein verbreiteter literarischer Topos der damaligen Zeit war, den Kierkegaard einfach benutzte, um damit seine literarische Karriere zu beginnen. Und nur an dieser Karriere – und keineswegs an Regine Olsen – war Kierkegaard von Anfang an und bis zum Schluss interessiert.

Die Entscheidung zugunsten der Literarisierung des eigenen Lebens wird sicherlich vom Interesse an einer Art Selbstbegräbnis diktiert. Wir beginnen, kulturell kreativ zu sein, wenn wir ein Bild von uns machen wollen, das heißt, wenn wir eine Mumie aus uns machen, wenn wir uns als Leiche entwerfen wollen. Wenn wir uns unser eigenes Begräbnis vorstellen, ein Begräbnis in Büchern, in Bildern usw. Und allein darin besteht unsere Sorge. Aber diese Sorge um das Aussehen unseres Grabes ist eine Sorge, die nicht wirklich lebendigen Ursprungs ist. Diese Sorge wird nicht einmal von Eitelkeit diktiert, denn es kann uns als Lebendigen doch egal sein, was mit uns passiert, wenn wir tot sind. Jeder Versuch, Philosophie und Kunst vom Leben abzuleiten – sei es von einem Überschuss des Lebens, sei es von einer (immer noch lebendigen) Niederlage im Leben –, muss scheitern. Denn Philosophie und Kunst entstehen aus einer Sorge um die Leiche und nicht aus einer Sorge um den lebendigen Körper. Wir sind für uns interessant allein als Tote – im Vergleich mit anderen Toten. Das Jenseitige, das Tote steht nicht am Ende dieser Bewegung – es ist keine Ausflucht aus dem Leben –, sondern am Anfang, ganz am Anfang.

Hier wären wir bei der »Mumie des Ursprungs« als dem Ursprung unserer Kultur.

Genau: Der Ursprung ist die Mumie! Wenn ich mir schon die Frage stelle, was mich wirklich interessiert, dann muss ich sagen, mich interessiert, wie gesagt, nur die Politik der Unsterblichkeit – wie man zur reinen Seele, zur unzerstörbaren Mumie, zur lebendigen Leiche wird. Oder: Wie man die zeitgenössische Gesellschaft transzendiert, die doch vergänglich, sterblich ist, wie man eine Metaposition einnimt – jenseits der Welt der vergänglich Lebenden. Das ist die genuin politische, die praktische Frage schlechthin, denn keine wissenschaftliche Theorie, keine Gesellschaftstheorie, keine Kommunikationstheorie können einen darüber aufklären, wie man mit den Toten kommunizieren und die Unsterblichkeit erlangen kann. Dazu gibt es nur praktische Hinweise, wie etwa: einen Vampir treffen, sich von ihm beißen lassen, das Sonnenlicht vermeiden usw. Philosophie und Kunst beschäftigen sich im wesentlichen mit solchen praktischen Hinweisen und Ratschlägen zur Erlangung der Unsterblichkeit. Gerade deswegen gibt es letztendlich keine wissenschaftliche, auch keine soziologische oder psychoanalytische Theorie der Philosophie oder der Kunst. Auch Sokrates vergleicht den Philosophen eher mit einem Handwerker, der ein praktisches Wissen darüber besitzt, wie sich etwa ein Schiff bauen oder eine Krankheit behandeln lässt – so soll auch der Philosoph ein Wissen besitzen über die Erlangung der Unsterblichkeit. Übrigens: Wenn es keine wissenschaftliche Theorie über die Erlangung der Unsterblichkeit gibt, kann es auch keine Theorie geben über die Unmöglichkeit der Unsterblichkeit. Der Theoretiker selbst muss nämlich auch eine Metaposition annehmen, ins Gespräch mit den Toten eintreten und damit eine Art Unsterblichkeit erlangen, damit er seine Theorie formulieren kann. Und so muss ein Theoretiker an einem Wettbewerb in Sachen Unsterblichkeit teilnehmen, wenn er überhaupt theoretisieren will.

Aus der Logik der Kulturproduktion heraus – solange wir auf Seiten der Produzenten stehen – gibt es Ihrer Meinung nach also kein Entkommen. Wir haben es hier mit Gespenstern, mit Toten und Untoten zu tun, deren Ansprüche ich schlechterdings nicht abweisen kann, ebenso wenig wie den Vergleich mit ihnen.

»Was ist dein Ziel in der Philosophie?«, fragt Wittgenstein in den »Philosophischen Untersuchungen«, und antwortet: »Der Fliege den Ausweg aus dem Fliegenglas zeigen.« Glauben Sie, dass die Philosophie diesen Ausweg – aus der »Innerlichkeit« –

bereithält? Und wäre dieser Glaube nicht immer noch metaphysisch motiviert?

Dieser Glaube ist immer noch metaphysisch und gleichzeitig nicht metaphysisch genug. Wittgenstein tut so, als suche er nach dem Ausweg, aber eigentlich sucht er nach dem Eingang.

Wittgenstein will also lieber doch die Fliege im Fliegenglas sein?

Er befindet sich nicht im Fliegenglas.

Er befindet sich nicht im Glas? Vielleicht so, wie der Betrunkene – Sie kennen den Witz? – nachts, aus der Kneipe kommend, im Kreis um eine Litfasssäule taumelt, mit den Fäusten dagegen trommelt und brüllt: Ich will raus!

Zunächst einmal sagt Wittgenstein, daß er raus will, weil er dadurch sich selbst und andere davon überzeugen will, dass er drinnen ist. Und ebendas ist das Problem.

Warum will Wittgenstein sich davon überzeugen?

Weil er nicht weiß, ob er im Raum der Philosophie ist oder nicht. Wenn ich sage: Ich will raus aus der Metaphysik – dann suggeriert dieser Satz mir und den anderen, dass ich im Raum der Metaphysik bin, aus dem ich ausbrechen will. Wenn Derrida zum Beispiel sagt: Ich bemühe mich ständig, dem Logozentrismus zu entgehen, aber es gelingt mir nicht, und es kann mir auch nicht gelingen – wobei der Logozentrismus die große metaphysische Tradition des Westens ist –, dann bedeutet es, dass er uns auf diesem indirekten Wege zu der Erkenntnis bringt: Er ist in dieser Tradition, er ist ein Teil dieser Tradition. Das eigentliche Problem eines jeden Philosophen ist es, in die Tradition einzugehen – nicht den Ausweg zu finden, sondern den Eingang.

Die Behauptung Wittgensteins, den Ausweg zu zeigen, wäre also nur das Billett …

… für den Eingang.

So wie Sie das beschreiben, handelt es sich um ein einfach zu durchschauendes Verfahren.

Absolut. Wittgenstein ist sicherlich dem Readymade-Verfahren am nähesten gekommen. Wenn man sich fragt, was das Readymade-Verfahren in der Philosophie sein könnte, dann wäre Wittgenstein praktisch ein zweiter Duchamp, genauso wie Husserl bis zu einem gewissen Grad der zweite Malewitsch ist. Das, was der Philosoph oder der Künstler anstreben, ist, wie gesagt, ein gutes Begräbnis: Ein Platz unter dem Himmel des Jenseits. Sie wollen kein Paradies und keine Hölle. Die Suche nach der Unsterblichkeit bedeutet hier nicht die Suche nach ewigen Wesenheiten wie Gott, Geist oder das Unbewusste – und damit auch keine Abkehr von der realen Welt, keine Flucht aus der Realität. Vielmehr handelt es sich darum, dass für bestimmte, durchaus reale Gegenstände wie etwa Kunstwerke oder philosophische Diskurse Unsterblichkeit angestrebt wird. Der Künstler und der Philosoph sorgen nicht wie die Heiligen für ihre Seele – sie sorgen nur für ihre Leiche, die aber nach dem Tod als Leiche weiterleben kann. Sie haben ägyptische Interessen: Sie wollen in der Stadt der Untoten Bürger werden und nicht in der ewigen Stadt, nicht im Paradies und nicht in der Himmelsstadt. Die Seele muss raus, damit der Körper hier bleibt. Was ist die Fliege? Es ist die Seele. Was ist das Glas? Es ist der Körper als Gefängnis der Seele. Wenn also die Seele wegfliegt – dann bleibt der tote Körper. Wenn nun Wittgenstein sagt, dass es ihm doch niemals gelingt, die Fliege wegfliegen zu lassen, bedeutet es nur, dass die Seele ewig im Körper bleibt – eine ewige Gefangene des Körpers der Sprache. Ein schönes Bild für die Unsterblichkeit, verstanden als Unsterblichkeit des untoten Toten – wenn auch ein durch und durch unplatonisches Bild.

Und die philosophischen Texte sind die Grabinschriften, die Krypten ...

... die Bücher sind die Grabkammern des Philosophen – oder vielmehr ihre Mumien.

Versuchen wir, das Verhältnis von Philosophie und Leben noch aus einer anderen Perspektive zu beleuchten. Zwischen der natürlichen Einstellung – das, was wir ohne nachzudenken in der Welt einfach tun, das, was uns einfach gegeben ist – und der transzendentalen Einstellung (Husserl) ist eine unmittelbare Verbindung nicht möglich. Die transzendentale oder phänomenologische Einstellung folgt anderen Vergleichen, Interessen, Leitmotiven als die natürliche Einstellung, zum Beispiel in der auf die Verrichtung des alltäglichen Lebens gerichteten Sorge. Wie würden Sie das Verhältnis beider Einstellungen zueinander beschreiben?

Die beiden Einstellungen, wie sie von Husserl beschrieben wurden, stehen zueinander im Widerspruch. Die natürliche Einstellung interessiert sich für das Leben – dafür, was in der Welt der Lebenden existiert und was nicht. Für die natürliche Einstellung ist es wichtig zu wissen, ob Dämonen und Gespenster in der »realen« Welt existieren oder nicht. Für die phänomenologische Einstellung ist diese Trennung nicht so wichtig. Für sie ist es vielmehr wichtig zu wissen, was ein Dämon ist, was ich mir darunter vorstelle und woran ich denke, wenn ich an Dämonen denke, und was ich tue, wenn ich Dämonen beschwören will. Die phänomenologische Einstellung ist gerade das, was ich als eine genuin philosophische Praxis beschrieben habe. Und ich mag Husserl, weil er die Kultur beschreibt unter Absehung von der Frage, ob ihre Träger lebendig sind oder tot. Liest man Husserl, dann versteht man, warum etwa Goebbels unklug handelte, wenn er seine Kritiker erschießen wollte. Der Raum der Kultur konstituiert sich nicht durch das Lebendigsein oder Nicht-Lebendigsein bestimmter Akteure des kulturellen Geschehens. Der Raum der philosophischen Untersuchung ist der symbolische Raum, in dem der Unterschied zwischen Tod und Leben erst thematisiert werden kann. Es ist vielleicht ein gespenstischer Raum, aber ebender Raum, in dem sich der Philosoph tatsächlich bewegt.

Der Philosoph bewegt sich, vom Leben abgeschlossen, unter Gespenstern, in einem Schatten-, in einem Zwischenreich?

Ja. Unter Gespenstern. Aber, wie gesagt, nicht in dem Sinne, in dem Derrida von Gespenstern spricht, denn das Spuken der Gespenster setzt eine gewisse Abwesenheit des materiellen Trägers voraus. Das Gespenst ist nur ein anderer Name für den frei flottierenden Signifikanten, von dem die Autoren des französischen Poststrukturalismus immer wieder gerne sprechen. Nun: Der frei flottierende Signifikant flottiert vielleicht in der Tat frei in Bezug auf seinen Sinn, aber er kann doch nicht frei flottieren in Bezug auf seinen medialen Träger: Buchstaben können sich nicht vom Papier lösen, Bilder können sich nicht von der Leinwand oder vom Film lösen usw. Und so möchte man nach dem materiellen Träger des Spukens fragen – wie soll der aussehen? Das Gespenst ist eine Figur der Unsterblichkeit, und es ist für einen Philosophen deswegen legitim und sogar notwendig, darüber zu reden. Aber ich persönlich ziehe die Figur des Vampirs vor, der sich zu einem Teil unter den Menschen aufhält, an der lebendigen gesellschaftlichen Kommunikation teilnimmt und sich dabei auch äußerlich nicht als leerer Signifikant zu erkennen gibt – der zum anderen Teil aber eine Metaposition annimmt, die Perspektive eines Toten, der an keinen kollektiven Ekstasen der Lebendigen teilnehmen kann oder will. Darüber hinaus hat ein Vampir einen festen Ort, einen materiellen Träger – sein Grab. Wenn ich ein Grab sehe, dann sehe nur seine Außenseite, und ich weiß nicht, ob dort nur ein Skelett – ein toter Mensch – liegt oder aber ein Vampir, der von Zeit zu Zeit zu neuem Leben erwacht. Und genauso gut kann ich etwa ein Buch von Kant lesen und mich fragen: Lebt der Geist von Kant in diesem Buch oder nicht? Vielleicht ja, vielleicht nein. Die Hermeneutiker würden sagen: Ja. Die (Post-)Strukturalisten würden sagen: Nein. Aber ich würde sagen: Kant lebt schon weiter, aber nicht als Mensch, sondern als Vampir – so wie jeder andere Autor.

Transgression – Auflösung – Gewalt. Wann immer in unseren Gesprächen davon die Rede war, waren es Bewegungen im Text: ein Karneval und ein Spiel der Masken, ein Fest, das den imaginären Raum des Buches nicht überschreitet. Und das Buch, so sagen Sie jetzt, sei das Grabmal des Philosophen. An den Ereignissen »draußen«, in der Welt, scheinen Sie dagegen deutlich weniger interessiert zu sein. Wäre es nun nahe liegend – ich nehme noch einmal die Argumentation Schestows auf –, hinter Ihren vehementen Attacken auf den Diskurs des Begehrens, der Selbstüberschreitung, der Ekstase nicht einfach nur eine philosophische Positionierung, die Sie immer wieder beschreiben, sondern vielmehr die eigene Unfähigkeit zu solch dionysischen Aktivitäten zu vermuten?

Nun ja. Zunächst einmal möchte ich sagen, dass ich die Philosophie des Überschwangs, der Ekstase und der Transgression von ganzem Herzen bewundere und genauso wie mit jeder anderen Philosophie, die nach Unsterblichkeit strebt, durchaus sympathisiere. Ein Autor, der sich selbst positioniert, gestaltet, *designed* hat als jemand, der im Überschwang lebt und alles in der Ekstase auflöst – wenn er das gut gemacht hat, dann ist dagegen nichts einzuwenden. Die Bilder der Ekstase, die dabei produziert werden, bewundere ich. Wenn ich also dazu tendiere, über diese anfängliche Bewunderung hinaus, zu diesen Bildern noch etwas zu sagen, dann ist das auf keinen Fall eine Kritik an den Bildern selbst, sondern nur eine bestimmte Verschiebung der Sichtweise. Mich interessieren dabei weniger die Bilder selbst, als vielmehr die Verfahren der Herstellung dieser Bilder. Mich interessiert die Pragmatik der Ekstase, der Transgression. Wenn Sie mich jetzt nach meinem persönlichen Verhältnis zum Dionysischen und zur Orgie fragen, dann ist meine Antwort klar. Man kann sicherlich sagen, dass eine Generation – zum Beispiel meine – zu spät gekommen ist und deswegen die Orgie nicht mitmacht. An diese Art Erklärung glaube ich aber nicht. Es ist einfach nur so, dass diese Orgie zwar nach wie vor stattfindet, uns aber nicht mehr interessiert.

Was heißt »uns«? Mich reizt die Orgie nach wie vor!

Gut, ich spreche allein von mir – mich interessiert die Orgie nicht. Ich habe schon früh bemerkt, dass es viele Menschen gibt, die gut und exzessiv feiern können, und ich habe mich gefragt: Wenn ich jetzt an diesem Wettbewerb teilnehme, wenn ich beginne, mich genauso zu betrinken und den gleichen Ausschweifungen hinzugeben wie die anderen, wäre ich dann in diesem Wettbewerb erfolgreich? Kann ich in diesem Wettbewerb wirklich glänzen? Und ist es ein interessanter Wettbewerb für mich? Ich glaube nicht. Ich habe eigentlich keine so gute Gesundheit – und generell ziehe ich es vor, allein ein Buch zu lesen oder ruhig spazieren zu gehen, als mich irgendwelchen Ausschweifungen hinzugeben.

Sie meinen, der Wettbewerb der Orgien würde, wie jeder andere Wettbewerb, früher oder später langweilig?

Ebenso langweilig und nach denselben Regeln gestaltet wie jeder andere Wettbewerb. Ich würde da gerne mitmachen, aber es interessiert mich nicht. Mich interessiert mehr zu klären, wie der Wettbewerb als solcher funktioniert, wie seine Regeln funktionieren. Die Art des Wettbewerbs – ob es ein Wettbewerb in der Niederlage, in der Orgie oder im Erfolg, in der Herstellung dieser oder jener Bilder ist – interessiert mich weniger. Zum Beispiel gab es Künstler, die darin konkurrierten, Pferde oder Kühe möglichst genau zu malen. Und es gab andere, wie Kandinsky oder Pollock, die initiierten einen Wettbewerb darin, wer sein Innerstes heftiger und abstrakter auf der Leinwand präsentieren kann. Aber diese Arten von Wettbewerb interessieren mich weniger als vielmehr die Tatsache, dass es im Grunde keinen Unterschied macht, ob ich besser als andere Künstler ein Pferd male oder überschwänglicher als andere mit der Leinwand umgehe. In allen diesen Fällen passiert das Gleiche. Und mich interessiert hier das Gleiche und nicht das Andere, das Unterschiedliche, das Differente. Mich interessiert das Langweilige, das Sich-Wiederholende. Mich interessiert weniger dieser Pluralismus der unterschiedlichen Arten von Wettbewerben. Mich interessiert, was aus diesem Wettbewerb einen Wettbewerb macht. Und das ist immer das Gleiche.

Wir kennen philosophische Positionen, die versuchen, Diskurs und Leben ineinander zu überführen. Für Novalis etwa ist »der echte philosophische Akt die Selbsttötung«, und Ihr Freund und Kollege Peter Sloterdijk spricht – in Anlehnung an die »ars moriendi« des Sokrates – von einem »lebenden Philosophen« als einer »contradictio in adjecto«. Und Bataille verlangt das Primat einer Erkenntnis, die nicht ein »positives Wissen« artikuliert, sondern im Gegenteil durch den Gegenstand der Erkenntnis vernichtet wird, gerade indem sie erkennt: »Niemand kann erkennen und sich zugleich vor der Vernichtung bewahren.« Wir kennen eine lange Tradition, die an eine reale, quasiphysische Einlösung des philosophischen Diskurses glaubt. E. M. Cioran, um ein letztes Beispiel anzuführen, schreibt: »Es gibt nur ein Zeichen, das bestätigt, dass man alles verstanden hat: grundlos *weinen.«*

Sicher meinen Sie – ich schließe es aus dem bereits Gesagten –, auch diese philosophische Haltung sei nur eine Disziplin, nur eine Art von »Wettbewerb« unter vielen möglichen anderen.

Nun ja, wenn Cioran als Philosoph meint, irgendwelche Laute, wie etwa Weinen, als Zeichen der philosophisch motivierten Bestürzung von sich geben zu müssen, dann handelt es sich um ein Readymade-Verfahren: Er nimmt irgendwelche unreflektierten, unartikulierten Laute und setzt sie im Kontext der Philosophie ein. Und das zu tun bedeutet, diesen Lauten eine philosophische Würde zu verleihen und sie einzuschließen in den Kanon der philosophisch relevanten Sprache. Dieses Verfahren ist wie jedes Readymade-Verfahren völlig legitim. Die meisten Philosophen und Künstler, die über die Zusammenführung von Philosophie und Leben reden, meinen eigentlich das Readymade-Verfahren, aber das Readymade-Verfahren hat sich ohnehin längst etabliert – ich glaube nicht, dass es heute noch eine zusätzliche Rechtfertigung braucht.

Die Autoren, die ich angeführt habe, sind nun der Überzeugung, dass ihre Lebensform abgründiger, gefährlicher, intensiver als die der anderen ist, dass sie mit »physiologischen« Konsequenzen einhergeht.

Sie lesen diese Autoren so – *ich* lese sie anders. Ich würde sagen, dass Cioran nichts anderes behauptet, als dass diese unartikulierten Laute von sich zu geben *auch* zur philosophischen Lebensweise, auch zum philosophischen Diskurs gehören kann: Es ist ein Teil oder Aspekt einer philosophischen Problemlösung.

Sie glauben, er verlässt damit keineswegs den philosophischen Diskurs?

Überhaupt nicht! Vielmehr nimmt er in den philosophischen Raum Äußerungen und Zeichen auf, die es früher in diesem Raum noch nicht gab. Und Peter Sloterdijk, den Sie hier zitieren, hat in seiner »Kritik der zynischen Vernunft« zu Recht darauf aufmerksam gemacht, dass die Kyniker bereits einen erweiterten Begriff von Philosophie hatten, der es zuließ, dass gewisse Körperhandlungen als philosophisch relevante Äußerungen akzeptiert wurden. Das Readymade-Verfahren war also schon in der Antike bekannt. Wenn Diogenes in einer Tonne lebte, dann handelte es sich um eine typische Performance – und zugleich um eine philosophische Selbstpositionierung.

Und darüber hinaus: Die Philosophie ist von Anfang an eine Lebensform – wenn auch vielleicht eine vampirische. Sie braucht also nicht noch zusätzlich dem Leben angenähert zu werden.

Sie wollen sagen, dass die Trennung von Philosophie und Leben zu keiner Zeit existiert und dass daher nicht zusammenkommen kann, was bereits zusammen ist.

So ist es: Philosophie ist eine Lebensform, von Anfang an. Das bedeutet auch, dass Philosophie nicht für alle lehrbar, nicht auf alle übertragbar ist: Sie hat für die Menschen, die die Philosophie nicht als Lebensform betreiben, im Grunde keine Bedeutung.

Wenn ich aber umgekehrt mit der phänomenologischen Einstellung arbeite, verändert das für mich als Person meine natürliche Einstellung zur Welt?

Nein, alles bleibt, wie es war. In diesem Sinne hat Wittgenstein völlig Recht: Die Philosophie verändert nichts in der Welt.

»Die Philosophie«, sagt er, »lässt alles, wie es ist.«

Und das gilt für die Philosophie seit ihrem Anfang. Sokrates unterwirft sich dem üblichen Gang der damaligen athenischen Justiz, ohne dagegen zu revoltieren – obwohl diese Justiz mit dem sokratischen Begriff der Gerechtigkeit wenig zu tun hat. Für den Philosophen bedeutet gerecht zu sein aber, sich der Ungerechtigkeit der Welt freiwillig zu unterwerfen.

Die Philosophie lässt in der Welt alles, wie es ist, weil sie sich damit beschäftigt, die Welt zu transzendieren. Aber die Philosophie ändert das Leben des Philosophen, weil sie von ihm ziemlich viel Zeit verlangt. Was ist das Leben überhaupt? Es ist ein bestimmter Umgang mit der Zeit. Indem ich einen großen Teil meiner Zeit für die Philosophie verwende, trete ich in eine spezifische Lebensform ein. Wenn man dagegen eine andere Lebensform wählt, dann hat die Philosophie für einen wenig Bedeutung.

In den Köpfen vieler Menschen herrscht in Bezug auf die Philosophie eine merkwürdige Verwechslung. Wenn zum Beispiel ein Sportler sehr viel trainiert, um schneller zu laufen, dann gehen wir nicht davon aus, dass deshalb auch andere Menschen die Fähigkeit bekommen, schneller zu laufen. Sie können es natürlich nicht, denn sie sind nicht trainiert und haben ihre Zeit nicht darauf verwendet, ihre Muskulatur zu entwickeln. Und doch meinen wir, wenn Kant viel gedacht hat, dann ist dadurch die ganze Menschheit irgendwie klüger geworden. Die kantsche Philosophie hat der Menschheit aber überhaupt nichts gebracht, sondern ausschließlich dem Menschen Kant. Die Philosophie ist kein objektives wissenschaftliches Wissen, das allen gleich zur Verfügung steht und sich objektiv vermehren lässt. Die Philosophie ist eine Lebensform, die darin besteht, dass man seinen Geist, seine Subjektivität, wenn man so will, entwickelt und trainiert – die anderen können nur einige pragmatische Regeln, Ratschläge und Hinweise für das eigene Training benutzen, aber nicht die Ergebnisse dieses Trainings. Und je mehr Zeit man dafür aufwendet, desto besser ist man philosophisch trainiert.

Auf die Gefahr hin, mich zu wiederholen: Sokrates, den Sie als einen Initiator der philosophischen Praxis anführen, war nun gewissermaßen der Erste, der das »theoretische« Leben dem »gelebten« Leben vorzog, und dem vorgeworfen wird, das Leben von der Idee regieren und, mehr noch, drangsalieren zu lassen. Das Leben wird von der Idee entwertet und inflationiert. Und dieser Vorwurf – von Nietzsche erneuert – reicht bis in unsere Tage.

Das ist ein völlig willkürlicher Vorwurf. Genauso könnte man fragen: Warum trainiert ein Sportler den Hundert-Meter-Lauf und verwendet so viel Zeit dafür? Er könnte in derselben Zeit etwas Lebendigeres tun – zum Beispiel sich betrinken oder jemanden umbringen. Aber warum ist jemanden umzubringen oder sich zu betrinken lebendiger als hundert Meter zu laufen? Das ist absolut nicht ersichtlich! Der Vorwurf ist völlig aus der Luft gegriffen. Wir haben ein bestimmtes Quantum an Lebenszeit, und wir verwenden diese Zeit für unterschiedliche Beschäftigungen. Und eine Beschäftigung ist nicht besser als eine andere. Wir können in dieser Zeit reisen, den Garten pflegen oder hundert Meter laufen oder Philosophie praktizieren oder über unser Begräbnis nachdenken. Es gibt zum Beispiel Menschen, die vorzeitig ihre Ruhestätte kaufen und Geld beiseite legen, um den Ort ihrer letzten Ruhe richtig einzurichten. Andere interessieren sich dafür nicht, sie leben als Abenteurer und enden in irgendeiner Gosse. Das ist alles gleich legitim. Warum sollte man meinen, die eine Zeitverwendung sei besser als eine andere? Wenn Sokrates sich gerne auf dem Marktplatz aufgehalten und sich mit den Leuten über dies und jenes unterhalten hat – was ist schon Schlimmes daran? Niemand macht Nietzsche den Vorwurf, dass er seine Zeit lieber in den Bergen verbracht hat – er hatte doch eine viel schwächere Gesundheit als Sokrates, und es wäre absurd, es ihm vorzuwerfen.

Der Philosoph ist nach klassischem Verständnis auf der Suche nach Evidenz. Die Evidenz ist verbunden mit der Fähigkeit zu sehen (Theorie). Sie ist das Zeichen der Wahrheit. Die Philosophie steht und fällt mit dem Glauben an diese Evidenz. Nun zeigt sich, dass die philosophische Evidenz – wie jede andere Evidenz – durchaus eine Halbwertszeit, ein Verfallsdatum besitzt. Evidenz erzeugt Ernüchterungen, Banalitäten – kurzum: Sie verbraucht sich.

Ich glaube nicht, dass die Philosophie ihrem Wesen nach etwas zu tun hat mit dem Sehen oder mit der Evidenz. Die Suche nach der Evidenz ist eine philosophische Beschäftigung, aber keineswegs die einzige. Im Übrigen präsentiert der Philosoph seine Evidenzen, wie der Künstler seine Bilder präsentiert – für die anderen. Schon Descartes musste gestehen, dass er kein Gefühl der Evidenz mehr hat, wenn er den Satz »Ich denke, also bin ich« für sich selbst wiederholte. Der Philosoph ist, wie auch der Künstler, nicht jemand, der sieht, sondern jemand, der zeigt.

Zumindest beim ersten Mal, sagt Descartes selbst, erfuhr er die ganze Evidenz dieses Satzes.

Ja, schon beim ersten Mal hat er begriffen, dass dieser Satz später gut funktionieren wird – und das war die Evidenz.

Schauen wir in die Philosophiegeschichte, dann sind es nicht selten Evidenz-Erlebnisse, die den Denker überwältigen und eine neue philosophische Richtung begründen. Nehmen wir den »ekstatisch geschüttelten«, von »tausend Lichtern« geblendeten Rousseau, als er auf dem Weg zum inhaftierten Diderot die Preisfrage der Akademie zu Dijon liest. Oder ein Beispiel aus der jüngeren Geschichte, den Fall von Ernst Mach, dem an einem heiteren Sommertag »Welt« und »Ich« plötzlich als eine zusammenhängende Empfindungsmasse erscheint und so für sein weiteres Philosophieren maßgeblich wird. Zumindest gibt es den Mythos einer die Philosophie begründenden Evidenz, ohne dass diese Philosophie zugleich die Gründe für das Zustandekommen einer Evidenz hinterfragt.

Das ist ganz klar: Es handelt sich um einen sofortigen Vergleich mit den anderen Ideen. Wenn man gut trainiert ist, merkt man sofort, wenn man auf eine neue Idee gekommen ist, die interessant ist im Vergleich zu anderen, schon bekannten Ideen.

Die philosophische Evidenz konstituiert sich aus dem Vergleich von Ideen oder sogenannten »Wahrheiten«?

Ja, es geht um den Vergleich. Es ist ungefähr so, wie wenn man sich ein neues Kleidungsstück kauft und sofort das Gefühl hat, in diesem Kleid oder in diesem Anzug kann man in der guten Gesellschaft erscheinen und braucht sich dort nicht zu schämen. Und genauso merkt man: Mit dieser Idee ist es nicht beschämend, einen Vortrag zu halten und sich damit vor einer guten Gesellschaft zu präsentieren. Man merkt, wenn einem eine solche Idee in den Sinn kommt, sofort: Sie wird ankommen. Wenn ich mit dieser Idee vor anderen auftrete, dann wird sie einleuchten. Aber manchmal täuscht man sich und denkt später: Oh, wie konnte ich nur auf so etwas hereinfallen.

Mit Kierkegaard wird in die Philosophie, auch gegen jede Art von Evidenz, ein Zweifel eingeführt, der – bis heute – die späteren Diskurse entscheidend prägt: die Unmöglichkeit, zu unterscheiden zwischen Profanem und Göttlichem, Verbrechen und Heiligung, zwischen niederen und sakralen Motiven. Während bei Kierkegaard das Subjekt selbst sich in eine Lage versetzt, in der zu unterscheiden unmöglich scheint, liegt es später bei Heidegger und Derrida nun beim Sein, unermüdlich die Unmöglichkeit einer letzten Gewissheit ins Spiel zu bringen: Das Sein sät die Saat des Zweifels.

Ihr eigener Diskurs favorisiert hinsichtlich dieses Zweifels das Subjekt und schließt in diesem Sinne an Kierkegaard an. Nur kann das Subjekt – und das wäre mein Einwand – wiederum nicht mit Sicherheit entscheiden, ob der innere, unabgeschlossene und fortgesetzte Zweifel von ihm selbst oder aber vom Sein verursacht wird, und so bleibt diese Frage wiederum unentscheidbar ...

Und das heißt, man bleibt letztendlich doch beim Subjekt. Das Subjekt ist ebendiese Unentscheidbarkeit, der Ort, an dem diese Unentscheidbarkeit sozusagen wohnt. Solange die Unentscheidbarkeit bleibt, bleibt auch das Subjekt. Das Subjekt hört auf, wenn die Entscheidung getroffen wird – dann setzt seine Vergegenständlichung ein. Bleibt die Sache aber unentschieden, dann bleibt auch das Subjekt bestehen. Wenn Sie also sagen, Sie haben eine neue Unsicherheit gefunden, dann bedeutet das nur, Sie haben einen neuen Grund gefunden, um zu sagen: So etwas wie das Subjekt gibt es.

Auch die Philosophie – nicht anders als die Kunst –, schreiben Sie, folgt der Regel: Um der Tradition zu folgen, muss man mit ihr brechen. Ziel der Philosophie ist es, alle früheren philosophischen Systeme durch neue Doktrinen zu überwinden und sich von ihnen loszusagen. Und diese Strategie, dieser Impuls selbst ist das »Ewige«, der eigentliche Motor des Philosophierens. Meine Frage: Ersetzt heute die Suche nach dem Neuen, Interessanten, die Suche nach der Wahrheit, nach Gott?

Das Neue bedeutet doch nicht die Überwindung des Alten. Und auch nicht eine Lossagung vom Alten. Wo das Alte überwunden wird, können wir auch das Neue nicht mehr erkennen, denn das Neue zeigt sich allein im Vergleich mit dem Alten. Woher kommt dieser Drang nach dem Neuen? Weil es mir durch das Archiv der Philosophie verboten ist, das Alte zu tun, das heißt die Rechte der anderen Autoren auf das schon Gesagte zu verletzen. Ich darf nicht wie Kant denken oder schreiben, weil das Recht auf das kantsche Denken und Schreiben schon Kant gehört. Um eine Erlaubnis, um eine Möglichkeit zu bekommen, innerhalb des Raumes der Philosophie zu denken und zu schreiben, muss ich etwas anderes erfinden als das, was Kant bereits erfunden hat. Ich darf einen Raum nicht besetzen, wenn es sich sozusagen um fremdes Land handelt. Wo das Land, das Feld der Philosophie schon appropriiert, verteilt, unter Eigentumsrecht gestellt ist, dort bin ich, ob ich will oder nicht, gezwungen, nach dem Neuen zu suchen, um mich dort neu einzurichten.

Herr Groys, an einer Stelle sprechen Sie von der Philosophie als der »Wissenschaft vom Genuß«, womit Sie, wenn ich Sie richtig verstehe, weniger die Frage meinen: Wie erreiche ich Genuss? oder: Wie vermeide ich Leiden?, als vielmehr die Vorstellung, dass die Tätigkeit des Philosophierens selbst – die Arbeit des Denkens – ein Versprechen auf Glück und Genuss ist. Würden Sie sagen: Es gibt ein genussvolles Philosophieren? Und wäre dieser Genuss der Genuss am Neuen? Oder bleibt die Philoso-

phie als »Wissenschaft vom Genuss« von diesem Genuss auf immer getrennt?

Die Forderung nach dem Neuen ist zunächst einmal eine Forderung, und als solche kann sie keine Quelle des Genusses sein. Ich unterwerfe mich bloß dieser Forderung nach dem Neuen.

Als ein Masochist möchte ich der Unterwerfung durchaus Lust abgewinnen. In der Philosophie wäre das die Position von Lyotard: Ich genieße es, Sklave zu sein, ich genieße die Unterwerfung unter eine Entfremdung.

Ja, sicherlich, aber nicht so, wie wir in der Regel mit dem Wort Genuss umgehen. Was ich unter Genuss verstehe, ist die Möglichkeit, nachdem man sein Grab gebaut hat, darin ruhig zu liegen und dieses Grab zu genießen, noch bevor man tot ist. Bei vielen Autoren, die ihre philosophischen Konstruktionen schon gebaut haben, spürt man das Gefühl: Meine Grabstätten sind bereits da, alles bleibt erhalten. Dann tritt eine gewisse Entspannung ein, die Bereitschaft zur ungezwungenen Plauderei – eben ein bisschen angenehmes Leben im Tode. Die Grabstätte ist da, man ist schon begraben, aber lebt noch und genießt diese Zeit. Ich kann das ganz gut nachvollziehen.

Wäre diese Zeit zu unterschieden von der Lebenszeit derjenigen außerhalb der Grabstätten?

Über die Zeit der anderen sprechen wir nicht, sie haben ihre eigenen Wege und Mittel, mit diesen Problemen umzugehen. Wir sprechen jetzt über die philosophische Lebensform und darüber, wie sie praktiziert werden kann und welche Möglichkeiten sie bietet.

Sie haben einmal geschrieben, wenn die Philosophie eine neue Philosophie hervorbringt, dann beruht diese strukturell gesehen immer schon auf sinnlosen Argumenten: Verweist das neue Sys-

tem auf tradierte Vorstellungen, so negiert es sich, fußen seine Argumente auf ihm selbst, dann werden sie überflüssig, und verweisen sie auf ein drittes System, so ist ebendieses dritte System wahr. Handelt es sich also bei jeder neuen philosophischen Richtung um ein gut funktionierendes Missverständnis?

Nein, es handelt sich um kein Missverständnis: Ein Missverständnis wäre immer noch ein Verständnis. Aber darum geht es nicht. Bei den interessanten philosophischen Diskursen geht es um eine Neugründung – und damit um die offensichtliche Unmöglichkeit eines jeden Verständnisses.

Noch einmal konkret gefragt: Welche Qualitäten muss ein neues philosophisches Theorem besitzen, um sich durchzusetzen?

Es muß eben neu sein. Und es muss neu sein in dem Sinne, dass die Positionen, die diesem neuen System zugrunde liegen, von den anderen, bekannten Positionen weder bestätigt noch negiert werden können. Der neue philosophische Diskurs sucht nach einem Ort außerhalb der bekannten philosophischen Systeme, Oppositionen, Antinomien. Er entsteht also weder aus einem Missverständnis noch aus einem Verständnis der anderen Systeme, sondern er weicht ihnen aus. Dann, in einem zweiten Schritt, kann man eine Expansion dieses Diskurses praktizieren. Wenn ich sage: »Ich denke, also bin ich«, dann ist es eine Position – die bekanntlich von Descartes formuliert wurde –, die alle anderen Positionen zunächst einmal nicht tangiert und von anderen Positionen nicht tangiert wird. Und in der Tat: Ich sage dabei zunächst einmal nicht, *was* ich eigentlich denke – ich kann also alles Mögliche denken, ich kann auch all das denken, was alle anderen denken. Was auch immer jemand gedacht hat: Er hat es gedacht – und jetzt kann ich es auch denken. Diese Aussage war zu Descartes' Zeit neutral, sie ging an den damals üblichen Bejahungen oder Negierungen vorbei, sie etablierte sich jenseits aller damals bekannten Unterscheidungen und Oppositionen. Und dieses Vorbeigehen zeigt, dass wir es hier mit einer philosophischen Neugründung zu tun haben. Und eine solche Neugründung kann dann zum Ausgangspunkt einer revolutionären, expansiven Strategie werden, die alles Vorhergehende zurückdrängt.

Zugleich, sagen Sie, kann man jede Theorie-Leistung verstehen als Umstrukturierung der Tradition. Und dabei haben diejenigen Theorien den meisten Erfolg, die diese Umstrukturierung am effektivsten leisten.

Damit beschreiben Sie schon den zweiten Schritt: Nachdem ich eine Möglichkeit gefunden habe, so zu sprechen, dass mein Diskurs neutral bleibt und den Negationen und Bejahungen der Tradition entgeht, bekomme ich – von dieser Neugründung ausgehend – eine Chance, die Tradition neu zu interpretieren und umzustrukturieren. Wichtig ist, dass ich diese Chance nutze. Wenn es nur dabei bleibt, dass ich eine Neugründung vollziehe, aber nicht weitergehe, dann reicht das nicht aus. Ich muss zeigen, was durch meine Neugründung mit der Tradition passiert, auf welche Weise sie durch diese Neugründung restrukturiert wird. Erst dann erhält meine Neugründung ein gewisses Gewicht, eine gewisse Durchsetzungskraft, die für ihren Erfolg absolut wichtig sind.

Wenn wir nun nicht nur die Kunst, sondern auch die Philosophie als eine Sammlung betrachten – die Philosophie ist ja ein Teil der Archive: Glauben Sie, diese Betrachtung ergäbe etwas anderes als ein Nullsummenspiel? Ließe sich der Begriff »Nullsumme« in der Philosophie sinnvoll verwenden?

Ja, nur muss man dazu Folgendes anmerken: Immer wenn ich in den philosophischen Raum eintrete, merke ich, dass es sich um kein Nullsummenspiel handelt, dass die Summe nicht Null ergibt. Und das zeigt mir die Richtung, in der eine Neugründung möglich ist: dort, wo eine solche Neugründung die Summe näher an den Nullpunkt bringt. Wenn ich mich nun so positioniere, dass die Summe sich der Null annähert, dann habe ich mich richtig positioniert. Es ist ein Hinweis darauf, in welche Richtung man suchen soll.

Weiter in Richtung Null zu gehen bedeutet, etwas gefunden zu haben, das andere philosophische Tendenzen in gewisser Weise …

… konterkariert. Nach der Nullsumme fragt man, wenn man sich fragt, in welche Richtung man denken soll, um nach dem Neuen zu suchen, das dem Akzeptierten, Vorherrschenden, Geläufigen am effektivsten widerspricht.

Wäre so etwas wie das »Schwarze Quadrat«, also die absolute Gleichgültigkeit, in der Philosophie möglich?

Leider ist auch das »Schwarze Quadrat« nicht absolut gleichgültig: Es ist immer noch eine Form und ergibt auch keine Nullsumme.

Als Metapher übertragen: Was oder wer wäre das »Schwarze Quadrat« von Malewitsch in der Philosophie?

Das wäre Husserl. Was hat Malewitsch mit dem »Schwarzen Quadrat« versucht? Er hat beabsichtigt, anstatt ein Bild zu malen, das Feld oder den Raum abzustecken, in dem das Bildermalen als solches überhaupt stattfindet. Und das hat im Grunde auch Husserl, wie ich ausgeführt habe, versucht: Das philosophische Feld als solches freizulegen und zu markieren. Das ist ebendas Feld, in dem die Frage nach dem Unterschied zwischen Leben und Tod, zwischen Präsenz und Absenz, zunächst einmal ausgeschaltet wird, um dann völlig neu gestellt zu werden – aus der Perspektive eines transzendentalen, eines vampirischen Lebens.

Ist es so, wie wenn der Philosoph sich selbst als ein Readymade anbietet – wie Kierkegaard es versucht hat? Indem er das wie-

derholt, was er ist, bei seiner eigenen Banalität bleibt und nicht weitergeht?

Im ersten Schritt war es bei Kierkegaard so, im zweiten Schritt aber hat er eingesehen, dass die Möglichkeit, sich als Readymade einzubringen, selbst wiederum in einer Art *epoché*, in der Erschließung eines Feldes gründet, von dem man nicht sagen kann, ob es sakral oder profan ist. Hat man dieses Feld aber einmal erschlossen, dann kann man damit ziemlich effektiv umgehen. Für beide – Kierkegaard wie Husserl – ist es sehr wichtig, dass sie zunächst einmal das Feld abstecken, in dem sie sich dann positionieren.

Für Kierkegaard handelt es sich dabei um das Christentum, das nach seiner Meinung keine sichtbare, erfahrbare Unterscheidung zwischen Sakralem und Profanem zulässt und deswegen den Ort einer rein subjektiven Entscheidung markiert. Kierkegaard fragt: Haben wir heute bessere Gründe, Christus als Gott anzuerkennen, als die ersten Christen? – und beantwortet diese Frage mit Nein. Eine historisch frühere Entscheidung soll meine eigene Entscheidung nicht beeinflussen. Die Tatsache, dass jemand in einer christlichen Kultur aufgewachsen ist, macht aus ihm noch keinen Christen: Dafür ist ein völlig autonomes Bekenntnis notwendig, das historisch nicht abgeleitet werden kann. Für Husserl war dieses paradigmatisch-philosophische Feld die Geometrie. Er hat sich nämlich gefragt: Wenn man zum zweiten Mal die geometrischen Gesetze »nachvollziehen« will, die von den Griechen entworfen worden sind, kann man dann sagen, dass es sich dabei um die gleiche Evidenz handelt, die auch die Griechen von diesen Gesetzen hatten, als sie sie entdeckt haben? Aus dieser Fragestellung entsteht das husserlsche Projekt, zu einer eigenen, lebendigen, subjektiven Evidenz der Geometrie zu finden – einer Evidenz, die nicht davon abhängig gemacht werden kann, dass man in einer Welt lebt, in der die Gesetze der Geometrie bereits allgemein akzeptiert sind. Husserl versucht also, sich von der Geschichte, von der Vergangenheit sowie vom zeitgenössischen Zeitgeist radikal abzukoppeln, indem er alles geschichtlich Entstandene und allgemein Akzeptierte noch einmal durch eine unmittelbare Evidenz bestätigen oder widerlegen will. Genauso versucht Kierkegaard zu zeigen, dass der Glaube wie auch die Wissenschaft keine geschichtliche Kontinuität besitzen: Zu beiden muss man sich in seiner eigenen Gegenwart neu bekennen. Beide Philosophen versuchen also, ein Feld freizulegen, in dem zwischen Göttlichem und Menschlichem oder zwischen Evidentem und Nicht-Evidentem noch nicht unterschieden wird. Um dieses Feld zu beschreiben, benutzt der eine eine neue Interpretation der Figur Christi und der andere eine neue Interpretation der Geometrie. Das illustriert den Punkt, den ich markieren wollte: Wenn man als Philosoph zurück zum Ursprung will, beginnt man seinen Weg damit, dem bestehenden philosophischen Archiv eine neue philosophische Figur hinzuzufügen. Und dabei bleibt man auch eigentlich. Sowohl Kierkegaard wie Husserl zeigen, dass es keine »inneren« Kontinuitäten gibt, ob bewusste oder unbewusste. Alle diese Kontinuitäten sind illusionär und kaschieren nur den inneren Bruch – inklusive der Kontinuität des Traumas. Was bleibt, ist nur das Archiv, das rein »äußerlich«, artifiziell und materiell ist.

Es gibt »Sprachspiele«, wie die Philosophie und die Kunst, für die der Glaube, dass das Bessere möglich ist und sie selbst eine Vollzugsform dieses Besseren und Überlegenen sind, konstitutiv ist. Verliert man diesen Glauben an das Bessere und setzt diese Sprachspiele mit anderen Sprachspielen gleich, wird ihnen die Grundlage ihrer Existenz entzogen. So gesehen scheitert die Philosophie heute, indem sie ihre prominente Position verliert, als eine Disziplin unter vielen. Ist die Philosophie tot? Kann die Philosophie, wie oftmals behauptet, nur noch als Philosophiegeschichte betrieben werden?

Es geht mir mit dieser Frage nicht zuletzt um den Widerspruch, der darin besteht, einerseits die Philosophie als eine gleichgestellte Lebensform unter vielen anderen zu sehen und andererseits zu behaupten, dass sie nur als privilegierter Diskurs existiert oder überhaupt nicht.

Sicherlich ist die Philosophie nur eine Lebensform unter vielen anderen – gleichzeitig aber eine Lebensform, die einen gewissen Anspruch auf das Höhere voraussetzt, in dem Sinne, dass sie, wie ich gesagt habe, im Wesentlichen ein Wettbewerb ist – und zwar ein Wettbewerb nicht nur mit den Lebendigen, sondern vor allem mit den Toten. Und der Wettbewerb mit den Toten ist schwieriger und anspruchsvoller als ein Wettbewerb mit den Lebendigen. Und dieser Wettbewerb braucht Publikum.

Nun, das brauchen andere Diskurse und Aktivitäten auch: Jede Sportart verlangt nach ihrem Publikum.

Nun meine ich, wie gesagt, nicht das Publikum der Gegenwart. Der Sport wird vor den Augen der Lebenden praktiziert – wobei eigentlich auch dort ein Wettbewerb mit den Toten stattfindet, seitdem die Rekorde registriert und archiviert werden –, aber der Wettbewerb in Philosophie und Kunst findet vor allem vor den Augen der Toten statt. Wenn ich von der Pragmatik des philosophischen Erfolgs spreche, dann meine ich damit weniger den Erfolg bei den Lebendigen als den Erfolg bei den Toten. Deswegen sind soziologische und wirtschaftliche Kriterien des Erfolgs für den philosophischen Wettbewerb letztendlich wenig relevant – was sicherlich nicht bedeutet, dass auch ein solcher diesseitiger Erfolg nicht angestrebt werden kann und soll. Wir stehen nämlich im Wettbewerb mit den Toten auch in Bezug auf ihren weltlichen Erfolg, der oft beträchtlich war. Wenn wir also mit den Toten ernsthaft konkurrieren wollen, dann können wir auch nicht darauf verzichten, ebenfalls im Leben zu reüssieren – wie sie es ihrerzeit gemacht haben. Aber ein solcher weltlicher Erfolg ist niemals der Selbstzweck.

Derzeit scheint es einen Boom an pseudophilosophischer Literatur zu geben, ich denke an »Sofies Welt«; philosophische Nachschlagewerke und Lexika werden en masse gedruckt.

Die Autoren dieser Werke wollen keinen eigenen Platz im philosophischen Raum erringen. Mich interessieren aber nur Autoren, die für sich einen prominenten Platz in der Philosophie gewinnen wollen. – Übrigens: Prophezeiungen zu wagen ist schwierig, aber ich habe das Gefühl, dass die Zeiten für die Entwicklung von Philosophie und Kunst als Lebensformen günstig sind. Man hütet sich zur Zeit davor, die eigenen utopischen Impulse in die Politik zu investieren. So werden sie womöglich in Kunst und Philosophie investiert. Darüber hinaus leben wir in einer schnell produzierenden Zivilisation, mit einer Überproduktion an Texten und Bildern. Und im Kontext dieser Überproduktion wirkt die kontemplative, philosophische Einstellung zunehmend verführerisch. Ich weiß nicht, wie es weitergeht, doch zunächst habe ich das Gefühl: Die Philosophie hat keine schlechte Stellung in unserer Zeit.

Sie reden vom Grabmal des Philosophen – seinen Büchern –, aber ein Grabmal für die Philosophie als solche sehen Sie nicht?

Nun ja, das alles ist ein Grabmal der Philosophie. Die Philosophie ist erst tot, wenn das Grabmal abgerissen wird und alle wieder lebendig werden. Wo die Totenpflege – der Wettbewerb mit den Toten – noch stattfindet, dort ist die Philosophie noch nicht tot.

Herr Groys, was bleibt der Philosophie nach Husserl und Wittgenstein? Welches, glauben Sie, sind die relevanten philosophischen Fragen heute?

Ich denke, solange dieser Raum »Philosophie« offen ist und wir aufgefordert sind, auf die eine oder andere Weise daran teilzunehmen, solange ein Interesse daran besteht und die Fragen diskutiert werden, sind wir zur Philosophie gezwungen.

Gut, Sie sagen, das Grabmal »Philosophie« existiert, und das heißt nach Ihrem Verständnis: Die Toten stellen Forderungen an die Lebenden. Nur war meine Frage: Welche Fragen – nach

Husserl und Wittgenstein – wären heute von Relevanz? Im Sinne der Nullsumme ist die Philosophie mit diesen beiden Philosophen einen großen Schritt weiter in Richtung Null gegangen …

… ohne die Null zu erreichen. Es gibt keine Evolution in diesem Sinne.

Aber in welche Richtung müsste man heute gehen, um in Richtung Null zu gehen?

In welche Richtung ich gehe, habe ich versucht zu zeigen. Wo man von allen Seiten hört, dass Philosophie etwas für das gegenwärtige Leben tun soll, auf die Fragen des Zeitgeistes reagieren soll und das Publikum bedienen soll, versuche ich zu zeigen, dass die Philosophie eine Lebensform ist, die allen gleichermaßen offen steht, aber denjenigen wenig zu bieten hat, die das Angebot dieser Lebensform nicht annehmen wollen. Wer an dieser Lebensform nicht teilnehmen will, verpasst nichts – außer dem Nachdenken über den eigenen Tod, das nicht immer angenehm ist. Aber sie sollten sich zugleich davor hüten, an diejenigen, die an der philosophischen Lebensform teilnehmen, irgendwelche Forderungen zu stellen. Das Gleiche gilt auch für die soziologische Kritik an der Philosophie: Ich habe versucht zu zeigen, wo eine solche Kritik zu kurz greift und die eigentliche Aufgabe der Philosophie übersieht. Diese Aufgabe besteht aber eben darin, das Aktuell-Gesellschaftliche zu überwinden, aus dem Gefängnis des Zeitgeistes auszubrechen, mit anderen Zeiten und anderen Räumen Kontakt aufzunehmen – und dann vielleicht die Möglichkeit zu erhalten, die eigene Gegenwart einer distanzierten, kritischen Betrachtung zu unterziehen.

Andere werden bestimmt in andere Richtungen gehen. Einige solche Richtungen kündigen sich schon an – andere lassen sich noch nicht voraussagen. Wir haben auf jeden Fall einen sehr vielfältigen Raum der Philosophie und können in sehr unterschiedliche Richtungen gehen: Jede Frage kann reaktiviert oder anders gestellt werden, mit bekannten, schon gut vertrauten Ansätzen kann anders umgegangen werden. Ich glaube nicht, dass es privilegierte oder besonders interessante philosophische Richtungen gibt. Man kann in alle möglichen Richtungen gehen, noch überschwänglicher oder noch asketischer werden als alle anderen – oder überhaupt einen neuen Wettbewerb erfinden. Man kann sich in der Philosophie vielfältig betätigen, und ich würde hier keine Vorschriften erlassen oder Richtlinien vorgeben wollen.

Eines, auf jeden Fall, haben Sie früher einmal gesagt, möchte der Theoretiker sicherlich nicht: erhabenes Schweigen. Wie kann der Philosoph nach allem, was früher schon (von den Toten) gesagt worden ist, schweigen?

Es haben schon so viele auf so viele unterschiedliche Weisen geschwiegen, dass man heute eine neue Art des Schweigens erfinden muss, wenn man überhaupt schweigen will. Man muss demonstrieren, dass das eigene Schweigen irgendwie interessanter und besser ist als das Schweigen der anderen. Und das ist nicht einfach: Viele Philosophen haben es schon versucht und sind daran gescheitert. Aber auch das ist grundsätzlich möglich – auf eine neue, interessante Weise zu schweigen. Alle Möglichkeiten stehen offen, und wir können nie sagen, dass ein Wettbewerb endgültig abgeschlossen ist: Kaum haben wir es gesagt, kommt jemand und läuft die hundert Meter schneller, als es überhaupt möglich schien, oder er läuft sie in eine andere Richtung. Es passieren immer wieder unglaubliche Dinge. Man kann nichts ausschließen, auf allen Gebieten kann etwas Neues passieren – nur interessiert mich das alles, offen gesagt, nicht besonders. Mich interessieren wohl die Beschreibungen des Raumes und die Strategien der Spieler, aber nicht unbedingt das, was von ihnen jeweils geleistet wird. Wenn die Philosophie eine Lebensform und ein Wettbewerb ist, dann bedeutet die philosophische, kontemplative Haltung in Bezug auf die Philosophie die Nicht-Teilnahme an diesem Wettbewerb. Ich befinde mich viel lieber auf der Zuschauertribüne.

Das Märchen vom Begehren

Herr Groys, ein Gespenst geht um: das Gespenst der Indifferenz. Allerorts grau-in-grauer Bildungssmog und phänotypische Gleichmacherei, die gleiche Unterhaltung, die gleichen Gesten, politischen Posen, Attitüden usw. Indifferenz erzeugt Gewalt auf der einen – und einen Fetischismus der kleinen Differenzen auf der anderen Seite. Sind diese Symptome vorübergehender Natur, oder sind sie Ausdruck einer tieferen Degeneration, wie sie etwa der Anthropologe René Girard als »Krise der Unterschiede« bei untergehenden Kulturen diagnostiziert?

Ich kenne diese Diskurse über das Verschwinden der kulturellen Differenzen in der Moderne, aber ich bin mir nicht sicher, dass ich sie wirklich nachvollziehen kann. Wenn man sagt: Die Moderne vernichtet die kulturellen Unterschiede – was ist eigentlich damit gemeint? Die meisten vormodernen Gesellschaften kannten nur Bauern, Krieger und Priester. Das bedeutet, dass diese Gesellschaften letztendlich alle gleich aussahen. Die authentische Volkskultur bestand im Wesentlichen aus gemeinschaftlichen Tänzen sowie einem traditionellen Kleider- und Geschirrdesign. Das merkt man deutlich bei multikulturellen Veranstaltungen, die die vormodernen Unterschiede thematisieren wollen: Es sind meistens Tanzveranstaltungen – und zumindest mir, der ich kein Spezialist in diesen Angelegenheiten bin, scheint es, dass alle diese Völker mehr oder weniger gleich tanzen, denn es handelt sich wiederum entweder um Bauerntänze oder um Kriegstänze. Da gibt es auch ab und zu einige erotische Elemente, aber die sehen sowieso immer gleich aus. Was jedoch das Kleider- und Geschirrdesign anbelangt, so ist es offensichtlich, dass die heutige Modeindustrie in einem Jahr viel mehr unterschiedliche Formen produziert, als diese ganzen vormodernen Völker zusammengenommen während ihrer gesamten Geschichte produziert haben.

Die herrschende Vorstellung besteht darin, dass der Weg der Modernisierung die Menschen aus geschlossenen, isolierten und heterogenen Gemeinschaften in einen offenen, homogenisierten, uniformierten und globalisierten gesellschaftlichen Raum führt. Deswegen denkt man auch, dass die alten, vormodernen Unterschiede durch die Globalisierung verwischt werden, denn man geht davon aus, dass diese Unterschiede ihren Ursprung allein in der Isoliertheit und Geschlossenheit der vormodernen Gemeinschaften haben können. Doch erstens sind diese Unterschiede vielmehr Effekt eines Vergleichs zwischen unterschiedlichen Kulturen, der gerade im offenen, globalisierten Raum stattfindet. Wenn die Kulturen voneinander getrennt sind, dann kann man nämlich nicht sagen, ob sie unterschiedlich oder gleich sind. Man braucht zunächst einmal einen homogenen Raum des universellen Vergleichs, damit sich einzelne Differenzen in diesem Raum zeigen könnten. Die kulturellen Differenzen entstehen also erst infolge der Globalisierung, statt durch sie verwischt zu werden. Der Unterschied etwa zwischen der chinesischen und der italienischen Küche entsteht erst in einer modernen Metropole, in der beide Küchen gleich präsent sind – und wo durch ihre unmittelbare räumliche Nähe eine Wahl zwischen ihnen möglich wird. Vergleichbare Unterschiede werden auch durch die moderne Tourismusindustrie produziert: Mal verbringt man seinen Urlaub auf einer italienischen Piazza, mal bestaunt man Statuen von Buddha in China. Allerdings zeigen diese Beispiele deutlich, wie gering und rein äußerlich ethnisch und regional determinierte Unterschiede sind – es handelt sich in allen diesen Fällen letztendlich um eine unwesentliche Geschmacksentscheidung. Und zweitens werden ernsthafte Unterschiede erst in der Moderne produziert. Dabei handelt es sich sicherlich nicht um die berühmte »Ausdifferenzierung« der wissenschaftlichen, bürokratischen und politischen Kompetenzen, von der so oft die Rede ist. Die größten Unterschiede werden gerade von den universalistischen Strömungen der Moderne produziert, die den Anspruch erheben, alle regional, ethnisch, ökonomisch und bürokratisch bedingten Differenzen zu überdeterminieren, denn diese Strömungen – ob es sich um die Aufklärung, den Kommunismus, die künstlerischen Programme der Avantgarde oder ekstatische Wiedererweckungssekten handelt – spalten die Gesellschaft in »wir« (die wir uns diesen Strömungen anschließen) und »die anderen«, »die Fremden« (die sich diesen Strömungen verweigern). Gerade der universalistische Anspruch der modernen Ideologien, der modernen Moden, der modernen Subkulturen produziert ständig neue Differenzierungen, die eine viel größere differenzierende Kraft und Schärfe haben als die alten, vormodernen Differenzen. Weil die genuin modernen Denk- und Kulturformen allen gleichermaßen zur Verfügung stehen, hat nämlich die Entscheidung zugunsten dieser Kulturformen oder gegen sie eine größere Tragweite als das einfache Geschmacksurteil. Wohl bemerkt ist der sogenannte Fundamentalismus ein durch und durch modernes Phänomen, insofern er einen Versuch unternimmt, regionale, vormoderne kulturelle Traditionen mit einem modernen, universalen Anspruch zu versehen. Der religiöse oder nationale Fundamentalismus praktiziert damit eine Art Readymade-Verfahren innerhalb des politischen Raumes: Er nimmt eine fertige vormoderne Denk- oder Kulturform und verleiht ihr den Status einer modernen politischen Ideologie – so wie der Künstler, der mit dem Readymade-Verfahren operiert, präfabrizierte Produkte nimmt und ihnen den Status von Kunstwerken verleiht, indem er diese Produkte in den Kunstraum stellt.

Sie selbst aber arbeiten, wenn man so will, mit einem »infektionstheoretischen« Modell: Kulturelle Viren – tendenziell inhaltsarme Zeichen – verkörpern im Zuge ihrer epidemischen Ausbreitung eine Art kleinsten kulturellen Nenner: Popmusik – Psychoanalyse – Disney – Demokratie – Hollywood. Wäre diese Figur nicht als Bewegung einer zunehmenden Entdifferenzierung zu denken?

Das glaube ich nicht. Ich glaube vielmehr, dass es sich um zwei gleichzeitige Bewegungen handelt: Es bilden sich immer neue kulturelle Körper, aber es entstehen auch immer neue Viren, die alle diese Körper mit den gleichen Krankheiten infizieren. Und je differenzierter die Kultur wird, auf desto niedrigerem Niveau müssen diese Viren operieren, um kulturelle Immunsysteme effektiv zu durchbrechen. Wir haben übrigens zum Phänomen der Verbreitung traditionell ein gespaltenes Verhältnis. Auf der einen Seite bewundern wir Ideen und Produkte, die sich über alle Grenzen hinweg verbreiten, wie etwa den Diskurs der Dekonstruktion oder die Schuhe von Prada oder ökologisch korrektes Essen. Gleichzeitig wird aber jede Verbreitung von irgendetwas quasiautomatisch mit einer Epidemie, mit Cholera und Pest assoziiert – es handelt hier wahrscheinlich in der Tat um uralte kollektive traumatische Erfahrungen. Wenn man daher irgendwann aufhört, Derrida zu lesen oder Prada zu tragen oder ökologisch zu essen, fühlt man sich wie im Zustand der Rekonvaleszenz. Man sagt sich: Auch diese Epidemie habe ich überlebt und fühle mich wieder gesund – Gott sei Dank. Dabei hat man sich allerdings auch früher, das heißt während der Epidemie, keineswegs besonders schlecht gefühlt. Und Derrida ist in der Tat ein guter Autor, und die Schuhe von Prada sind wirklich elegant. Man darf nicht vergessen: Die virale Verbreitung ist die geheime Wahrheit jeder Kommunikation, die aber von den meisten Kommunikations- und Gesellschaftstheorien nicht angemessen berücksichtigt wird. Wenn ich mich mit jemandem unterhalte, dann erfahre ich den eigentlichen Sinn dieser Unterhaltung erst später, wenn deutlich wird, ob ich während dieser Unterhaltung irgendwelche Grippeviren bekommen habe oder nicht. Das Gleiche gilt für die virtuelle Kommunikation im Internet – sie überträgt ebenfalls Viren. Von Begegnungen sexueller Art braucht man gar nicht zu reden. Viren agieren also unterhalb jedes Sinns, jeder Bedeutung, jeder kommunikativen Absicht, jedes Begehrens, jeder Ekstase. Aber sie agieren auch unterhalb der Schrift, der Ordnung der Signifikanten, des Zeichenspiels – ganz zu schweigen vom berühmten Cyberspace. Viren agieren nämlich auf der Ebene der materiellen Träger aller möglichen Medien – auf der submedialen Ebene. Sie agieren also auf der gleichen Ebene wie Vampire oder gute Philosophen.

Zumindest versuchen gute Philosophen wie auch gute Designer oder Köche, auf dieser Ebene zu agieren, das heißt direkt zu infizieren – allerdings in der Gefahr, selbst wiederum infiziert zu werden. Doch sicherlich sind diese Beispiele immer noch zu hoch gegriffen. Angesichts der immer weiteren Differenzierung und Verkomplizierung unserer Kultur müssen die Viren immer einfacher und einfacher, elementarer und elementarer werden, um die kulturellen Grenzen überschreiten zu können. Das erklärt, warum die so genannte Massenkultur, die nichts anderes als ein Ensemble verschiedener Populationen solcher Viren darstellt, mit der Zeit immer elementarer, immer primitiver wird, wenngleich die Kultur als solche immer komplizierter wird. Allerdings bedeutet diese Verbreitung der Viren noch nicht die Nivellierung der einzelnen Kulturkörper, denn wenn die Viren die einzelnen Körper auch auf die gleiche Weise infizieren, so werden diese Körper doch immer auf ihre eigene Weise krank – wir wissen, dass die chinesische Küche in verschiedenen Ländern unterschiedlich schmeckt. Und darüber hinaus sind die Begriffe von Gesundheit und Krankheit relativ. Jede Virenpopulation ist als solche doch vollkommen gesund – und kann deswegen zum Ursprung einer neuen kulturellen Differenzierung werden. Es genügt zu sagen: Ich bekenne mich zu dieser Krankheit, für mich handelt es sich um keine vorübergehende Mode, um keine Epidemie, die irgendwann ihre zeitliche Grenze erreicht, sondern um eine universelle Wahrheit, und dieser Wahrheit bleibe ich für immer und ewig treu – ich werde auch dann Derrida lesen, Prada-Schuhe tragen und ökologisch essen, wenn ich als der letzte Mensch auf der Erde leben werde, der so etwas Altmodisches tut. Diese Entscheidung, dieses Bekenntnis, das dem Vergänglichen eine Perspektive der Unsterblichkeit verleiht, schafft eine neue kulturelle Form, die, wie gesagt, gleichzeitig universell und exklusiv sein kann. Ansonsten versucht man immer wieder auf dieser elementaren, viralen, submedialen Ebene zu agieren, wenn man eine reale Wirkung erzielen will. Das ist auch der Grund für die berühmte Vorherrschaft der Sex-und-Gewalt-Kultur in den heutigen Medien: Wir haben es hier mit einer Sprache unterhalb der Ebene der Sprache zu tun – aufeinander zu schießen ist doch nichts anderes als eine elementare, virale, submediale Form der Kommunikation.

Also durchdringe ich den Anderen als Verlängerung, als Projektil meiner selbst?

Nein, nicht unbedingt als Projektil Ihrer selbst, sondern Sie können mit dem Anderen kommunizieren, indem Sie ihn einfach verletzen oder töten. Das ist eine Möglichkeit, die immer offen bleibt – auch wenn alle anderen Möglichkeiten der Kommunikation versagen. In diesem Sinne ist der »Krieg der Sterne« besonders lehrreich: Es treffen sich dort sehr unterschiedliche Lebensarten – zum Teil Roboter, zum Teil Extraterrestrische, die sich zwar nicht immer verstehen können, weil sie oft keine gemeinsame Sprache haben. Sie können aber aufeinander schießen – diese Möglichkeit bleibt ihnen immer vorbehalten. Und die wird auch ausgiebig genutzt.

Wobei diese Form der Verletzung vielleicht eine letzte Form von Berührungsmöglichkeit ist in Gesellschaften, in denen man sich kaum noch berührt, in denen es keine Intimitäten der Körper mehr gibt?

Das ist nicht die Berührung im klassischen Sinne …

… eine Penetration zumindest …

… es ist nicht die Berührung im Sinne von Bataille, das glaube ich nicht. Diese Gewalt ist nicht die bataillesche Gewalt, es ist nicht die Gewalt, die die symbolische Ordnung der Sprache sprengt und eine Intimität zwischen den Körpern schafft. Wie gesagt: Das Ganze spielt sich unterhalb jedes Begehrens ab. Nicht zufällig werden dabei unterschiedlichste Waffen benutzt, die meistens über eine große Distanz hinweg wirken. Hier handelt sich wirklich um rein materielle, submediale Vorgänge, die nur demonstrieren, dass Menschen wie auch andere Zeichenträger, inklusive Bücher, Bilder oder Computer, dem allgemeinen Schicksal aller Dinge nicht entrinnen können. Für Bataille war die Gewalt immer noch symbolisch beladen, sie war mit Transgression, mit Eruption beladen. Die in der Massenkultur dargestellte Gewalt ist dagegen kalt, neutral – rein technisch-materiell.

Nun etabliert sich mit der Moderne eine Institution, die das »entropische« Prinzip, mithin die Verwahrlosung der Unterschiede umzudrehen versucht: das Archiv als ein Ort, an dem Differenzen produziert werden; eine »Sammlung von heterogenen Gegenständen« – von Texten, Bildern, Partituren etc. – »im homogenen Raum«. Im Modus des Zitierens und Vergleichens von kulturellen Gegenständen werden nationale oder individuelle Identitäten, etwa die eines Philosophen, Malers oder Schriftstellers, kreiert und festgestellt.

Ja, die Archive, die Museen sind die Vergleichsräume, in denen eine andere Neutralität, eine andere Homogenität herrschen – eine Neutralität und eine Homogenität der Unsterblichkeit. In Archiven werden Dinge gesammelt, zu denen man sich bekennt, von denen man meint: Diese Dinge sollen nicht vergehen, sie sollen dauern – sie sollen vor dem Tod gerettet werden, sie dürfen das Schicksal aller anderen Dinge nicht teilen. Dadurch entsteht erst die Möglichkeit, diese Dinge miteinander zu vergleichen, denn vergängliche Dinge kann man nicht miteinander vergleichen – dazu vergehen sie zu schnell. Sicherlich bedeutet das nicht, dass Archive und Museen immateriell und in Bezug auf den Tod immun sind. Wichtig ist allein die Entscheidung – die auch eine durchaus persönliche Entscheidung sein kann – zugunsten der Unsterblichkeit bestimmter Dinge, Gefühle, Attitüden. Eine solche Entscheidung öffnet zuallererst den Horizont dessen, was wir Kultur nennen.

Dabei bemüht man sich ständig, den Raum der Unsterblichkeit so unspezifisch zu gestalten wie nur möglich. Man begann mit Tempeln und Palasträumen, die sehr spezifische Orte waren und sich durch eine bestimmte Architektur auszeichneten, dann ging man über zu einem mehr und mehr asketischen Raum – bis hin zu diesem berühmten *white cube*, in dem es nur weiße Wände und gleichmäßiges Licht gibt. Aber auch das hat nicht ausgereicht, weil dieser Raum noch zu spezifisch geblieben ist. Und jetzt macht man Kunstausstellungen in alten Bahnhöfen, verlassenen Industrieanlagen, die noch neutraler, noch unmarkierter sind. Mit jedem weiteren Schritt will man den Raum der Unsterblichkeit immer unspezifischer machen. Diese fortschreitende Entropisierung des Archivraums, die fortschreitende Neutralisierung des musealen Raums ist in einer Bewegung begriffen, von der wir nicht sagen können, wohin sie führt. Zum Teil – und das habe ich schon beschrieben – führt sie zur Abschaffung dieses Raumes selbst und zum Übergang in ein Ereignis: Die Kunstausstellung wird mehr und mehr zu einem Ereignis – damit nicht nur ihr Ort, sondern auch ihre Zeit unspezifisch werden kann …

… eine Theatralisierung des Museums …

… ja, der Raum der Unsterblichkeit wird einer Theatralisierung unterworfen – wie wir es schon aus der Religionsgeschichte kennen. Das führt dazu, dass jeder fest definierte Raum uns zu spezifisch zu sein scheint. Auf jeden Fall – und da kommen wir wiederum zur Frage der Gewalt – muss man sich darüber im Klaren sein, dass die Räume des Vergleichs in jedem Fall von der Gesellschaft, von der Polizei und vom Gesetz hergestellt, überwacht und kontrolliert werden. Man darf sich an diesen Kunstwerken, die dort ausgestellt sind, nicht vergehen, man darf sie nicht schlecht behandeln: Das gilt als Sakrileg. Wir haben hier eine gewisse Gewalt – eine staatliche Gewalt –, die die Räume der Unsterblichkeit als Räume des Vergleiches konstituiert und ermöglicht. Das zeigt, inwieweit unsere Kultur selbst von unterschiedlichen Formen der

Gewalt durchdrungen ist. Wenn man über die Gewalt spricht, dann spricht man nicht über etwas, was sich außerhalb der Kultur befindet und die Kultur möglicherweise sprengen oder bedrängen kann. Vielmehr ist die Kultur selbst eine Form der Gewaltanwendung in Namen der Unsterblichkeit. Nun bedeutet das aber auch, dass ich, wenn ich mich zu einem Ding bekenne, das meiner Überzeugung nach Unsterblichkeit verdient, dann auch eine gewisse Gewalt anwenden muss – im Verbund mit dem Staat oder gegen den Staat –, um diesem Ding eine Dauer zu verschaffen. Deswegen wird die Politik der Unsterblichkeit unvermeidlich, und sie operiert, wie jede Politik, auch mit Gewalt. Wenn ich nun sage, dass ich für ein Ding und nicht etwa für mich selbst Unsterblichkeit wünsche, dann muss man bedenken, dass ich damit in einer langen Tradition stehe – und wenn ich etwa für meine Seele Unsterblichkeit wünsche, wünsche ich sie für ein Ding, für ein Seiendes, das mit mir nicht völlig identisch ist. Ich als Subjekt bin dagegen kein Ding – und operiere hinter und jenseits allen Dingen, das heißt rein politisch, praktisch. Deswegen kann ich als Subjekt für mich selbst keine Unsterblichkeit beanspruchen – nur für etwas anderes, was ich nicht bin.

Eine Ihrer zentralen Thesen lautet, dass wir den allgemein verbindlichen Kontext, in dem das Neue, das Innovative ermittelt werden könnte, verlieren: Das Archiv ist in der Krise. Könnten Sie dieses Archiv in der Krise kurz beschreiben?

Wir sind heute mit einer Überproduktion von Gedächtnis, von Erinnerungen, mit der Überproduktion von Altem konfrontiert. Deswegen haben wir auch Schwierigkeiten bei der Ermittlung des Neuen. Oft sagt man, dass es heutzutage nichts Neues mehr geben kann – außer vielleicht im Bereich der technischen Innovation. Ich glaube, dass man so etwas nicht behaupten darf, weil man es nicht beweisen kann. Das Neue ist immer möglich. Nun lässt sich allerdings nicht erkennen, ob das Neue wirklich neu ist, wenn wir nicht genau wissen, wie das Alte aussieht. Wenn ein fester Kanon der Tradition fehlt, dann ist die Herstellung des Neuen unmöglich. Das Gedächtnis ist aber heutzutage, wie wir alle wissen, ein politisch äußerst umkämpftes Gebiet, und da wir nicht mehr zu wissen glauben, was früher war, können wir auch das Neue nicht mehr mit Evidenz als solches anerkennen.

Deswegen wird der Unterschied zwischen Alt und Neu für den Anspruch auf Unsterblichkeit – oder zumindest für den Anspruch auf kulturelle Dauer – heute zunehmend unerheblich. Das Bekenntnis zur Unsterblichkeit ist also endgültig politisch geworden oder, wenn man so will, rein subjektiv, weil objektiv unbegründbar. Dieser Unbegründbarkeit tragen die Theorien Rechnung, die das Beharren auf dem Gleichen durch persönliche oder kollektive Traumata erklären wollen: Wenn etwa ein Künstler oder ein Philosoph auf ihren Positionen beharren, dann diesen Theorien zufolge nur deswegen, weil sie in ihrer Kindheit traumatisiert worden sind – oder zumindest dadurch traumatisiert sind, dass sie eben nicht traumatisiert worden sind. Das Trauma gilt heute als die einzige Entschuldigung für die Treue zu sich selbst in einer Gesellschaft, die alles »Überholte« verachtet und von ihren Mitgliedern ständig verlangt, auf der Höhe der Zeit oder, besser noch, »viel weiter« zu sein, als sie es tatsächlich sind. Diese Begründung der Beharrlichkeit durch das Trauma wird aber hinfällig, wenn verstanden wird, dass unsere Kultur von Anfang an die Möglichkeit für eine Politik der Unsterblichkeit in sich enthält und sogar einen institutionellen Rahmen für eine solche Politik bereitstellt – sodass der Verweis auf ein außerkulturelles Trauma überflüssig ist. Die Kultur ist, wenn man so will, selbst ein Trauma – sie benötigt also kein zusätzliches Trauma für die Begründung ihrer Selbstreproduktion in der Zeit.

Kommen wir noch einmal zurück zum Prinzip der Differenz als einem Stilmerkmal der Moderne: Tatsächlich bin ich immer schon unterschieden, gezeichnet von einem Anfang her, der mir entgeht. Diese erste Unterscheidung geht jedem absichtlichen Sich-unterscheiden-Wollen – etwa einer künstlerischen Praxis – vor-

aus. In welcher Weise ist die Unterscheidung zwischen beiden Arten der Distinktion wesentlich? Und was bedeutet sie im Kontext der Kunst?

Ich glaube nicht, dass sich der Mensch von der Geburt her von anderen Menschen wesentlich unterscheidet. Im Gegenteil: Der Mensch ist ein sehr banales, weil vergängliches Wesen. Die Unterschiede entstehen, wie gesagt, erst in einem stabilen, dauerhaften, potentiell ewigen Raum des Vergleichs. Der Mensch lebt aber zu kurz und hat in einem solchen Raum keinen Platz, deswegen sehen für uns die anderen Menschen gleichzeitig sehr unterschiedlich und völlig gleich aus. Auch wenn man zugunsten der Einzigartigkeit des einzelnen Menschen aus einer genetischen Perspektive argumentieren will, setzt eine solche Argumentation einen überzeitlichen Raum des Vergleichs zwischen verschiedenen genetischen Programmen voraus, die wiederum nur in diesem Raum ermittelt werden können. Der Mensch ist also auch dann banal, wenn sein genetisches Programm originell, einzigartig ist. Deswegen soll man den Diskurs nicht ernst nehmen, der die Ursache für die kulturellen Unterschiede in den Unterschieden unter den Menschen sucht.

... allein, die Tatsache, dass dieser Diskurs existiert, kann man aber doch nicht von der Hand weisen.

Nun ja, von der Hand weisen nicht – aber kritisieren kann man diesen Diskurs schon. Man darf nicht vergessen, dass gerade dieser Diskurs zum Begriff der »entarteten Kunst« geführt hat – man wollte nämlich verschiedene »Bildentartungen«, die in Wahrheit Effekte durchaus bewusster künstlerischer Strategien waren, auf vermeinliche reale physische »Entartungen« ihrer Autoren zurückführen.

Ich darf noch einmal auf Ihren »Versuch einer Kulturökonomie« zurückkommen, wie er in Ihrem Buch »Über das Neue« formu-

liert ist. Eine Theorie über das Neue ist immer bereits Teil des Neuen, Teil des Formalismus, den sie beschreiben möchte. Aus dem Feld, das sie behandelt, kann sie selbst – können Sie, Boris Groys – nicht heraustreten. Eine »Soziologie der Soziologie« als »fundamentale Dimension des Erkenntnisprozesses«, wie sie Pierre Bourdieu fordert, wäre also in Ihrem Sinne nicht möglich?

Es ist immer die Frage, ob ich mich selbst dem Feld zurechne, das ich beschreibe. Da kommt es immer wieder zu dieser Forderung ...

... das war zunächst einmal keine Forderung, sondern die Frage, ob Sie aus dem Feld, das Sie mit Ihrer Theorie konstruieren, selbst heraustreten können.

Ich war doch niemals darin. Man wendet doch nicht gleich alle Verfahren auf sich selbst an, die man benutzt, wenn man andere beschreiben will. Wir kennen alle diese goldene Regel: »Du sollst anderen nicht das antun, von dem du nicht willst, das es dir angetan wird.« Aber das bedeutet noch lange nicht, dass ich alles, was ich den anderen antue, auch mir selbst antun muss. Eine solche Selbstreflexion ist keine moralische Forderung. Wenn ich andere beschreibe – warum soll ich mich selbst mit den gleichen Mitteln beschreiben? Es sind doch vielmehr die anderen, die mich mit ihren Mitteln beschreiben sollen, falls sie es wollen – dagegen habe ich überhaupt nichts einzuwenden. Aber ich möchte diese Arbeit nicht selbst machen. Es gibt einen sehr guten Aphorismus von Carl André: »Kultur ist das, was andere mir angetan haben. Kunst ist das, was ich anderen antue.« So würde ich es auch sehen, wenn man das Wort Kunst durch das Wort Philosophie ersetzt. Wenn ich also etwas schreibe, dann ist es etwas, was ich den anderen antue. Warum soll ich mir selbst das Gleiche antun?

Sie beschreiben, ähnlich wie Bourdieu es tut, die Entstehung von Kultur durch ein agonales Prinzip, als einen Kampf um Aufmerksamkeit und um Aufnahme ins Archiv. Aus diesen Kämpfen ge-

hen Veränderungen, Bedeutungen und Differenzen hervor und nicht zuletzt »Sieger und Besiegte«. Die Entwertung der Avantgarde von heute sichert die Herrschaft der Kulturheroen von morgen! Schließt man sich dieser Folgerung an, dann kann ein Werk für sich allein nicht sprechen, ohne dass es von der Auseinandersetzung mit den Werken anderer spricht.

Nein, ich sehe das alles völlig anders als Bourdieu. Ich denke nicht, dass es einen Kampf um Aufmerksamkeit gibt, und ich denke nicht, dass die Avantgarden von heute – oder auch von gestern – abgewertet werden müssen, um einen Platz für die Sieger zu schaffen. Ganz im Gegenteil: Die anderen Philosophen oder Künstler haben erst einen Raum geschaffen – oder zumindest durch ihre Bilder oder ihre Bücher möbliert –, in den ich etwas stellen kann, dem ich Unsterblichkeit, Ewigkeit wünsche. Wie gesagt, es geht mir nicht um Anerkennung von Seiten der Lebenden, sondern um Anerkennung von Seiten der Toten. Das bedeutet: Ich treffe eine Entscheidung, ich bekenne mich zu einer Idee, zu einem Bild – ich übernehme eine persönliche Verantwortung für sie. Ich sage, dass es mein Bild, dass es meine Idee ist – und zwar unabhängig davon, ob ich dieses Bild oder diese Idee »selbst erfunden« habe oder nicht. Und dann versuche ich, diesem Bild oder dieser Idee treu zu bleiben – sie gegen alle Verrate, Anfeindungen und Zweifel zu verteidigen. Es handelt sich sicherlich um einen Kampf, aber es ist im Wesentlichen ein einsamer Kampf gegen sich selbst – kein agonaler Kampf gegen die anderen. Die anderen dienen bei einem solchen Kampf vielmehr als Vorbilder – oder auch, wenn man so will, als negative Beispiele. Aber keineswegs als Feinde.

Nun beginnt die Sache freilich in dem Moment anders auszusehen, in dem sich auch andere meinem Bekenntnis anschließen – und eine solche Möglichkeit ist ja immer gegeben, denn Bekenntnisse dieser Art sind prinzipiell offen und haben einen universellen Anspruch. In diesem Fall spaltet sich die Gesellschaft in Freunde und Feinde – und der Kampf beginnt, wie etwa im Fall des Christentums, der avantgardistischen Kunstströmungen des zwanzigsten Jahrhunderts oder des Kommunismus. Aber man darf dabei nicht vergessen, dass sowohl der Kampf wie auch der Kampfplatz erst durch ein initiierendes Bekenntnis eröffnet werden. Dieses Bekenntnis gehört aber selbst nicht der Geschichte des Kampfes an, der sich um dieses Bekenntnis herum entfaltet. Die lebendige Geschichte eines Kampfes um ein Bekenntnis wird erst durch einen Gestus eröffnet, der nicht dem Leben, sondern der Unsterblichkeit, der Ewigkeit, den Toten gilt (nur die Toten können ewig, unsterblich sein). Durch diesen Gestus entsagt man dem Leben, das ein permanentes Werden, eine Veränderung, ein Wechsel ist, und sagt: Auch wenn alles vergeht, darf *das*, sei es Christus als Gott, die kommunistische Gesellschaft oder das »Schwarze Quadrat«, nicht vergehen. Ein solcher Gestus ist sicherlich eine Zumutung für das Leben – und ruft deswegen manchmal heftige Reaktionen hervor.

Sie wollen sagen, daß es nicht von vornherein ein festes Territorium gibt, so wie in der Evolution, wo die Konkurrenz, der Kampf um die besten ökologischen Nischen stattfindet?

Es gibt Territorien, auf denen man solche universalistischen Ansprüche und überzeitlichen Bekenntnisse ablegen kann – der Friedhof, die Kirche, das Museum, die Bibliothek. Aber »im Leben« gibt es keine vorgegebenen ökologischen Nischen, die besetzt werden sollen und die umkämpft werden können. Vielmehr schafft jede Lebensart ihre eigene ökologische Nische, um dort zu leben. Sollte diese Art eine solche Nische erfolgreich eingerichtet haben, dann kann ihr diese Nische auch nicht mehr streitig gemacht werden, denn andere Arten können in dieser Nische nicht leben. Sie müssen dann für sich selbst schon ihre eigenen Nischen schaffen. Es kann deswegen keine Soziologie der Kultur, keine Soziologie der Kunst als solcher geben. Zunächst einmal muss ein initiierender Gestus vollzogen werden, der die neuen Menschen produziert: Christen, Kommunisten, Avantgardisten. Dann erst kann die Soziologie kommen, um die Lebensweise dieser Menschen zu beschreiben. Aber die Art des Bekenntnisses selbst kann nicht von der Art dieser Lebensweise abgeleitet werden. Es gibt also einen ursprünglichen Bruch zwischen dem Menschen und seinem Bekenntnis.

Wäre ein Szenario vorstellbar, in dem der Mensch selber ein Bekenntnis wäre und dieser Bruch, diese Differenz, die Sie beschreiben, nicht zum Tragen käme?

Es gibt schon eine sehr lange Tradition, in der die Menschen sich selbst »in den Raum stellen«, nämlich die Theaterkunst. Wenn ich mich also selbst »stellen« will, wenn ich mich zu mir selbst bekennen will, dann muss ich mich auf diese Tradition beziehen. Damit bin ich den gleichen Aufführungsbedingungen, den gleichen Bedingungen der Szene und der theatralischen Tradition unterworfen wie jeder andere Schauspieler. Ich operiere in diesem Fall mit meiner Persönlichkeit, mit meinem Körper im Sinne eines theatralischen Readymades. Ich mache aus mir selbst ein Kunstwerk. Ich kann also diese Kluft nicht überspringen: Am Anfang und am Ende jeder kulturellen Aktivität kündigt sich zwangsläufig ein innerer Bruch an, der aus der Entsagung in Bezug auf das Leben und der Unterwerfung unter die tote, institutionalisierte Tradition herrührt. Immer wenn ich innerhalb des Raumes der Kultur operiere, unterwerfe ich mich in erster Linie – wenn auch meinem eigenen Bekenntnis. Und alle, die sagen, sie würden sich durch die Kunst von irgendetwas befreien oder ihr Begehren entfalten oder ihr Trauma therapieren – lügen, erzählen Märchen. Wollten sie ihr Begehren entfalten, würden sie vielleicht Drogen verkaufen, bei der Mafia verdienen – aber eben keine Bücher schreiben.

Wir wissen doch nur zu gut, was es einen kostet, ein dickes Buch zu schreiben. Und wenn ein Mensch, der nach dieser langen Arbeit kaum noch sehen und kaum noch sitzen kann, weil er zu müde ist und ihm sein ganzer Körper wehtut, über das Begehren spricht, dann ist das doch völlig unplausibel. Mit anderen

Worten: Diese Menschen lügen wie gedruckt, wie man so sagt. Es geht ihnen allein um ein *self-styling*, das aber mit Befreiung und Begehren nichts zu tun hat. Viel zu tun hat es hingegen mit Askese und Unterwerfung unter die Regeln des Schreibens. Es wird übrigens besonders oft übersehen, dass ich mich den Regeln am meisten dort unterwerfe, wo ich das Neue, Ungewöhnliche, Innovative, Unerwartete, Spontane, Authentische oder was auch immer produzieren will. Gerade an diesem Punkt bin ich den Regeln der Tradition am stärksten unterworfen, weil es genau das ist, was diese Tradition von mir fordert.

Auf der anderen Seite sagen Sie, dass es keinen Weg aus dem Neuen gibt, »denn ein solcher Weg wäre auch neu«.

Ja, es gibt keinen Weg aus dem Neuen, solange es noch Archive gibt. Genauer gesagt: Es gibt keinen kulturell relevanten Weg aus dem Neuen. Es gibt einen Weg aus dem Neuen – aber nur in dem Sinne, dass ich entscheide, dieses Spiel einfach nicht mitzuspielen, im Raum der Kultur einfach nicht mehr zu agieren. Wenn ich innerhalb des kulturellen Raumes etwas »Altes« versuche, dann ist es Stilisierung, und jede Stilisierung ist neu und wird als neu bewertet.

Dabei darf aber nicht vergessen werden, dass sich die Forderung nach dem Neuen allein auf die Bedingungen der kulturellen Archivierung bezieht, solange die kulturellen Archive tatsächlich bestehen. Der Gestus des Bekenntnisses, den ich früher beschrieben habe, vollzieht sich dagegen als Wiederholung: Es ist im wesentlichen der gleiche Gestus – auch wenn er sich auf verschiedene Dinge bezieht. Nun kann man sich aber vorstellen, dass die existierenden Archive zerstört werden oder dass sie durch die Masse der Dokumentation zu einem solchen Grad überfordert werden, dass sie innerlich kollabieren. Wenn existierende Archive auf diese oder andere Weise in Frage gestellt werden, dann wird auch die Forderung nach dem Neuen in Frage gestellt. Denn das Neue ist immer kontextabhängig, archivabhängig – es gibt nicht das Neue an sich. Wohl bemerkt: Im Leben gibt es nichts Neues –

nur Vergängliches, Wechselhaftes, Vorübergehendes. Und in Bezug auf das Vergängliche können wir nicht ermitteln, ob es neu ist oder alt – es fehlt der stabile, dauerhafte Kontext des Vergleichs.

Sie definieren die Logik des Sammelns – die Möglichkeit des Transportes vom Nicht-Archiv ins Archiv und umgekehrt – unter dem Aspekt der Differenz. Was legitimiert das Archiv, wenn dieses selbst der Ort ist für eine Reihe von Legitimationen, zum Beispiel für Kunst und Geisteswissenschaft? Anders gefragt: Auf welche Weise konstituiert sich das Archiv im Verhältnis zu seinem Außen, in den Grenzen von Archiv/Nicht-Archiv?

Ich glaube nicht, dass es eine äußere Machtinstanz gibt, die diese Grenze überwacht und verwaltet. Das Archiv zeichnet sich für uns zunächst einmal durch eine gewisse Faktizität aus: Das Archiv ist etwas, das immer schon da ist. Und wenn wir sagen: »Na ja, ich sehe keine Legitimation für dieses Archiv oder für das Archiv überhaupt«, dann geht das in Ordnung, dann können wir das Archiv auch verbrennen oder vernichten. Es ist nur so, dass wir dann – wie ich an einer anderen Stelle zu zeigen versucht habe – ein neues Archiv anlegen müssen, nämlich das Archiv der Vernichtung dieses ersten Archivs. Wir kommen aus der Logik des Archivs also einfach nicht heraus. Das Archiv hat eine gewisse Logik und Kraft, und dadurch legitimiert es sich. Es legitimiert sich sozusagen durch die Kraft des Stärkeren.

Das beantwortet noch nicht die Frage nach der Differenz, nach der Grenze zwischen Archiv/Nicht-Archiv. Sie sprechen, glaube ich, noch immer über die immanente Logik des Archivs. Mir ging es um die Frage, warum die Grenzen Archiv/Nicht-Archiv erhalten bleiben, wenn, wie Sie selbst sagen, die neueren Theorieansätze zeigen, dass die traditionelle Opposition von Zeichen und Dingen aufgehoben ist, dass alle Dinge Zeichen und alle Zeichen Dinge – das bedeutet die Materialität aller Zeichen – sind; wenn theoretisch alles im profanen Außen gegen das In-

nere des Archivs getauscht werden kann – genau das aber »de facto« nicht geschieht.

Ja, *de facto* geschieht es eben nicht. Wir denken sehr oft, dass die Dinge, die im Archiv sind, sich von den Dingen, die nicht im Archiv sind, unterscheiden müssen. Die »Mona Lisa« zum Beispiel gibt es im Museum, aber es existiert keine »Mona Lisa« außerhalb des Museums. Es gibt vielleicht eine Reproduktion, aber die Reproduktion ist nicht das Original. Gleichzeitig haben uns Duchamp und viele andere zu der Einsicht gebracht, dass auch dann, wenn Dinge, die sich innerhalb des Museums aufhalten, und Dinge, die sich außerhalb des Museums aufhalten, sich visuell nicht voneinander unterscheiden, dies noch immer nicht bedeutet, dass das Museum dadurch »dekonstruiert« wird. Ganz im Gegenteil: Gerade wenn die gleichen Dinge innerhalb des Museums wie außerhalb des Museums anzutreffen sind, werden die Grenzen des Museums erst wirklich scharf gezogen.

Das Archiv ist nichts anderes als ein spezifischer Kontext des Vergleichs. Die Frage ist also, mit welchen Gegenständen ich ein bestimmtes Ding vergleiche. Wenn ich das *urinoir* von Duchamp mit der »Mona Lisa« und anderen Kunstwerken vergleiche, die im Museum aufbewahrt werden, dann entsteht eine andere Situation, als wenn ich dieses *urinoir* mit anderen *urinoirs* in öffentlichen Latrinen vergleiche – das eine funktioniert vielleicht besser als das andere, und deswegen benutze ich es lieber. Wir haben also hier zwei unterschiedliche Vergleichsmöglichkeiten oder zwei Vergleichskontexte. Die Tatsache, dass im einen wie im anderen Kontext das gleiche Objekt vorkommt, bedeutet keine Überwindung oder Auflösung der Grenze zwischen diesen zwei unterschiedlichen Kontexten, weil diese Grenze sich nicht auf der Ebene der Objekte oder der Zeichen konstituiert, sondern vielmehr auf der Ebene des Umgangs mit den Objekten und Zeichen, auf der Ebene der Kontextualisierung dieser Objekte und Zeichen. Im Museum gehen wir mit den Sachen anders um als in der Latrine – und das ist der Unterschied.

Sie führen an dieser Stelle – »unisono« mit Derrida – noch einen ganz anderen Aspekt an, eine Theorie des ontologischen Mangels an Zeit: Als endlichen Wesen fehlt uns die Zeit, um alles »Äußere« ins Innere des Archivs zu transportieren. Diesen »chronischen« Zeitmangel verstand ich bislang als Ihr Hauptargument dafür, dass die Grenze Archiv/Nicht-Archiv nicht der Entropie anheim fällt.

Ja, das ist richtig. Aber: Die fehlende Zeit ist nicht der Grund für diese Grenze als solche. Die fehlende Zeit ist vielmehr der Grund für den bestimmten, zeitbedingten Verlauf dieser Grenze. Es handelt sich um eine Grenze zwischen Endlichkeit und Unendlichkeit: Der Raum des Archivs ist endlich, der Raum außerhalb des Archivs ist unendlich. Da wir nur eine endliche Zeit zur Verfügung haben, können wir also zu jedem Zeitpunkt nur eine endliche Zahl an Dingen und Zeichen aus der Unendlichkeit des Außenraums in die Endlichkeit des Innenraums überführen. Dadurch bekommt die Grenze des Archivs ihren geschichtlichen Verlauf.

Ich verschiebe für meine nächste Frage ein wenig die Perspektive. Ihrer Ansicht nach gibt es wohl verschiedene Arten von Ökonomien, jedoch keinen wirklichen Weg aus der »économie générale« (Bataille), aus dem großen Kreislauf des symbolischen Tausches heraus. Insbesondere die Vertreter des französischen Poststrukturalismus entwickeln ein anderes Szenario – ich denke etwa an die Ereignishaftigkeit der Kunst bei Lyotard, die Evokation des »Nichts« bei Baudrillard, an den »ausgeschlossenen Dritten«, die entsetzliche Unpersönlichkeit des »es gibt« (»il y a«) bei Lévinas, ähnlich dem »Desaster« Blanchots oder der Leere, dem Weiß der letzten unbeschriebenen Seite im »Buch der Bücher« von Jabès bis hin zur absoluten Dunkelheit des Außenraums des Archivs bei Derrida. Sie alle reden von einem ominösen und inkommensurablen »ganz Anderen«, welches sich jedem Zugriff und jeder Feststellung entzieht.

Was Sie gesagt haben, ist richtig: Alle diese Autoren haben auf Bataille reagiert, und zwar darauf, dass bei Bataille letztendlich alles von der Ökonomie, vom Austausch verschluckt wird. Sie wollen also ein Opfer, das absolut wäre, ein Opfer, das nicht erwidert werden könnte – das beschreibt Derrida in »Falschgeld« und Baudrillard in »Der symbolische Tausch und der Tod« —: etwas, was nicht zurückgezahlt werden kann und somit diese Ökonomie zerstört …

… also eine Art absoluter »Potlatsch« (nach Marcel Mauss), ein Geschenk, das zu erwidern unmöglich ist.

Nun geht Mauss davon aus, dass alle Geschenke erwidert werden können, und auch Bataille ist in Bezug auf die Möglichkeit eines absoluten Potlatsches eigentlich sehr skeptisch. Er ist überhaupt ein zutiefst skeptischer Autor, nur wird er als solcher oft nicht richtig verstanden. Die von Ihnen zitierten Autoren wollen aber nicht skeptisch sein, sondern sie wollen dieses Opfer ohne Gegenopfer irgendwie postulieren. Eine Position, die, glaube ich, Baudrillard inzwischen schon aufgegeben hat, die er aber in »Der symbolische Tausch und der Tod« noch vertreten hat, besteht in der Option eines selbstmörderischen terroristischen Akts, der dieses absolute Opfer wäre …

… dem Sie ja keinesfalls zustimmen, wie ich weiß, weil Sie den Terrorismus selbst zum Teil für eine Inszenierung der Medien halten und schon gar nicht für das Opfer, das nicht erwidert werden könnte …

… ja – und auch Baudrillard hat diese Position, wie gesagt, aufgegeben. Aber es gibt eine andere Figur des absoluten Opfers, die durch die Köpfe geistert: der Selbstentzug oder, wenn so man will, der Selbstmord Gottes. Man kann den Tod Gottes, von dem Nietzsche spricht und den er als Mord an Gott bezeichnet, als Selbstopferung, als Selbstentzug Gottes deuten. Dann wäre die heutige gottlose, kommerziell orientierte, durch und durch säkularisierte, diesseitige Gesellschaft nicht aus eigener Kraft zustande gekommen – vielmehr wäre sie entstanden durch den Selbstentzug Gottes, durch das Selbstopfer Gottes als Gott. Wir haben es hier mit einem radikalisierten Christentum zu tun. Das Christentum beschreibt die Selbstopferung Gottes als eines Menschen, aber man kann sagen, dass in einer zweiten Phase Gott sich als Gott geopfert hat und nicht nur als Mensch. Und man kann diese Figur mit der Figur des Heideggerschen sich-selbst-verbergenden Seins verbinden und sagen, dass Gott den herrschenden Atheismus durch seinen Selbstentzug erst möglich macht – und dass die Philosophie diese Möglichkeit bedenken muss.

Ich stelle dies alles hier sicherlich in einer wesentlich vergröberten Form dar – aber ich denke nicht, dass die Sache dadurch zu sehr verzerrt wird. Das ist nämlich die Figur, der im Grunde zumindest Lévinas und Derrida folgen, wie auch Nancy in vielen seiner Texte. Der berühmte »ganz Andere« entsteht durch dieses absolute Opfer, das uns unwiderruflich sowohl untereinander wie auch mit Gott verbindet – wenn auch auf eine sehr komplizierte, verborgene Art und Weise. Derrida betont in seinen letzten Schriften immer wieder, dass er in der Nachfolge der jüdisch-christlichen Tradition, in der Nachfolge der Apokalyptik, in der Nachfolge von Marx und Freud, verstanden als Apokalyptiker, steht. Wir haben es hier also mit einer Radikalisierung der jüdisch-christlichen Theologie zu tun, die aber charakteristischerweise die real existierende Kirche ignoriert. So wie wir es im Fall von Derridas Buch über Marx mit einem messianischen, apokalyptischen Marxismus zu tun haben, wobei der real existierende Sozialismus einfach ignoriert wird. Derrida geht im Fall des Marxismus wie auch im Fall des Christentums einfach davon aus, dass diejenigen, die an die reale Präsenz Gottes in der Kirche oder an die reale Präsenz des Kommunismus in der kommunistischen Partei glauben, sich irren, dass diese Leute einfach nicht so weit sind, dass sie zurückgeblieben, geschichtlich überholt sind, dass sie etwas übersehen, etwas nicht verstanden haben. Der Papst und die Kirche wie auch die Überreste des Kommunismus werden dann als Effekte einer kitschigen medialen Inszenierung interpretiert, die die *wahre* Beschaffenheit unserer Welt als der Welt des (von Gott selbst gewollten) göttlichen Entzugs verdeckt – eines Entzugs, der die Opposition zwischen Anwesenheit und Abwesenheit dekonstruiert.

Ich möchte hier weder dafür noch dagegen argumentieren. Ich sage das alles nur, um zu zeigen, dass die Dekonstruktion ihren eigenen Anspruch auf eine letzte Wahrheit erhebt und dass ihr Diskurs wenn nicht ein totalitärer, dann zumindest doch ein totalisierender Diskurs ist. Denn es geht hier wiederum um die ontologische Differenz zwischen dem, was auf der Ebene des Seins passiert – eben der Selbstentzug Gottes als des absolut Anderen –, und dem, was auf der Ebene des Seienden passiert – eben der Inszenierung der göttlichen Präsenz in der Kirche oder der Präsenz des Kommunismus im real existierenden sozialistischen Staat. So bildet sich wiederum eine Hierarchie zwischen den wahren Nachrichten – dem »Selbstentzug Gottes« als der wahren Nachricht – und den Nachrichten »Gott lebt immer noch« oder »Gott ist einfach tot« als unwahren, spekulativen, irreführenden Nachrichten. Oder zwischen »der Kommunismus ist ein Gespenst« als der wahren Nachricht und »der Kommunismus lebt noch« oder »der Kommunismus ist tot und endgültig überwunden« als unwahren Nachrichten, Und dann wird, wie immer in solchen Fällen, gefordert, dass diejenigen, die auf ihrem Bekenntnis zur Präsenz Gottes oder der Präsenz des Kommunismus bestehen, wie auch diejenigen, die auf ihrer einfachen Absenz bestehen, als »Dogmatiker« entlarvt werden, sich eines Besseren besinnen und ihren Glauben dekonstruieren. Dieser absolute Selbstentzug Gottes wird also seinerseits durchaus künstlich konstruiert – durch Strategien, die ziemlich traditionell und relativ leicht zu durchschauen sind.

Lassen Sie uns noch einmal zu Ihrem Prinzip des universalisierbaren Tausches zurückkehren. Die klassische Metaphysik lehrt, dass alles getauscht werden kann, ausgenommen der Geist selbst, der als Prinzip, als Garant jeden Tausches agiert. In diesem Sinne zum Beispiel sagt Lévinas: »Man kann zwischen Seienden alles austauschen, nur nicht das Existieren.« Sie dagegen vertreten die Auffassung, dass alles getauscht werden kann, auch der Geist selbst, der nur ein Medium unter vielen anderen Medien sei, zum Beispiel kann ich mein »es gibt Zeit« (Heidegger) auf andere Zeichenträger, etwa eine Leinwand, übertragen – so tausche ich meine Zeit gegen die Zeit der Leinwand. Sie plädieren für eine »Onto«-Ökonomie, im Rahmen einer erweiterten Ökonomie, für eine Ökonomie des Austausches von Zeiten. Vielleicht können Sie diese These darstellen.

Der Geist wird als Null-Medium gedacht – als ein Medium, das die Zeichen zwar präsentiert, aber sich selbst als solches nicht zeigt. Das Gleiche kann über das Unbewusste gesagt werden, denn auch im Fall des Unbewussten handelt es sich um ein Null-Medium. Der Unterschied besteht nur darin, wem die Zeichen präsentiert werden: Der Geist präsentiert sie sowohl den anderen wie auch sich selbst (kraft der Selbstreflexion, des Selbstbewusstseins), das Unbewusste präsentiert die Zeichen dagegen nur den anderen. Der Geist ist also eine Vermutung, ein Verdacht und eine Konvention, deren Notwendigkeit sich aus systemischen, strukturellen Gründen ergibt – das mediale System verlangt, wie jedes System, nach der Null, nach dem Null-Medium. Damit ist der Geist von Anfang an in die mediale Mathematik eingeschrieben: Der Geist erlaubt es, die Zeichen als Zeichen zu denken – unabhängig von ihrer medialen Einschreibung, das heißt, er erlaubt, die Schrift als solche oder das Bild als solches zu denken. Nun ist dies aber nur eine Möglichkeit unter vielen anderen – und kann sofort ausgetauscht werden gegen die Möglichkeit, die Schrift oder das Bild auf dem Papier oder auf dem Bildschirm des Computers zu denken. Und vor allem: »Real« werden die Zeichen nur im Archiv präsentiert. Ihre Präsentation durch den Geist oder durch das Unbewusste, das heißt durch Null-Medien, ist bloß eine konventionelle, wenn auch unvermeidliche Redewendung, der keine Realität entspricht.

Das Archiv erinnert stark an die jüdische Vorstellung vom »Gedächtnis«: Das Gedächtnis führt einen Kampf gegen die Zeit im Namen des »Ewigen«. Vergessen zu werden aber bedeutet Tod. Nun ist das moderne Archiv – wir haben darüber schon gesprochen, man denke an den umtriebigen Ausstellungs- und Vernissagerummel – ein Gedächtnis, das schneller, das heißt mehr vergisst, als es erinnern, sprich bewahren kann. Kommen wir damit in eine neue ontologische Situation?

Das Archiv selbst kann nicht vergessen werden, denn im Archiv werden die Zeichen nicht in einem Null-Medium gespeichert, das wie ein menschliches Gedächtnis funktioniert. Das Archiv ist eine Ansammlung materieller Medienträger, die eine vom Gedächtnis unabhängige Realität haben. Was man allerdings in der Tat vergessen kann, ist der Umgang mit dem Archiv. Man hat zum Beispiel im heutigen Russland vergessen, wie man mit den Ikonen umgeht, viele Menschen haben vergessen, was man in der Kirche tun soll, wie man sich richtig bekreuzigen soll. Man hat den Umgang mit dem Archiv der Religion vergessen.

Und was heißt es, wenn man den Umgang vergessen hat? Man hat im Grunde die Askese vergessen. Man hat vergessen, wie mit diesen Dingen umzugehen nicht erlaubt ist – das hat man vergessen. In Russland haben viele die Ikonen einfach als Mobiliar benutzt oder als Brennstoff. Man hat vergessen, dass man so etwas nicht tun soll. So kann man zum Beispiel in den Louvre gehen, die »Mona Lisa« nehmen – sie ist schließlich eine Leinwand, also ein Leintuch –, um auf ihr zu essen. Dann ist es mit dem Museum vorbei – auch wenn die »Mona Lisa« als Gegenstand dabei unbeschadet bleibt.

Ist das nicht ein Selbstwiderspruch: Woher kann ich wissen, dass ich etwas vergessen habe?

Man weiß es nicht. Es ist einfach passiert. Nur ein anderer kann einem sagen: »Sie haben vergessen, wie man mit der ›Mona Lisa‹ umgeht, denn eigentlich darf man sie nur anschauen.« Wir haben ein Wissen, wie man mit etwas nicht umgeht – und das wird vergessen. Das Vergessen bedeutet nichts anderes, als dass wir uns erlauben, mit den Dingen so umzugehen, wie es uns früher verboten war. Die Verbote werden vergessen. Das Einzige, was wir vergessen können, und was wir tatsächlich vergessen, ist das Verbot.

Mit dem Kollaps des Kommunismus, schreiben Sie, bleibt nichts weiter zurück außer Müll, und der muss entsorgt werden. Wie auch das Problem unserer Tage generell lautet: Wohin mit dem Müll, mit den kulturellen Leichen? Die Sowjetunion selbst, sagen Sie, sei ein Museum, eine Sammlung von Readymades gewesen, die das Beste repräsentieren sollte, dessen der Mensch fähig ist. Nun ist bei Ihnen, Herr Groys, der Sie unter anderem auch ein ehemaliger Bürger der vergangenen Sowjetunion sind, der in der Kunst verwendete Begriff des Readymade zu philosophischen Ehren gekommen. Würden Sie, die Person Boris Groys, sich als ein philosophisches Readymade verstanden wissen?

Ja, das kann ich sicherlich tun, aber ich fühle mich, wie gesagt, nicht dazu verpflichtet.

Bitte, das war nur ein Vorschlag. Bei der Auseinandersetzung mit Ihren Texten kam mir diese Idee in den Sinn ebenso wie die Frage, ob Sie selber einer solchen Formulierung zustimmen würden.

Ja, sicherlich bis zu einem gewissen Grad. Ich kann aber nur wiederholen: Mir ist die Forderung verdächtig, die eigenen Theorien auf einen selbst anzuwenden – den Anderen, den man beschreibt, durch einen selbst zu substituieren. Das heißt: Ja, ich bin ein Readymade – wie wir alle –, aber für die anderen und nicht für mich selbst, weil ich mich als Readymade nicht kenne. Oder wenn ich mich als solches kenne, dann kenne ich mich als Readymade nur durch die anderen. Ich beschäftige mich mit den anderen und nicht mit mir selbst, weil ich davon ausgehe, dass die anderen auch irgendwann etwas tun müssen und dass sie auch ihre Chance bekommen sollen, sich ihrerseits mit mir zu beschäftigen, wenn sie es wollen. Die eigentliche *justice,* die eigentliche Gerechtigkeit besteht darin, dass andere Menschen sich mit mir beschäftigen, wie ich mich mit ihnen beschäftige – und nicht darin, dass ich mich mit mir selbst beschäftige, dass ich mein eigenes Procedere auf mich selbst anwende. Ich kann das, was ich über die anderen sage, nicht auf mich anwenden, weil es eine Lüge wäre. Ich wende damit nur das, was ich sage, wiederum auf die Konstrukte der anderen an. Ich bin nichts anderes als das Konstrukt der anderen.

Ihre Arbeit steht unter dem Zeichen der Endlichkeit, auch der Wiedereinführung des Endlichen in die scheinbar unendlichen Diskurse, die uns versprochen sind und wahrscheinlich doch nur ein Versprechen bleiben. Und auch unser Gespräch nähert sich langsam dem Ende.

Die Erhaltung der Archive kostet Zeit und Geld. In der Zukunft wird es aller Wahrscheinlichkeit nach kaum möglich sein, nur den geringsten Teil der Museen, Bibliotheken, Denkmäler etc. zu erhalten. Zum Beispiel soll in Kürze die Petersburger Eremitage geschlossen werden. Was, glauben Sie, geschieht in dieser Situation mit der Kunst?

Das ist wirklich schwer zu sagen. Die Kunst existiert nur durch die Archive. Bis jetzt war es das Museum, in dem die Kunst ihre Politik der langen Dauer praktizieren konnte. Wir können nun ruhig davon ausgehen, dass auch die Computertechnik und die avancierten Medien ihre eigenen Archive bilden. Und in diesen Archiven wird erneut die Frage gestellt werden, wie man zur Innovation gelangt.

Aber vielleicht noch eine Bemerkung: Es ist in der Tat sehr verführerisch, aus der Position des Unendlichen, der ontologisch garantierten Unsterblichkeit, zu sprechen, und es ist auch bewundernswert, das haben viele gemacht …

… das beinhaltet eine gewisse Tröstung, ein Versprechen steckt darin …

… ja, und irgendwie ist es berauschend, und zwar nicht nur für den, der es tut, sondern auch für die Zuhörer und Zuschauer …

… auch für die Rezipienten, absolut …

… für alle. Das ist eine Position, die sehr verlockend ist. Es ist erhebend und überhaupt wunderbar – ich liebe das ja auch, ich liebe diese Autoren, die das tun. Derrida und alle anderen lese ich mit großer Bewunderung. Der Diskurs über den ganz Anderen, der sich dem Gegensatz zwischen Präsenz und Absenz, das heißt dem Gegensatz zwischen Leben und Tod, entzieht, ist ja durchaus erhaben. Das Problem ist nur: Ich kann mich in diese Position wirklich nicht versetzen. Wie man so sagt: »Das ist doch zu schön, um wahr zu sein.«

Gestatten Sie eine Zwischenfrage. Wären Sie einverstanden, wenn ich sagen würde: »Herr Groys, Ihre Thesen sind wunderbar evident und sehr plausibel, aber die Gegen-Thesen, die Theorien des Taumels, des Verbrechens, des unendlichen Begehrens, der souveränen Verschwendung gefallen mir, aus welchen Gründen auch immer, einfach besser? Vielleicht weil ich ein geplagter Mensch bin und ein gewisses Vergnügen und Zuspruch brauche. Wären Sie damit einverstanden?

Ja, absolut.

Es ist so ernüchternd, Sie zu hören und zu lesen. Es holt einen so sehr in diese Welt zurück.

Ja, aber sehen Sie – wir befinden uns in einer gewissen Ökonomie. Und wenn man über die Endlichkeit spricht und die Endlichkeit betont, wie ich das tue, und wenn man diese skeptischen Fragen stellt: Woher wissen sie das alles? Woher wissen sie, dass der Tod Gottes stattgefunden hat, der noch dazu seinen Selbstentzug bedeutet? Wenn man solche Fragen stellt, und wenn man betont, dass die Politik der Unsterblichkeit einer Anstrengung und einer Strategie bedarf, dann wählt man für sich eine Position, die für die Leute keine besonders attraktive – und somit auch geschichtlich keine zentrale Position ist. In der Philosophiegeschichte gibt es Figuren, die eine zentrale Position besetzen. Das sind Platon, Descartes, Hegel, das sind meinetwegen Heidegger und Derrida. Das sind Menschen, die wirklich alle ansprechen, die das Ganze ansprechen, indem sie allen Menschen eine Art Unsterblichkeit versprechen, sei es eine Unsterblichkeit im Geiste oder als Gespenst – eine Unsterblichkeit umsonst, eine Unsterblichkeit als ontologisch funktionierende soziale Pflichtversicherung. Aber es gehört ein gewisser Mut dazu, diese zentrale Position zu besetzen – und eine persönliche Garantie für diese ontologische Garantie zu übernehmen. Andere Autoren haben diesen Mut nicht …

… also Husserl, Kierkegaard …

… Husserl, Kierkegaard und eigentlich auch Kant, der keine zentrale Rolle spielt, obwohl er ein sehr bekannter Autor ist. Vielmehr sind alle, die sich auf Kant berufen – die Neukantianer, sogar Schopenhauer – Randerscheinungen, im Grunde genommen Kuriositäten. Auch Wittgenstein ist merkwürdigerweise eine isolierte Figur – im Endeffekt kann niemand etwas mit ihm anfangen. Ich nenne jetzt einige prominente Beispiele. Es geht mir aber nicht darum, mich mit diesen Autoren zu vergleichen, sondern einfach darum, eine bestimmte Linie zu zeichnen – eine Linie der Minderheit. Nun ist es ganz klar, dass ich nicht nach dem Zentrum strebe, dass mein Diskurs nicht so geartet ist, dass er das Zentrum besetzen und für alle sprechen will, dass er nicht nach dem Punkt strebt, an dem das All sich eröffnet und die Herzen der Menschen aufgehen, wo die ganze Welt sich angesprochen fühlt, wo Himmel und Erde, wo Paradies und Hölle sich öffnen.

Die Frage ist nur, warum Sie es nicht tun. Beschreibt das eine Form von Strategie im Sinne des Neuen?

Nein, ich denke, dass es offensive und defensive Strategien des Philosophierens gibt. Es gibt Menschen, die denken, dass die ganze Welt in Stupidität, Vorurteil und Ignoranz versinkt und dass es notwendig ist, diese Welt für die Wahrheit zu erschließen und zu erobern. Daraus entstehen eben solche offensiven, zentralen, glorreichen philosophischen Strategien. Es gibt aber andere Menschen, die vielmehr den Eindruck haben, dass die Welt voller Wahrheiten, wunderbarer Projekte und großer Visionen ist, die allesamt aber den Nachteil haben, dass sie einem ziemlich auf die Nerven gehen, weil sie ständig den Anspruch erheben, dass man sich für sie begeistern und sich an ihnen beteiligen muss. Aus diesem Gefühl entstehen vielmehr defensive Strategien, die versuchen, die entsprechenden Ansprüche abzuweisen. Nur sind diese eben Minderheitsstrategien.

Von dem schizophrenen Dichter Ernst Herbeck stammen die schönen Sätze: »Der Einzellne ist auch ein Elefant, er geht auch in einer Gesellschaft und ziehen in Rudeln gemeinsam. Der Einzellne wird meistens abgeschossen.« Dieses Risiko gehen Sie natürlich ein.

Nun ja, ich hoffe doch nicht. Ich habe eine – wenn auch ziemlich moderate – Dissidenten-Vergangenheit, und viele haben mich gefragt: »Sie brachten sich doch in Gefahr. Wie haben Sie sich dazu entschlossen?« Ehrlich gesagt, habe ich wie jeder sonstige Verbrecher immer angenommen, dass ich mich dieser Gefahr schon irgendwie entwinden kann. Ich habe nie gedacht, dass ich mich einer unabwendbaren Gefahr stelle. Immer habe ich geglaubt, dass es vielleicht irgendwie klappt – und in meinem Fall hat es ja auch geklappt. Ebenso führe ich meinen Diskurs in der Hoffnung, dass es irgendwie weitergeht, und dass ich mit diesem Diskurs bis zum Ende meines Lebens irgendwie überlebe, intellektuell, kulturell und finanziell. Und das reicht mir völlig aus.

Als eine Form von Überwinterungsstrategie?

Nein, einfach nur überleben. Einfach überleben in meiner Minderheitslage. Und daran manifestiert sich wiederum kein Streben nach Verlust, inklusive des Verlustes der zentralen Position. Es handelt sich einfach um ein ruhiges Leben in der Ecke. Doch ich wollte noch auf etwas anderes hinaus. Sie haben gesagt, die Archive verfallen jetzt, die Museen werden zerstört …

… meine Frage war ursprünglich: Was wird geschehen, wenn die alte Kunst neben der neuen Kunst nicht länger erhalten bleibt? Diese Perspektive, diesen Vorausblick hatte ich vor Augen …

Ja – aber ich wollte sagen, wenn die Archive untergehen sollten, würde es einen ziemlichen Verlust an Freiheit bedeuten.

Benutzen Sie das Wort Freiheit in Ihrem persönlichen Kontext? Also ich tue das nicht.

Nun, was ist die Freiheit? Es ist vor allem einfach Freizeit, das heißt, keine Arbeit zu machen – Freiheit in Opposition zur Arbeit. Und so frage ich mich, wie sich viele gefragt haben: Ist es möglich, Kultur zu schaffen ohne Arbeit? Ich glaube, dass dies die entscheidende Frage ist. Denn man lebt in einem Zwiespalt. Auf der einen Seite meint man, wenn man mit Kultur zu tun hat, über solchen Dingen wie Broterwerb und Geld und Arbeit zu stehen. Man fühlt sich auserwählt, man fühlt sich anders als die Massen, die nur arbeiten, um Geld zu verdienen. Und das Museum bietet eine Chance, Kunst in der Tat jenseits der Arbeit zu produzieren –

durch eine pure, subjektive Entscheidung, bestimmten Dingen Unsterblichkeit oder zumindest eine lange Dauer zu verleihen. Wenn die Museen untergehen sollten, würde diese Möglichkeit verloren gehen. Dann werden wir noch mehr arbeiten müssen – und wir arbeiten immer schon viel zu viel.

Wir als Intellektuelle?

Was heißt als Intellektuelle? Ich fühle mich schon gar nicht mehr als Intellektueller, ich fühle mich wie ein Arbeiter aus dem neunzehnten Jahrhundert. Denn was ich tatsächlich tue ... ich schreibe, ich tippe. Ich produziere Buchstaben, Stunden um Stunden. Das ist doch keine intellektuelle, sondern eine rein manuelle, stumpfe, ermüdende Arbeit. Diese Buchstaben werden dann gesammelt, publiziert, vervielfältigt – es handelt sich dabei um ein Ausbeutungssystem, wie es jeder Arbeiter im neunzehnten Jahrhundert und noch früher erfahren konnte. Das ganze Buchsystem, das ganze Schreibsystem ist so organisiert, dass man mit seinen eigenen Händen einen Text produziert, den dann ein Verlag, das heißt ein Unternehmen, vervielfältigt und verkauft. Wenn ich mich mit allen anderen Menschen in meiner Zivilisation vergleiche, dann komme ich mir vor wie ein Schuhmacher des neunzehnten Jahrhunderts, wie ein Handwerker – ich bin ein Handwerker der Schrift. Wenn man also über Souveränität, Begehren, Krieg, Gewalt, Explosion und Authentizität schreibt, so tut man gleichzeitig de facto etwas, was jeder normale Handwerker auch tut. Als Schriftsteller befindet man sich in der Situation eines Arbeiters und nicht in der eines Souveräns – und zwar auf der niedrigsten Stufe der industriellen Entwicklung.

Eine größere Diskrepanz ließe sich kaum denken.

Eben, das ist die Situation der Kultur heute. Alle diese Leute, die im Kulturbetrieb, in den Medien tätig sind, arbeiten wie verrückt. Und wenn man so viel arbeitet, hat das doch mit Kultur nichts zu tun. Auch in den Massenmedien kann man Kunst produzieren – aber von dieser Kunst geht ein Geruch von Schweiß aus. Was wir dagegen wollen, ist Kultur ohne Schweißgeruch.

Wenn man nun zurückblickt, dann gab es vielleicht nur zwei oder drei Epochen ohne Schweißgeruch. Denken wir an das Athen des fünften und vierten vorchristlichen Jahrhunderts: Diogenes konnte sich in eine Tonne setzen, und das war schon eine philosophische Geste. Oder er konnte am helllichten Tag mit einer Laterne auf den Marktplatz gehen. Das reichte schon aus, er musste nichts schreiben. Die zweite historisch bekannte Variante einer solchen Performance-Kunst gelang dem heiligen Franziskus von Assisi, und zuletzt kamen eben Duchamp und die Performance-Kunst der sechziger Jahre. Wir hatten also in Europa mehr oder weniger drei Plätze zu drei verschiedenen Zeiten, an denen ein kultureller Gestus ohne Schweißgeruch produziert werden konnte: ohne Arbeit. Man hat sich in eine Tonne gesetzt, man hat seine Kleider abgelegt oder man hat ein *urinoir* ausgestellt – und das war es. Wenn wir jetzt die lästige Frage vergessen, ob das Kunst ist oder Philosophie oder was es überhaupt ist, und uns fragen, ob wir in diesem einfachen Sinne frei sein können – dann ist die Antwort sehr ernüchternd: Ab und zu, das heißt drei- oder viermal in viertausend Jahren ja – die übrige Zeit lang nicht.

Und damit ist die Sache erledigt, und zwar völlig unabhängig davon, was man sagt, was man schreibt, was man vorführt und was man malt – man tut alle diese Dinge im Schweiße seines Angesichts, und damit ist man schon ein armes Schwein. Vor allem in unserer Zeit, da Kunst und Schreiben computerisiert werden, gibt es vor der Arbeit kein Entrinnen mehr. Als Medienkünstler sind die Künstler bezeichnenderweise wieder auf ihr technisches Können stolz, Schriftsteller berichten freudig über neue Schreibprogramme. Also – keine Chance.

Vielleicht ereignet sich dieser Leichtsinn des Schöpfens auch in einem individuellen Leben einige wenige Male?

Nein! Dazu reichen die individuellen Kräfte nicht aus. Es muss einfach zu viel zusammenkommen. Wir sind doch keine Talleyrands oder Napoleons – wir sind arme Schweine. Und das Glück, die Chance, die Umstände spielen im Leben eine absolut entscheidende Rolle. Wenn Fortuna einem hold ist, wenn man das Glück hat, irgendwie zur richtigen Zeit am richtigen Platz zu sein – ja, dann funktioniert es manchmal noch immer.

Nun erfüllt diese »heilige Nutzlosigkeit« in einer bestimmen Ökonomie schon ihren Zweck.

Ja, das ist ganz klar. Aber es gibt einfach diesen göttlichen Traum: zu kreieren, ohne sich anzustrengen – wie Gott es getan hat. Vielleicht hat auch Andy Warhol davon geträumt. Das ist der ewige Traum des Menschen. Man kann dies beschreiben, doch das eigentliche Glück besteht darin, es zu tun. Und dieses Glück ist selten.

Nicht nur, dass einem die Göttin Fortuna erschiene, man müsste ihr auch noch unter den Rock greifen können!

Ja, aber es waren auch nur wenige bereit, das zu tun. Wie gesagt, drei- oder viermal ist das geglückt, aber das ist sehr selten. Wenn man an diese Tausende von Jahren denkt und an die Tausende von Menschen, die etwas geschrieben oder gemalt haben … das ist doch alles nur Müll, es ist alles umsonst. Denn alle diese Dinge sind Produkte einer Arbeit. Und alles, was Produkt einer Arbeit ist, ist allein dadurch schon völlig entwertet. Genauso wie alles, was je gesagt worden ist, bereits durch die Tatsache entwertet ist, dass derjenige, der es gesagt hat, tot ist. Hätte er Recht, dann wäre er am Leben. Christus hatte Recht und ist auferstanden. Alle anderen aber mussten offensichtlich im Unrecht sein, denn sie sind nicht auferstanden.

Wir fragen uns aber: Warum sind die Leute bereit, wie Hamster im Rad zu laufen? Woher kommt diese Kraft? Es muss doch irgendeine Hoffnung da sein. Und diese Hoffnung ist sicherlich dieser ewige Wunsch, die grundsätzliche Differenz zwischen Freizeit und Arbeitszeit aufzuheben, das heißt, etwas jenseits dieser Differenz zu tun, was aber gleichzeitig Bestand haben könnte.

Das erinnert mich an ein Experiment, in dem zwei Ratten in einem Wasserbehälter ununterbrochen schwimmen müssen. Befreit man die eine Ratte für einen kurzen Moment nur aus dieser Lage, setzt sie vorübergehend an Land und dann wieder zurück ins Wasser, so bleibt sie noch Stunden schwimmend am Leben, während die andere schnell ertrinkt. Dieses eine Mal nur, und ohne sich anzustrengen und aller Last enthoben, kraft höherer Gewalt befreit worden zu sein in der Geschichte – lebt davon die Hoffnung der Menschen?

Das ist die Hoffnung, von der wir alle infiziert, verdorben und korrumpiert sind. Nehmen Sie die sechziger Jahre als Beispiel. Es ist ganz klar, dass die sechziger Jahre ein göttliches Geschenk waren. Die Achtundsechziger, das war ein plötzlicher Zufluss an Energie. Viele Menschen haben überall – in Moskau, in Prag, in Amerika, in China, in Paris, hier in Deutschland – begonnen zu fordern: Wir wollen etwas tun, ohne es zu tun. Wir wollen die Freizeit zur Arbeit und die Arbeit zur Freizeit machen. Wir wollen alle wie Diogenes oder Duchamp sein, wir wollen eine *société de spectacle*, wir wollen die absolute Performance. Sie haben es gesagt, sie haben es gespürt, sie sind zur Demonstration gegangen, um das zu fordern – letztlich von Gott, weil eine weltliche Regierung so etwas nicht geben kann. Es war sozusagen eine Forderung gen Himmel gerichtet. Und diese Gebete zu Gott bedeuten nichts anderes, als dass man ein Wunder erwartet. Die ganze Kultur ist die Erwartung eines Wunders und die wahnsinnige Idee, dass dieses Wunder ab und zu geschieht. Und dieser Wahnsinn, diese Hoffnung bringen die ganze Geschichte zum Laufen. Nun gut – sie haben es nicht bekommen, die Forderung wurde nicht erfüllt.

Sie haben es nicht bekommen, und man weiß nicht, warum, weil man doch davon ausgehen muss, dass man es an einem anderen Ort, unter anderen Umständen, in anderen Ländern, zu anderen Zeiten bekommen hat. Warum also nicht jetzt?

Ich weiß ganz genau, dass dies zum Teil der kulturpsychologische Grund ist, warum ich eine abwehrende, defensive Position einnehme: weil ich etwas jünger bin als die Sechziger-Generation. Ich habe diese Hoffnung noch beobachtet – aber damals schon skeptisch, distanziert, ohne sie zu teilen. Ich habe auch den Verlust dieser Hoffnung beobachtet, aber ebenfalls mit einem unbeteiligten Blick. Zumindest aber weiß ich, was es war. Und ich weiß, dass es schief gegangen ist. Aber ich war die ganze Zeit unbeteiligt. Ich habe also weder eine richtige Hoffnung noch eine richtige Enttäuschung erfahren …

… Sie hatten aber zumindest die bescheidene Hoffnung zu überleben?

Ja, daraus ist die Hoffnung des Überlebens geworden. Ich habe einmal überlebt – praktisch noch als Kind –, ich habe die Hoffnung überlebt und die Enttäuschung überlebt. Und daraus entsteht eine Psychologie des »Es geht immer so weiter«: Man überlebt immer alles, aber nur, wenn man auf keine Hoffnung hereinfällt und nicht enttäuscht wird. Es handelt sich um eine balancierte Reaktion, die, so glaube ich, für meine Generation typisch ist. Sie ist weniger vital als die der Sechziger-Generation, und sie ist nicht so zentral. Zentral ist immer nur die Haltung der Hoffnung, die Haltung des großen Projekts – des Gebets, des Protestes.

Und ebenso wenig partizipierten Sie an den dionysischen Batterien, um Energie zu tanken?

Nein, es gab keine dionysischen Batterien. Es gab ein Gebet. Diese Demonstrationen waren ein Gebet, ein modernes Gebet: »Bitte, Gott, vollbringe ein Wunder, und mache es so und nicht anders.« Du siehst, wie die Menschen beten – du betest nicht. Dann weinen sie – du weinst nicht. Aber du ziehst deine Schlüsse. Und sicherlich stehst du in dieser Situation abseits – abseits dieser Hoffnung und abseits dieser Enttäuschung. Und auch weiterhin stehst du abseits, aber du beobachtest zumindest. Es ist interessant, dass die Menschen, die das alles nicht beobachtet haben, noch weniger Zugang finden, zur Hoffnung wie zur Enttäuschung. Ich verstehe zumindest, worum es geht. Das Einzige, was einer in dieser Situation im Sinn haben kann, ist die immer gleich bleibende Chance, dass dieser Zufluss an Energie, dass diese Forderung nach einem Wunder wieder auftaucht, wiederkommt. Sie kommt wieder – das ist klar –, weil sie immer wiedergekommen ist. Der Kommunismus ist untergegangen, dies ist untergegangen und jenes ist untergegangen. Was aber war der Kommunismus? Es war ein Fest, er war ebendiese Vermischung von Freizeit und Arbeit. Die Arbeit musste kreativ sein, das Fest musste zur Produktion führen, das war genau diese Verschmelzung. Nazi-Deutschland war ein Fest, und alle diese fundamentalistischen muslimischen Regime sind ein Fest. Bei uns im Westen ist man aber in eine geschichtliche Zone eingetreten, in der man nur noch arbeitet und arbeitet. Alle arbeiten, und alle sind müde.

Das hört sich an wie dieses »nach der Orgie« Baudrillards …

… ja, irgend so etwas. Duchamp hat gesagt, dass er in dem Augenblick, in dem er dieses *urinoir* ausgestellt hat, sich jenseits von Raum und Zeit gefühlt hat. Er hat sozusagen den göttlichen Akt wiederholt, den Akt der absoluten Kreation jenseits der Arbeit. Irgendwie sieht es so aus, als ob es in nächster Zeit nicht zu so etwas kommen würde.

Und was genau wäre die Befriedigung des Beobachters?

Er hat keine Befriedigung. Es ist eine stoizistische Haltung, eine Haltung, die von sich weiß, dass sie zu keiner Befriedigung führt.

Doch sie will auch keine Befriedigung – nicht im Sinne der Entsagung –, sondern sie hat dieses Begehren, diese Hoffnung, diese Zuversicht nicht, sie fehlen einfach. Deswegen ist dieses Unbefriedigtsein auch nicht als Verlust erlebbar.

Aber wir sprechen viel zu viel über Psychologie. Im außerkulturellen Kontext spielt die Psychologie sicherlich eine große Rolle. Arbeiter in einer Fabrik unterscheiden sich psychologisch gesehen voneinander, das ist klar. Aber alle Menschen der Kultur sind letztendlich psychologisch gleich – nämlich ohne Psychologie. Kunst oder Philosophie zu treiben bedeutet doch, die eigene Psychologie aufzugeben und sie durch das Bekenntnis zu einem Kunstwerk oder zu einem Diskurs zu ersetzen. Jeder Kulturmensch ist letztendlich das Medium einer bestimmten Lage. Daraus ergibt sich eine gewisse unsichtbare Topographie wie auch eine Chronographie im Sinne der unterschiedlichen Lagen und Zeiten, die durch diese Leute hindurch sprechen – viel eher als eine Psychologie, die dabei labil wird oder sogar verschwindet. Das ist die innere Struktur des Kulturmenschen, er hat keine Psychologie: Er ist zu labil, zu proteisch. Im Grunde nimmt er die Form an, die ihm seine Zeit bietet, sein Land bietet, die ihm seine kulturelle Schicht bietet. Er füllt sie aus wie eine amorphe, bewegliche Masse …

… eine mobilisierte, fließende, libidinöse Masse …?

… ja, wie eine Masse, die Vibrationen von außen aufnimmt und selbst zu vibrieren beginnt und diese Vibrationen dadurch zusätzlich verstärkt. Diejenigen hingegen, die eine bestimmte innere Struktur haben, die eine Psychologie haben, taugen nicht für die kulturelle Aktivität.

Aber diese amorphe Masse verwechselt oft ihre Unförmigkeit, ihren Verlust an Struktur, mit göttlicher Allmacht. Dann kommt es zu einem Kurzschluss: Ich bin so amorph, und ich habe keinen bestimmten Gedanken – weil ich gleichzeitig tausend Gedanken habe und noch tausend weitere zitieren kann. Ich habe keine Gefühle – aber nicht, weil ich herzlos bin, sondern weil ich einfach zu viele auf einmal habe, weil ich trainiert bin, diese vielen Gefühle gleichzeitig zu haben. Und irgendwann bekomme ich das Gefühl, dass dieser Zustand eben göttlich ist oder fast göttlich. Wenn dem aber so ist, warum soll ich mich dann eingrenzen und wählen? Irgendwann, in einer gewissen Phase der Entwicklung, die relativ schnell eintritt, hat man kein eigenes Denken, keine eigenen Gefühle mehr. Alles ist variabel, alles hängt von der Situation ab, vom Wetter … Und ebendas wird missverstanden als ein ewiges Fest. Es ist dieser groteske Körper, wie ihn Bachtin sehr gut beschreibt, oder dieser Körper ohne Organe, von dem Deleuze spricht: Alle Körperzustände vermischen sich in ihm simultan. Das ist ein typisch intellektueller Traum: alles fließt, weil der Intellektuelle selbst zu fließen beginnt, und das hält man für göttlich.

Dieser Zustand hätte ein wenig von der Liquidität der Psychose, wie Foucault sie darstellt: als eine unendliche Liquidität der Körper, die in die Welt hinausfließen und sich in ihr völlig verlieren.

Ja, selbstverständlich, nur vergisst man, dass es sich dabei um ein Training handelt – dass es genau das ist, was wir Bildung nennen und was man in der *École Normale Supérieure* und an sonstigen vergleichbaren Lehranstalten lernt. Man lernt, von der einen Seite und von der anderen Seite her zu diskutieren, man lernt, die Argumentation in die eine und in die andere Richtung zu lenken. Man lernt, mit diesem und mit jenem gleich mitzufühlen. Und es scheint dann so, als ob dies ein normaler, natürlicher – sogar ursprünglicher Menschenzustand wäre. Der amorphe Intellektuelle sieht sich als paradigmatischen, ursprünglichen Menschen – und empört sich darüber, dass andere Menschen durch bestimmte Ansichten und Regeln begrenzt und reduziert werden. Daran, so denkt der Intellektuelle, ist die Bildung schuld, die den Menschen abrichtet, formt, eingrenzt. Dabei vergisst der Intellektuelle aber, dass gerade sein amorpher Zustand ein Effekt der Bildung ist – Effekt einer Überwindung seiner festen psychologischen Struktur.

Die Bildung ist nämlich keineswegs Formung, Gestaltung, sondern, umgekehrt, die Auflösung jeder festen menschlichen Form. Ein gebildeter Mensch zeichnet sich doch vor allem dadurch aus, dass er alles versteht, sich in alle Lagen versetzen kann, jede Form annehmen kann.

Doch die eigene Meinung, glauben Sie, erreicht man in Wirklichkeit nie?

Sie wird immer weniger möglich. Denn die Bildung führt dazu, dass man tatsächlich alle Positionen gleichzeitig vertreten kann und dass man zu fließen beginnt. Man denkt, dass man dadurch das Unbewusste, das Begehren usw. zur Sprache bringt. Doch im Grunde manifestiert man nichts anderes als seine Bildung. Das ist eine unglaubliche Verkennung des tatsächlichen inneren Zustands des Autors. Der Autor kotzt – wie auch Deleuze und viele andere es tun – alles aus, was er je gelesen und gehört oder was er auch nur zum Teil gelesen und gehört hat: alle die Kurse, die er als Student belegen musste, alles das kommt in diesem fließenden, vermischten, grotesken Zustand heraus. Er kotzt die ganze *École Normale* aus, und zwar in der richtigen Form …

… in einer elaborierten Form …

… genau, in einer elaborierten Form. Und das soll dann den Fluss des Begehrens darstellen. Das ist doch eine unglaubliche Geschichte.

Im Zeitgefängnis
oder: Dekonstruktion an der Macht

Herr Groys, Sie sprechen von wiederholten, bis zur Vernichtung gehenden Selbstverneinungen, welche die Geschichte Russlands begleiten. Auch die Auflösung der UdSSR sei nicht das Resultat einer Niederlage gewesen, sondern vielmehr der Akt einer unerhörten Selbstopferung oder Selbstauslöschung. Mit anderen Worten, die Geschichte Russlands wird immer wieder durch die Aufhebung der Geschichte unterbrochen, durch einen Neuanfang und Nullpunkt. Peter I. ebenso wie Stalin beginnen ihre Städte dort zu bauen, wo zuvor »nichts« war: im geschichtlichen Niemandsland. Halten Sie diese Ahistorizität Russlands für wirklich evident und gegeben?

Die Russen haben lange Zeit ihren Platz in der Geschichte nicht gefunden. Sie wollten doch immer etwas Besonderes, Außerordentliches, Unvergleichliches sein. Deswegen täuschen sich diejenigen, die auch heute noch denken, dass Russland sich »europäisieren« oder »verwestlichen« lässt, genauso wie diejenigen, die denken, dass Russland sich deswegen nicht europäisieren lässt, weil es ursprünglich nicht europäisch ist. In beiden Fällen wird aber übersehen, dass Russland sich überhaupt nicht »europäisieren« oder »verwestlichen« will – auch wenn es den Westen bewundert und die westliche Kultur genießt und gerne übernimmt. Trotzdem ist man in Russland stolz darauf, kein Europäer zu sein – und möchte auf diesen Vorteil nicht verzichten. Und in der Tat: Warum soll man zu etwas werden wollen, was es schon gibt? Daraus kann nur eine unnötige Verdoppelung entstehen, die notwendigerweise auch parodistische Züge annehmen muss.

Diese ganze Problematik, die ich in »Die Erfindung Russlands« beschreibe, beginnt sich schon Ende des achtzehnten, Anfang des neunzehnten Jahrhunderts abzuzeichnen, als Russland sich zum ersten Mal weltgeschichtlich zu situieren versucht. Und schon damals hat man bemerkt, dass eine solche geschichtliche Selbstsituierung für Russland eine schwierige Aufgabe darstellt: Bei näherem Hinsehen merkt man sofort, dass praktisch alles, was Russland ausmacht, von außen übernommen und keine eigene, genuin russische Leistung ist – wie etwa im Fall der chinesischen oder der indischen Kultur. Die Religion ist von Byzanz übernommen, auch die Herrschaftsstruktur ist byzantinischen Ursprungs, sogar das Wort »Zar« ist eigentlich die russische Verkürzung von »Cäsar«. Auf der Ebene der Verwaltung wurde sehr viel von den Mongolen eingeführt – und dann wiederum von den Deutschen, die eine starke Position in der offiziellen Bürokratie hatten. Geht man in Richtung Bildung oder Wissenschaft oder Kunst – alles ist vom Westen übernommen. So ist man in Russland sehr früh zur Einsicht gelangt, dass es in der russischen Vergangenheit und Gegenwart nichts Originelles gibt. Der geschichtliche Ort Russlands kann also nur die Zukunft sein: Russland ist keine geschichtlich gewordene Realität, sondern ein Projekt, ein Versprechen, ein Neuanfang. Russland ist etwas, das noch nicht da ist. Dabei handelt es sich um eine ewige Zukunft, die vielleicht nie zur Realität wird – sodass der eigentliche Ort Russlands nicht in der Geschichte, sondern erst *nach* der Geschichte, in einer apokalyptischen Perspektive gefunden werden kann. Diese Vorstellung von Russland als einem unabgeschlossenen – und vielleicht unabschließbaren – Projekt hat die russische Selbstreflexion während des neunzehnten und zwanzigsten Jahrhunderts vollkommen beherrscht. Die einzige Ausnahme bietet vielleicht der Stalinismus, der verkündete: Ich bin die Apokalypse, ich bin das Ende jeder Geschichte als Geschichte des Klassenkampfes, ich bin also der wahre Ort Russlands. Doch heute sieht sich Russland zurück in die Geschichte transportiert – und alle traditionellen Figuren der Selbstreflexion, die allein die Zukunft als den geschichtlichen Ort Russlands definieren, tauchen wieder auf.

Man sagt deswegen jetzt auch über die sowjetische Vergangenheit: Das war doch nicht Russland, sondern Marxismus und

Dritte Internationale – alles nicht russischen Ursprungs, alles vollkommen vom Westen übernommen. Russland gab es diese ganze Zeit über noch nicht – es kommt vielleicht erst in der Zukunft. Deswegen gibt es in Russland keine Vergangenheitsbewältigung nach deutschem Muster. Der Nationalsozialismus war unbestritten eine originelle deutsche Leistung – deswegen bildet er so etwas wie eine »deutsche Vergangenheit«, und dementsprechend wird eine deutsche »Vergangenheitsbewältigung« möglich. Der Marxismus ist aber keine originelle russische Leistung – deswegen bildet die Herrschaft des Marxismus auch keine russische Vergangenheit, sondern stellt eine weitere Episode der Unterwerfung Russlands unter fremde, übernommene Ideen dar. Man trägt zwar Schuld für diese Unterwerfung – aber nicht für die Idee selbst.

Sie schreiben von der »Ungeschichtlichkeit« der russischen Geschichte, von einer »außergeschichtlichen Leere«, in der sich Russland – gleichsam zwischen Orient und Okzident schwebend – in einem wiederholten Akt der Selbst(er)findung jeweils neu konstituieren muss. Russland, so sagen Sie weiter, sei eine Kultur der vollendeten Mimikry, die das Eigene nur als Spiegelung des Anderen und Fremden, des Westens, herstellen könne. Zugleich sei Russland die Wunschmaschine des Westens: Es versucht, wahr zu machen, macht Ernst mit dem, wovon dieser nur träumt.

Wenn sich nun heute die großen nationalen Identitäten als zunehmend instabil und liquide erweisen und Westeuropa sich von seinen Ursprüngen entfernt – auf welche Strukturen könnte das postsowjetische Russland seinen anverwandelnden, einverleibenden Blick richten, um sich selbst zu formieren?

Zunächst einmal muss man sich fragen: Was überhaupt ist eine nationale oder eine kulturelle Identität? Dabei geht es weniger um die Frage, was eine solche Identität ausmacht, als vielmehr darum, in welcher Situation man sie nötig hat. Ich würde sagen: Man braucht sie dort, wo man vor einem Exportproblem steht. Denn für den kulturellen Import, für den Konsum stellt sich die Frage nach der kulturellen Identität nicht. Das zeigt sich am Beispiel des heutigen Deutschland: Die Deutschen von heute reflektieren ihre nationale oder kulturelle Identität wenig. Sie verfügen über genug Geld und Kaufkraft, um die Kultur der ganzen Welt zu konsumieren, und sie verspüren keinen unbedingten Drang, ihre eigene Kultur zu exportieren, weil sie genug technische Geräte exportieren und davon gut leben können. Dagegen stellen sich die kleineren Länder Osteuropas ständig die Frage nach ihrer kulturellen Identität, weil sie keinen großen Binnenmarkt für ihre kulturellen Erzeugnisse haben und auf der anderen Seite kaum etwas, außer eben Kultur, exportieren können. Mit anderen Worten: Die Kultur muss zunächst einmal unter einen starken Exportdruck geraten, damit man sich zu fragen beginnt: Was eigentlich will man exportieren? Inwieweit unterscheiden sich die eigenen kulturellen Produkte von denjenigen, die schon auf dem internationalen Kulturmarkt angeboten werden? Was kann die eigene Kultur international konkurrenzfähig machen?

Nun muss man aber sagen, dass Russland zur Zeit extrem konsumorientiert ist. Man will alles Mögliche konsumieren und genießen – und denkt wenig an eine exportorientierte kulturelle Produktion. Das kann vielleicht sonderbar klingen, da man üblicherweise denkt, dass Russland momentan arm ist und Exporte braucht. Aber man muss auch bedenken, dass gerade die russische kulturelle Schicht in dem Bewusstsein lebt, einen riesigen Binnenmarkt zur Verfügung zu haben, denn das russische Publikum ist für die Kultur ziemlich empfänglich – auch wenn es relativ arm ist. Man spart das Geld nicht für die Zukunft, sondern gibt es hier und jetzt für Vergnügen und Mode aus. So genießt also die neue russische Intelligenzija die erweiterten Möglichkeiten des Konsums – und verschiebt die Frage nach der russischen Identität auf morgen, auf die Zukunft. Die Zukunftsorientierung der russischen Kultur hat also eine stark ausgeprägte hedonistische, konsumorientierte Seite, was die Gegenwart anbelangt.

Die Frage nach der russischen Identität stellt sich mit dem wachsenden slawophilen Selbstbewusstsein und seinen Interpretationen?

Ja, Russland war immer ein kulturkonsumierendes Reich. Die Bevölkerung war vielleicht arm, der Staat jedoch viele Jahrhunderte lang relativ reich. Und auch die zaristische Regierung trieb die Politik der Akkumulation der Kulturgüter und des kulturellen Imports ständig voran. Man kann ja kaum zählen, wie viele ausländische Kunstwerke angekauft, wie viele Architekten bestellt, wie viele Wissenschaftler nach Russland eingeladen wurden. Und was die russische Intelligenzija betrifft, so zeigte sie sich, wie Sie sagen, gespalten: Auf der einen Seite wollten die Sapadniki, die »Westler«, Russland zivilisieren. Und das bedeutet nichts anderes, als noch intensiver westliche Kulturgüter nach Russland zu importieren. Es ist aber charakteristisch, dass die Sapadniki zum großen Teil in Russland studiert hatten und lebten. Diejenigen dagegen, die im Westen studiert hatten und dort längere Zeit lebten, wurden zumeist slawophil. Warum? Weil sie zunächst einmal für sich allein und dann in Bezug auf Russland vor die Frage gestellt wurden: Was tut man in einem fremden kulturellen Kontext? Wie repräsentiert man sein Land? Und was kann man den anderen bieten, anstatt alles immer nur von den anderen zu übernehmen? Daher kam das Projekt, eine russische Eigenart zu erfinden, denn man musste, wie gesagt, sehr schnell feststellen, dass es diese Eigenart nicht gab.

Nun kommen heute die beiden Positionen, wie mir scheint, zu einer Synthese – und zwar gerade in der Konsumorientierung. Die Eigenart Russlands wird zunehmend als die besondere Fähigkeit gesehen, besonders radikal zu konsumieren, besonders verschwenderisch, hedonistisch zu sein. Einen Hinweis darauf kann man schon bei Dostojewski finden. Was ist die russische Seele, wie sie von Dostojewski beschrieben wird? Diese Seele reagiert auf alles, akzeptiert alles und findet gleichzeitig alles ungenügend, wechselt ständig ihre Stimmungen, ist verschwenderisch, unbeherrscht, aber doch gleichzeitig großzügig, fein und träumerisch. Kurzum: eine perfekte Konsumentenseele.

Zugleich aber versuchte man, diese Uneigentlichkeit, diese Ahistorizität Russlands selbst als ein mögliches Exportgut zu verkaufen.

So ist es. Die absolute Besonderheit Russlands besteht darin, dass es keine Besonderheit hat. Es ist ursprünglich postmodern. Und diese originäre Unoriginalität Russlands ist sein bester Exportartikel. Das hat als Erster Dostojewski erkannt, der ein Genie des kulturellen Austausches und der kulturellen Marktstrategien war. Er verstand nämlich in Russland als Erster, dass man weder ausschließlich Import noch ausschließlich Export betreiben darf – dass es vielmehr darum geht, eine Export-Import-Firma zu gründen, das heißt so viel zu verkaufen, wie man kauft, und so viel zu kaufen, wie man verkauft. Nach diesem Prinzip sind alle seine Romane aufgebaut. Die Romane von Dostojewski beginnen damit, dass jemand aus dem Westen nach Russland kommt, wie etwa Myschkin in »Der Idiot«, oder aus dem verwestlichen St. Petersburg in die russische Provinz, oder dass jemand zu viel westliche Literatur gelesen und sich mit den westlichen Ideen oder westlichen Vorbildern zu sehr identifiziert hat, wie etwa Raskolnikow aus »Schuld und Sühne«. Es beginnt also immer mit einer Situation des kulturellen Imports aus dem Westen nach Russland – eines Imports, der aus den gängigen westlichen Ideen besteht, wie Freiheit, Gleichheit, Brüderlichkeit, Sozialismus, Liberalismus, Fortschritt usw. Allerdings werden diese Kulturgüter durch die russischen Umstände wesentlich verändert und auf eine irreparable Weise beschädigt. Nehmen wir ein Beispiel: Raskolnikow hat ein Buch über Napoleon gelesen. Er denkt darüber nach, was es heißen könnte, Napoleon in Russland zu sein, und kommt zu dem Schluss, dass in Russland Napoleon zu sein bedeuten würde, seine alte Nachbarin zu erschlagen. Das ist doch eine überaus sonderbare Folgerung, wenn man bedenkt, dass es gerade Napoleon war, der versucht hat, den modernen Rechtsstaat zu begründen. Aber das ist eben die Sonderbarkeit dieser Schlussfolgerung, die Dostojewski interessiert – denn darin sieht er das Missverständnis, das für ihn genuin russisch ist. Und dieses Missverständnis verkauft Dostojewski zurück in den Westen. Die beschädigte westliche Ware wird als eine authentisch russische zurück nach Paris geliefert. Später macht Nietzsche das gleiche in Bezug auf die deutsche Kultur …

… eine wirklich geniale Strategie …!

Nietzsche las auch aktuelle französische und englische Bücher, und zwar – genauso wie Dostojewski – nicht immer die besten, sondern vor allem die damals gängigsten, und drehte die Lesefrüchte dann durch die Mühlen des deutschen Geistes. Und das Produkt, das daraus entstand, war so sonderbar, dass nach seinem Reimport nach Paris oder London alle staunten, was die Deutschen aus den stinknormalen, positivistischen, fortschrittlichen Ideen so alles fabrizieren konnten. Nietzsche und Dostojewski, das waren zwei Genies des Import-Export-Geschäftes. Diese Art Geschäft deutet die nationale Identität anders, legt sie anders aus, als es traditionell der Fall war und im Grunde immer noch ist. Es handelt sich nicht mehr darum, das autonome Wesen einer Kultur zu entdecken. Es geht vielmehr darum, die nationale Kultur als eine Konsummaschine zu begreifen, die die gleichen Dinge auf eine für sie spezifische Weise konsumiert …

… um ein Procedere, einen Prozess, eine Transformation?

Ja, es geht um eine nationale Kulturdeponie – viel mehr als um eine nationale Kulturproduktion. Die nationale kulturelle Identität als eine Maschine zum Kulturverbrauch, zum Kulturrecycling, zur Ablagerung und Wiederaufbereitung des internationalen Kulturmülls.

Die Frage nach der aktuellen Identitätsbildung Russlands und deren Strategien lassen Sie offen, obschon Sie dem poststrukturalistischen Diskurs eine mögliche Rolle zuschreiben und eine Korrespondenz zwischen der »heutigen Lesart des Diamat« und dem, »was im Westen unter dem Namen Poststrukturalismus auftritt«, konstatieren. – Thematisieren Sie dabei den dialektischen Materialismus, seine permanenten Stellungswechsel, Umformierungen, Neupositionierungen, dann hört sich das beinahe so an wie eine Beschreibung des Dekonstruktivismus. Ist der Dekonstruktivismus vielleicht eine Theorie dessen, was der sowjetische Kommunismus in gewisser Weise schon vorweggenommen hat? Worin sehen Sie die Affinität zwischen beiden?

Es gibt in der Tat eine tiefe Verwandtschaft zwischen dem Dialektischen Materialismus und der Dekonstruktion. Derrida schreibt in seinem Buch über Marx, dass der sowjetische Dialektische Materialismus ein Dogmatismus war, mit dem es sich nicht zu beschäftigen lohnt. Aber das ist eine Fehleinschätzung. Der dialektische Materialismus war überhaupt nicht dogmatisch – ganz im Gegenteil war er gegen jede Art von Dogmatismus gerichtet. Der dialektische Materialismus geht davon aus, dass ein realer, materieller Prozess stattfindet, nämlich der Prozess der Entwicklung der Produktionskräfte, und dass dieser Prozess nicht »im Geist« erfasst werden kann. Das ist der zentrale Unterschied zwischen der hegelschen Dialektik und dem dialektischen Materialismus: Der materielle Prozess der technischen Entwicklung entgeht nach Auffassung des dialektischen Materialismus dem menschlichen Bewusstsein. Es gibt dementsprechend auch keine endgültige Synthese, keine Aufhebung aller Gegensätze am Ende der Weltgeschichte, sondern die Gegensätze wirken immer weiter auf der Ebene der materiellen Praxis selbst – und zwar immer alle gleichzeitig. Das ist das berühmte Gesetz der Einheit und des Widerstreits der Gegensätze, das Herzstück des dialektischen Materialismus. Dieses Gesetz schließt gerade jeden möglichen Dogmatismus aus – eigentlich schließt es jede Möglichkeit aus, überhaupt irgendeine logisch konsistente und begründbare Position anzunehmen, denn jede solche Position muss notwendigerweise ihren Gegensatz ausschließen und verstößt damit gegen das Gesetz der Einheit der Gegensätze. Der dialektische Materialismus ist also ein konsequenter Adogmatismus, dessen Funktion darin besteht, die Entscheidungen der Parteiführung gegen alle möglichen Einwände vollständig zu immunisieren. Wer keine Macht hat, ist nämlich notwendigerweise dogmatisch, denn er kann nur im Namen eines Prinzips, einer Überzeugung, eines Dogmas sprechen. Doch eine jede feste Überzeugung wurde vom dialektischen Materialismus als eine einseitige, dogmatische abgelehnt – und vor allem als ein hilfloser Versuch, auf der Ebene der Ideen zu argumentieren, wo doch nur Taten und praktische Entscheidungen gelten.

Der dialektische Materialismus glaubt an den unaufhaltsamen Fluss der Praxis, den Fluss der Realität, dem kein Denken konmensurabel ist. Das Einzige, was ihm konmensurabel ist, ist die Entscheidung, ist die Tat – und nur die Partei kann entscheiden und Taten vollbringen, weil sie die Macht dazu hat. Dadurch wird der Handelnde unkritisierbar gemacht. Die Aufgabe des Denkenden beschränkt sich demgemäß darauf, sein Denken dem Gang der Dinge immer wieder neu anzupassen – aber er kann diesen Gang nicht im Namen abstrakter Prinzipien und lebensfremder Dogmen kritisieren. Der dialektische Materialismus versteht sich somit als Gegensatz zur Metaphysik: Die Metaphysik, verstanden als das bürgerliche Denken schlechthin, zeichnet sich für ihn durch ein dogmatisches Bestehen auf weltfremden, praxisfremden Positionen aus. Der proletarische Denker dagegen hat keine festen, dogmatischen Überzeugungen, auf denen er bestehen könnte: Er denkt allein im Namen der Praxis, des Prozesses, der historisch konkreten und wandelnden Konstellationen der Produktivkräfte und Produktionsverhältnisse. Auch sein Sprechen ist pragmatisch und politisch orientiert. Hält er etwas zu einem bestimmten Zeitpunkt für richtig, dann setzt er es in die Tat um, hält er zu einem anderen Zeitpunkt etwas Gegensätzliches für richtig, dann setzt er es ebenfalls um, ohne durch die logischen Widersprüche, die dabei entstehen, irritiert zu werden. Denn die Zeit allein löst durch ihre ständige Bewegung alte Widersprüche auf und erzeugt neue Widersprüche.

Nun sind die Parallelen zur Dekonstruktion offensichtlich. Derrida wendet sich ebenfalls gegen die hegelsche Figur der Aufhebung der Oppositionen: Die dekonstruierten hegelschen Oppositionen können nämlich nicht mehr aufgehoben werden – sie wirken dann als Differenzen immer weiter. Dadurch entsteht der Bruch zwischen unserem eigenen Denken und dem radikal Anderen. Der radikal Andere kann nur durch eine Entscheidung adressiert werden, denn dieser radikal Andere ist ein materielles, sich dem Geist und den Oppositionen, mit denen der Geist operiert, entziehendes Ereignis. Solche Entscheidungen, die den Anderen adressieren, sind also prinzipiell unbegründbar und somit auch unkritisierbar, denn sie entziehen sich, wie das Ereignis selbst, der Möglichkeit einer »einseitigen« logischen Analyse. Hier ist die Analogie zwischen dialektischem Materialismus und Dekonstruktion fast perfekt. Ich sage *fast* perfekt, weil Derrida den radikal Anderen sicherlich nicht als Summe der Produktivkräfte definiert und dementsprechend nicht allein einer bestimmten Partei das Recht einräumt, Entscheidungen zu treffen. Wenn Derrida über die Unbegründbarkeit der Entscheidungen spricht, dann definiert er das Subjekt dieser Entscheidungen überhaupt nicht eindeutig. Allerdings ist es klar, dass de facto nur derjenige Entscheidungen praktischer Art treffen kann, der die Möglichkeit dazu hat – in einer postkommunistischen Welt kann es also nur das Kapital sein, das auch nach der traditionellen marxistischen Auffassung durch seine unermüdliche Bewegung alle traditionellen Ordnungen, Hierarchien und Prinzipien auflöst und dekonstruiert. Damit fügt sich die Dekonstruktion nahtlos in die herrschende Ideologie unserer Zeit ein, die alles Geistige, Kulturelle, Künstlerische von der Bewegung der Zeit, verstanden als technische Entwicklung, ableitet, wobei die technische Entwicklung als ein selbstläufiger Prozess verstanden wird. Das ist immer die Grundauffassung des stalinistischen dialektischen Materialismus gewesen – und es ist daher sehr bezeichnend, dass der Westen diese Grundauffassung nach dem Untergang des Kommunismus übernommen hat. Übrigens passiert es immer wieder in der Geschichte, dass die siegreichen historischen Kräfte die Religionen und Ideologien der ihnen unterliegenden Kräfte übernehmen und appropriieren.

Übrigens: Heidegger, der Derridas Vorbild ist, ist sicherlich *der* totalitäre Theoretiker des zwanzigsten Jahrhunderts. Nicht etwa, weil er Faschist gewesen wäre oder Nationalsozialist – das ist alles absurd. Sondern weil er der Zeit das uneingeschränkte Recht zugestanden hat, uns die Wahrheit zu diktieren. Dabei hat Heidegger die Wahrheiten eigentlich gar nicht gemocht, die seine Zeit ihm diktiert hat. Er hat seine Zeit als die Zeit der uneingeschränkten Herrschaft der Technik interpretiert – und das hat ihm überhaupt nicht gefallen. Aber er hielt es für unter seiner Würde, gegen die Zeit im Namen eines abstrakten Prinzips oder im Namen seiner eigenen persönlichen Haltung zu protestieren – eine solche Protesthaltung schien ihm ressentimentgeladen, unphilosophisch und letztendlich unwürdig zu sein. Viel würdiger erschien es ihm, mit der Zeit zu gehen – oder sogar, wenn es nötig war, weil die Zeit ab und zu schneller lief, mit der Zeit mitzulaufen. Die Philosophie Heideggers ist die Philosophie eines überzeugten Mitläufers, das heißt von jemandem, der es für seine Pflicht hält, mit der Zeit auch dann Schritt zu halten, wenn es ihm peinlich, unangenehm, anstrengend ist, wenn er innerlich mit der Zeit nicht einverstanden ist. Das ist der Grund, warum Heidegger so faszinierend ist und wirklich ernst genommen werden soll – weil er die bisher tiefste Erklärung dafür geliefert hat, warum es das Beste und das Würdigste ist, ein Mitläufer zu sein.

So muss man sagen, dass der Adogmatismus – und keineswegs der Dogmatismus – den eigentlichen Kern aller Totalitarismen ausmacht. Jede politische Diktatur gründet letztendlich auf einer Diktatur der Zeit. Die Unmöglichkeit, der eigenen Zeit zu entfliehen, dem Gefängnis des Zeitgeistes zu entkommen, aus der eigenen Gegenwart zu emigrieren, ist eine ontologische Sklaverei, auf der jede politische oder ökonomische Sklaverei letztendlich basiert. Es ist das untrügliche Merkmal jeder modernen totalitären Ideologie, dass sie die Möglichkeit des Überzeitlichen leugnet – es gibt für sie nur entweder das Zeitgemäße oder aber das Überholte, Altmodische, Verbrauchte. Was wir den Dogmatismus nennen, ist dagegen immer ein Versuch, der Zeit doch zu entkommen – und sich im Überzeitlichen, Zeitübergreifenden, Unsterblichen, eben Dogmatischen, zu situieren. Nun behauptet der Dialektische Materialismus letztendlich, wie auch Heidegger es seinerzeit behauptet hat, dass das Sein die Zeit ist – und es somit kein Entkommen aus der Zeitdiktatur geben kann. Die einzige Möglichkeit, die dabei bleibt, einer bestimmten Zeit zu entgehen, ist, die Zeit als solche zu bedenken – aber auch eine solche Reflexion wird als zeitbedingt verstanden. Wie Viktor Schklowski noch ganz am Anfang der Stalinära deren Ideologie trefflich zusammengefasst hat: Die Zeit hat immer Recht. Der Dogmatismus ist somit die Quelle eines jeden Widerstands gegen die totalitäre Herrschaft der Zeit, denn ein Dogmatiker ist jemand, der darauf besteht, dass bestimmte Ideen oder Dinge überzeitlich sind – ohne dies freilich beweisen zu können. Es handelt sich hier also ebenfalls um eine Entscheidung – aber um eine Entscheidung nicht in der und für die Zeit, sondern gegen die Zeit.

Wenn Sie über den Kommunismus sprechen, skizzieren Sie ein Szenario, in dem in jedem Augenblick Täter und Opfer, Unterdrücker und Unterdrückte wieder und wieder ihren Platz wechseln können. Der Auszug aus der Geschichte findet nie statt, nur Transpositionen, Positionswechsel. Und diese Praxis, dahin zielte meine Frage, erinnert durchaus an die Theorie des Dekonstruktivismus.

Nun – es gab auch Personen, die auf der Überzeitlichkeit ihrer persönlichen Wahrheiten bestanden haben. Die Ironie, die auch der Dekonstruktion eigen ist, besteht allerdings darin, dass diese Dogmatiker im Rahmen des stalinschen Systems ebenfalls ab und zu erfolgreich waren. Dieses System zeichnet sich in der Tat vor allem durch einen ständigen und schnellen Positionswechsel aus. Jeder neue Tag brachte eine neue Wahrheit mit sich, die der gestrigen Wahrheit vollständig widersprach. Und das bedeutet, dass ab und zu diejenigen, die aus prinzipiellen Gründen gegen die gestrige Wahrheit waren, am neuen Tag für ihre Unnachgiebigkeit belohnt wurden. Die gestrigen Mitläufer wurden dagegen oft bestraft, weil sie am vorigen Tag eine Wahrheit vertraten, die aus der Sicht des neuen Tages nicht mehr galt – und sie wurden zu Recht bestraft, denn die größte Tugend eines sowjetischen Kommunisten bestand in der Fähigkeit, die Zukunft richtig vorauszusehen. Wie man damals gesagt hat: Die Unnachgiebigkeit eines Kommunisten besteht darin, immer nur zusammen mit der Parteilinie zu wackeln.

Ich verschiebe an dieser Stelle ein wenig die Perspektive. Sie schreiben in Ihrem in Auszügen publizierten »Tagebuch des Philosophen«: »Wie sehr ich auch ›in mich gehe‹, ich finde in mir nichts, das nicht schon tausendmal beschrieben wäre, das es wert wäre, entdeckt, offenbart, entlarvt zu werden.« Hinsichtlich des russischen Denkens stellen Sie in fast derselben Tonart fest – darüber haben wir bereits gesprochen –, dass es »nichts wirklich Exotisches und Heterogenes im Vergleich zur westlichen Kultur aufzuweisen hat«. Vielleicht täuscht der Eindruck, doch an dieser und an anderen Stellen scheint es eine Äquivalenz Ihrer Selbstbeschreibung mit der Beschreibung Russlands zu geben. Im Übrigen schildern Sie auf ganz ähnliche Weise die Figur, »die Verwaschenheit der Person« Stalins, von der »kein einziger individueller Zug, keine einzige Handlung überliefert wird, in denen Leidenschaft oder irgendein besonderer Vorsatz zum Ausdruck kämen«. Daher meine Frage: Wer spricht? Boris Groys? Das russische Denken? Oder eine Projektion (Ihrer selbst?) auf die Figur Josef Stalins?

Ja, sicherlich handelt es sich in allen diesen Fällen um die gleiche Bewegung: aus dem Außen ins Innere, statt vom Inneren ins Außen. Wir können uns diesen Unterschied wiederum am Beispiel der Dekonstruktion veranschaulichen. Der in der Moderne herrschende westliche Diskurs – und die Dekonstruktion ist ein Teil dieses Diskurses – verkündet ständig, dass die Hochkultur, die künstlerische Tradition und die Metaphysik mit ihrem Logo-, Phono- und sonstigen Zentrismus durchbrochen, überwunden, aufgelöst, dekonstruiert werden müssen. Der westliche Autor fühlt sich also – zu Recht oder zu Unrecht – von Anfang an innerhalb einer privilegierten, gut organisierten, sogar weltweit herrschenden, aber doch begrenzten Tradition eingesperrt. So will er aus dieser Tradition ausbrechen – ins Ungewisse, ins Gefährliche, ins Profane. Der Diskurs der Transgression oder der Dekonstruktion ist also ein klaustrophobischer Diskurs.

Nun komme ich aus einem weiten Land – und kann nur, wenn überhaupt, an Agoraphobie und nicht an Klaustrophobie leiden. Dieser weite russische Raum ist von Anfang an ein profaner, gefährlicher, allen kulturellen Traditionen äußerlicher Raum. Russland ist ein Land, in dem der metaphysische, logozentrische Diskurs niemals geherrscht hat. So wäre es nur komisch, wenn ich jetzt beginnen würde, gegen den Logozentrismus der metaphysischen Tradition zu kämpfen. Darüber hinaus bin ich jetzt ein Emigrant, ein Fremder in Deutschland – ohne jede Verankerung in der deutschen Gesellschaft, aber auch ohne jede Verankerung in der russischen Gesellschaft. Ich kann also im Namen keiner Tradition, keines Landes, keines kulturellen Raums sprechen und niemanden repräsentieren. Ich kann nicht einmal richtig in meinem eigenen Namen sprechen und schreiben, denn mein Name wird in kyrillischen und lateinischen Buchstaben jeweils sehr unterschiedlich geschrieben, sodass ich mich, wenn ich etwas unterschreiben soll, immer erneut fragen muss, wie ich eigentlich heiße – und bekomme von mir selbst immer wieder unterschiedliche Antworten auf diese scheinbar einfache Frage. Ich sitze somit in keinem geschlossenen Raum, den ich transzendieren wollte oder sollte, sondern ich bin vielmehr von Anfang an draußen.

Auch Derrida kommt eigentlich von draußen, aus einer jüdischen Familie aus Nordafrika. Aber er wendet in seinem Diskurs einen gewissen Trick an. Er sagt, dass er den Raum der privilegierten metaphysischen Tradition auflösen will. Liest man das, entsteht der Eindruck, dass derjenige, der so spricht, immer schon privilegiert war. Er suggeriert nämlich gerade dadurch, privilegiert zu sein, dass er seinen privilegierten Status abschaffen oder zumindest dekonstruieren will. Ich aber möchte diesen Trick nicht anwenden. Vielmehr stelle ich mir die Frage: Wie agiert oder denkt man, wenn man draußen und nicht drinnen ist? Bei der Beantwortung dieser Frage hilft mir die Dekonstruktion allerdings nicht weiter, denn ein Mensch von draußen ist ursprünglich bereits dekonstruiert. Ich versuche also, einen Zustand *nach* der Auflösung aller Identitäten zu denken, der mein eigener Zustand ist.

Eine ganz andere Frage: War Ihr »Gesamtkunstwerk Stalin« – Stalin verstanden als ästhetisches Phänomen ähnlich wie die neue russische Kunst –, war also Ihr »Kunstwerk« in Form dieses Buches für Sie ein Versuch der Befreiung?

Ja, ganz bestimmt. Dieses Buch wurde ziemlich missverstanden, was für mich wiederum interessant und lehrreich zu beobachten war. Vielleicht bietet sich hier eine gute Gelegenheit, dies zu thematisieren. Praktisch alle, die das »Gesamtkunstwerk Stalin« gelesen haben, sind zu dem Schluss gekommen, dieser Essay sei eine Kritik der Avantgarde im Allgemeinen und der russischen Avantgarde im Besonderen. Und zwar wurde mir eine Kritik der Avantgarde unterstellt, die sich verkürzt folgenderweise formulieren lässt: »Die Avantgarde führt notwendigerweise zum Totalitarismus.« Die meistverbreitete Reaktion auf mein Buch bestand in der Verteidigung der Avantgarde gegen diese Art von Anklage und gegen diese rigide Logik, die mir unterstellt wurden.

Unter anderem können wir dort lesen: »Das Ziel der nachrevolutionären russischen Avantgarde war die ›Umgestaltung der Welt im ganzen‹.« Das ist einer der Sätze, die jene Kritik hervorrufen, von der Sie sprechen.

Solche Sätze kommen darin vor. Man liest sie und sagt: Diese Sätze und diese Logik bedeuten eine historische Verurteilung der Avantgarde. Nun, ich möchte Folgendes dazu bemerken. Zunächst einmal erfolgt diese Art von Reaktion nur, wenn man meint, die totalitäre Kultur sei absolut schlecht. Wenn die Avantgarde in eine totalitäre Kultur mündet, dann bedeutet dies, dass die Avantgarde auch schlecht sein muss. Man könnte aber auch denken, dass die totalitäre Kultur keineswegs schlecht sei – dann ist die Avantgarde auch dann nicht schlecht, wenn sie zu einer totalitären Kunst führt. Diese Möglichkeit wurde aber meistens nicht in Betracht gezogen – obwohl sie im Buch durchaus suggeriert wird. Das Buch kann gelesen werden als eine Würdigung der totalitären Kultur und wurde zum Teil auch so geschrieben – nicht zufällig heißt es »Gesamtkunstwerk Stalin«. Die totalitäre Kultur wird darin verstanden als eine Kulturform unter anderen, die durchaus ihre interessanten Züge und Vorzüge hat.

Sie gehen also von vornherein nicht historisch oder moralisch an den Totalitarismus heran, sondern phänomenologisch.

Das auch. Aber vor allem: Das Buch ist die Reflexion einer Reflexion. Das eigentliche Thema des Buches ist nicht der stalinsche Totalitarismus selbst, sondern seine spätere Reflexion in der russischen Kultur der siebziger und achtziger Jahre. Fast alle, die das Buch gelesen haben, haben nur die ersten zwei Kapitel gelesen – nicht aber das dritte Kapitel über die aktuelle russische Kunst. Das aber ist das Schlüsselkapitel im Buch. Ich bin doch vor allem im Milieu der russischen inoffiziellen Kultur der sechziger und siebziger Jahre aufgewachsen. Mit der offiziellen sowjetischen Kultur hatte ich dagegen sehr wenig zu tun. Ich habe während meiner sowjetischen Zeit nicht offiziell publiziert – nur in den inoffiziellen Samizdat- oder Emigrantenzeitschriften. So hatte ich einen fremden Blick auf die sowjetische Kultur, wie auch viele meine damaligen Freunde. Mich interessierte also vor allem die Reaktion auf die offizielle Kultur, wie sie für ein gewisses inoffizielles Milieu charakteristisch war, zu dem ich gehörte. Nur waren – das muss man auch zugeben – die zeitgenössischen russischen Autoren, über die ich damals im Buch geschrieben habe, wie Ilya Kabakov, Vitali Komar und Alexander Melamid, Vladimir Sorokin oder Dmitri Prigov, dem westlichen Publikum zu jener Zeit beinahe vollkommen unbekannt. Deswegen wurden meine Ausführungen zu diesen Autoren nicht so richtig wahrgenommen.

In Ihrem Buch beschreiben Sie den Stalinismus in seiner ekstatischen Funktion. Die Zeit des Stalinismus war neben den Deportationen und Gulags ein Massenspektakel, eine orgiastische Option auf die Zukunft. Und wie Nietzsche sagt: Ohne Grausamkeit kein Fest …

Ja, genau. Jedes Fest ist immer schon grausam – Menschengedränge, laute Musik … Furchtbar.

Also findet zugleich eine Art Einschmelzung statt?

Ja, die gibt es. Das war auch die eigentliche Problematik von Bachtin – seiner Theorie des Karnevals. Man gerät immer wieder in eine totalitäre Versuchung, wenn man davon träumt, die extrem heterogene Gesellschaft, in der wir leben, durch eine gemeinsame Erfahrung, durch ein gemeinsames Gefühl zu vereinen. Das ist der Grund für einige, den Totalitarismus als solchen gutzuheißen, auch wenn sie die jeweilige totalitäre Ideologie nicht teilen. Bachtin kann man durchaus in diesem Sinne lesen. Ich lebte aber auch damals im Zustand einer inneren Abspaltung von der sowjetischen Gesellschaft – und ohne jeden Wunsch, mit anderen zu verschmelzen.

Viele Künstler der sowjetischen Neo-Avantgarde der sechziger und siebziger Jahre hat man – Ihrer Meinung nach fälschlicherweise – für Dissidenten gehalten, für Oppositionelle, obwohl diese eigentlich traditionell und unpolitisch waren.

Nein, traditionell und unpolitisch waren sie sicherlich nicht. Sie wollten sich nur – und das ist eine durchaus politische Haltung – dem Schema Sowjetmacht versus Dissidenz entziehen, denn dieses Schema passte nur zu gut in die herrschende Ideologie. Sie bildeten, sagen wir, eine Opposition innerhalb der Opposition, was überhaupt eine sehr produktive Haltung ist.

War das, was Sie beschreiben, Ihre Position zu jener Zeit?

Das war meine Position in jener Zeit, und es war die Position, aus der heraus das Buch geschrieben ist. »Gesamtkunstwerk Stalin« war für mich selbst mein eigener Raum der Freiheit – eine Absage an das totalitäre Freund-Feind-Schema. Es geht in dem Buch nicht um eine objektive geschichtliche Logik, die angeblich von der Avantgarde zum Totalitarismus führt. Es handelt sich vielmehr um ein Spiel der Analogien und Differenzen, das ich in meinem Buch veranstalte – ein Spiel, das festgefahrene Oppositionen missachtet und auflöst. Ich veranstaltete dieses Spiel allein mit dem Ziel, alle diese Phänomene wie die russische Avantgarde, den Stalinismus und die russische inoffizielle Kunst, die bis dahin immer getrennt behandelt worden waren, in *einem* Buch zu vereinen, auf dem gemeinsamen Territorium eines einzigen Buches unterzubringen. Lesen Sie die Fußnoten! – Stalin, Schdanow, Derrida, Jameson, Malewitsch kommen da alle zusammen vor. Wenn man zu der Zeit, als ich das Buch schrieb – wie auch heute noch –, die russische Avantgarde als Thema nahm oder nimmt, dann taucht die stalinsche Ästhetik ausschließlich als eine von außen kommende, feindliche Kraft auf, die die Avantgarde zerstört. Auch werden die späteren Werke von Malewitsch, Tatlin und Rodtschenko nicht erwähnt oder als Zugeständnisse an die Zensur verunglimpft. Die inoffizielle russische Kunst wird dagegen fast ausschließlich als eine Reaktion auf die offizielle Zensur beschrieben – ihre eigene Ästhetik wird ebenfalls ignoriert. Und die Geschichte der offiziellen sowjetischen Kunst wird als Geschichte der Parteibeschlüsse und Repressionen gegen die anders Schaffenden erzählt – als Geschichte der Verbote und nicht als Geschichte einer künstlerischen Produktion. Es gibt also drei verschiedene, unzusammenhängende Geschichten der russischen Kunst im zwanzigsten Jahrhundert – ich habe versucht, daraus eine Geschichte zu machen. Es handelt sich hier also um eine persönliche literarische Strategie und nicht um eine von der Geschichte aufgezwungene äußere Logik. Das Buch hat nämlich erst einen Raum geschaffen, in dem alle diese Akteure untergebracht und ihre gemeinsame Geschichte erzählt werden konnte. In der sozialen und kulturellen Realität waren die Brüche dagegen so tief, dass man die Analogien nicht sehen und keine gemeinsamen Geschichten erzählen konnte. Es ist deswegen völlig absurd, dem Buch vorzuwerfen, dass darin die Unterschiede zwischen der Avantgarde und dem Sozrealismus nicht genügend thematisiert werden – diese Unterschiede sind allen nur zu gut bekannt. Das Ziel meines Buches war es, die Analogien und Möglichkeiten des Vergleichs zu zeigen, die sonst nicht gesehen wurden – die Brüche haben alle gesehen. Und ich habe diese Brüche selbstverständlich nur zu gut gesehen.

Gerade deswegen hat es mir Spaß gemacht, diese Brüche durch ein Spiel der Analogien und Differenzen zu überwinden – und alle diese Leute, die sich in der geschichtlichen Wirklichkeit hassten, im Raum meines Buches zu einer friedlichen Koexistenz zu zwingen. Das ist im Grunde die Strategie der Dekonstruktion. Und selbstverständlich weiß ich ganz genau, was für eine Art Spaß das ist – es ist ein genuin totalitärer Spaß. Ich glaube, Stalin hatte den gleichen Spaß, als er Monarchisten, Liberale, Sozialdemokraten und stramme Kommunisten, die sich gegenseitig hassten, alle in die gleichen Lager gesteckt hat, wo sie zusammen in einer Baracke leben mussten. Ich habe diese Analogie zwischen dem dekonstruktiven Gestus, der alle feste Grenzen auflöst und somit eine karnevalistische, festliche Dimension hat, und dem klassischen, stalinistischen Totalitarismus ebenfalls im Buch reflektiert. Alle diese Praktiken der Auflösung, der Dekonstruktion, der Transgression sind nur deswegen antitotalitär, weil sie noch totalitärer sein wollen als jeder politische Totalitarismus.

Noch eine Frage zu Ihrer Person. Sie haben einmal gesagt, Sie hätten zwar das Land gewechselt, nicht aber eigentlich Ihr Milieu. Welches waren die gravierendsten Unterschiede zwischen Ost und West innerhalb dieses Milieus, in dem Sie, nach eigener Überzeugung, verblieben sind?

In meinem Milieu war die sogenannte westliche Kultur relativ gut bekannt. Als ich in den Westen kam, habe ich nichts wirklich Neues für mich entdeckt.

Kannten Sie den Westen bereits durch Reisen?

Nein, reisen durfte ich nicht. Aber man muss schon sagen, dass die westliche Kultur eine große Fähigkeit zur Selbstreflexion und Selbstrepräsentation hat. Und gleichzeitig hat die westliche Bevölkerung ein erstaunliches Grundvertrauen in den öffentlichen Diskurs: Wenn die Leute etwas in den Zeitungen lesen, dann glauben sie es meistens auch. Wenn man also die westlichen Publikationen liest – was ich in Russland regelmäßig getan habe –, dann ist man wirklich gut informiert. In Russland funktioniert die Sache anders. Niemand glaubt daran, was andere öffentlich sagen – man glaubt nicht einmal daran, was man selbst öffentlich sagt. Dieser fast absolute Bruch zwischen den öffentlichen Verlautbarungen und den eigentlichen in der Gesellschaft vorherrschenden Meinungen macht Russland, wie man so sagt, geheimnisvoll. Der Westen ist dagegen nicht geheimnisvoll. Das ist übrigens einer der Gründe, warum viele Russen den Westen nicht mögen. Der häufigste Vorwurf lautet: Die Westler sagen privat das Gleiche, was man auch in den Zeitungen und Zeitschriften lesen kann und was sie öffentlich sagen. In Russland gilt ein solches Benehmen als Zeichen einer extremen Dummheit oder einer extremen Verlogenheit. Und darüber hinaus: Wozu diese Leute persönlich kennenlernen wollen, wenn sie sowieso immer das Gleiche sagen? Es genügt dann, sie bloß zu lesen.

Ich habe hier in diesem Zusammenhang einige interessante Sätze gefunden, die aus »Gesamtkunstwerk Stalin« stammen und vielleicht einer Erläuterung bedürfen: »... der Tod des Totalitarismus hat uns alle zu kleinen Diktatoren gemacht ...«, und weiter zitieren Sie Keyserling, der sagt, Stalin und Hitler schrecken ihn nicht, weil in Zukunft alle Europäer die Rechte von Diktatoren besitzen werden.

Hitler und Stalin waren, wenn man so will, Dekonstruktivisten an der Macht. Stalin hat ständig alle Grenzen aufgelöst und alle Hierarchien zerstört – nicht nur die alten, sondern auch die neuen, sozialistischen Hierarchien. Es war eine sehr ironische, ständig nivellierende, ständig relativierende Herrschaft. Und Hannah Arendt hat sicherlich Recht, wenn sie darauf aufmerksam macht, dass die nationalsozialistische Herrschaft eine Art organisiertes Chaos war, das auch alle festen Verwaltungsgrenzen ständig durcheinander gebracht hat. Darüber hinaus wurde die Vergangenheit ständig umgeschrieben – so etwas wie ein stabiles historisches *master narrative* gab es mit Sicherheit nicht. Stalin und Hitler haben uns gezeigt, dass die Hierarchien nichts taugen, dass man alles zerstören und falsifizieren kann, Märchen erzählen jeglicher Art, die Programme umschreiben, wie man will, und niemand merkt etwas ...

Stalin zum Beispiel tilgte Trotzki einfach aus den historischen Dokumenten.

Ja, und niemanden hat es gestört. So wurde uns allen absolute Respektlosigkeit und Verachtung für die Kultur eingeimpft. Nach dieser Erfahrung können wir Geschichte und Kultur nicht länger respektieren, weil wir gelernt haben, mit ihr auf eine beliebige, völlig willkürliche Weise umzugehen. Sicherlich können wir weiterhin sagen: Ach, wie schön und wie tief, welch wunderbares Gedicht, wie schade, dass dieser Dichter umgebracht worden ist. Wir wissen aber, dass wir die Erben nicht dieses Dichters sind, sondern die Erben von Stalin und Hitler. Wir wissen, dass die ganze Geschichte jederzeit in Müll verwandelt werden kann – die ganze Kultur ist ein großer Müllhaufen. Man kann alles zerstören, man kann alles manipulieren, man kann mit allem umgehen wie mit dem letzten Dreck. Ohne dieses Wissen, ohne diese totalitäre Erfahrung wäre die sogenannte Postmoderne nicht möglich gewesen.

Lassen Sie uns, von Ihrer heutigen Lage ausgehend, einen distanzierten Blick auf Russland werfen. Der Schriftsteller Viktor Kriwulin spricht von einer vierten russischen Revolution: der Revolution des Verbrechens. Das Russland von heute sei organisiert in einem »Dächersystem des russischen Staatswesens«. Der Begriff »Dach« übernimmt hier die Jargon-Bezeichnung für »Schutzmacht«, also kriminelle Erpresser. Was ist Ihr Blick auf das Russland von heute? Kriwulin lebt, glaube ich, in Petersburg.

Er lebt zwischen Moskau und Petersburg, wie so viele. Ich finde diese Beschreibung sehr romantisch, sie ist ein bisschen auch für den westlichen Markt verfasst. Die »russische Mafia« gehört zu den derzeit modischen Themen. Es ist ein weiteres Beispiel für eine für die russische Geschichte typische Übernahme westlicher Muster. Man hat in Russland einfach zu viele Hollywoodfilme gesehen.

Russland besitzt nicht einmal eine Mafia?

Nein, es gibt keine Mafia – bloß Kriminalität. Russland lebt zur Zeit in einer Romantik des Kapitalismus.

Auch in einer Romantik des Nationalismus?

Nein, nicht wirklich. Man hat es mit dem Nationalismus versucht, aber es hat nicht funktioniert. Der Nationalismus hat in Russland eigentlich nie funktioniert, trotz mehrfacher Versuche.

Und was sind die Gründe, dass Russland gegen diese Idee weitgehend resistent ist?

Russland war immer ein Vielvölkerstaat. Und wer die Russen sind, ist niemandem wirklich klar – in einem Land mit mehr als hundert Völkern. Innerhalb dieses Staates waren ethnische Russen übrigens niemals als solche privilegiert. Das Lebensniveau der russischen Bevölkerung war in der Sowjetzeit niedriger als das in den meisten sogenannten nationalen Republiken, die jetzt souverän geworden sind. Und in diesen Republiken wurden die Russen – wenn sie einfache Russen, das heißt keine Bürokraten waren – auch noch in der Sowjetzeit ziemlich schlecht behandelt. Die Sowjetunion war kein Imperium im westlichen Sinne des Wortes, in dem Engländer oder Franzosen andere Bevölkerungsgruppen eindeutig dominierten. Der Internationalismus der kommunistischen Ideologie war kein leeres Wort. Deswegen ist auch das nationale Bewusstsein bei den Russen nicht sehr entwickelt. Im Zentrum des russischen politischen Bewusstseins stand nie die Nation, sondern der Staat. Und auch jetzt bleibt das so. Man will in einem starken Staat leben, aber man glaubt nicht so sehr an die nationale Folklore.

Was jetzt aber sehr augenfällig geworden ist, ist, dass die Menschen wirklich fasziniert sind vom Geld. Man ist stolz darauf, konsequent und rücksichtslos kapitalistisch zu sein, so wie man früher stolz darauf war, konsequent kommunistisch zu sein. Spricht man mit vielen Russen, dann merkt man, dass sie jetzt oft den positiven Unterschied Russlands zu den westlichen Staaten betonen, die zu sozialdemokratisch, zu wenig kapitalistisch sind.

Sind die Russen also kapitalistischer als die Kapitalisten?

Ja, genau, das heutige Russland ist – zumindest in seiner Imagination – noch kapitalistischer geworden als der westliche Kapitalismus. Der Kapitalismus ist dort zu einer Utopie und zu einer Ideologie geworden. Das äußert sich vor allem in einem naiven

Glauben an die fast märchenhaft verstandene Macht des Geldes. Und dieser Glaube ist über alle politischen Grenzen hinweg verbreitet. Die heutigen russischen Kommunisten sind in dieser Hinsicht genauso wie alle anderen, sie teilen im Grunde die totale ideologische Begeisterung für das Geld.

In demselben Maße, wie die großen imperialen Gebilde, zuletzt die Sowjetunion, und mit ihnen ihre Ideologien zerfallen sind, hat auch das Subjekt seinen autonomen Status verloren, ist seine individualistische Verkapselung – zumindest theoretisch – aufgebrochen. »Fraktale« Subjekte auf der einen, nationalistische Wucherungen auf der anderen Seite sind die Produkte dieser Zersplitterungen. Glauben Sie, dass zwischen beiden Bewegungen, dem Abdanken der Imperien – der Staat verstanden als ein Supersubjekt – und dem »großmächtigen« individuellen Subjekt, dass zwischen dem Mikroskopischen und dem Makroskopischen dieser Ebenen eine Korrespondenz besteht?

Ganz bestimmt. Man kann diese Korrespondenz etwa in der Rhetorik, die üblicherweise benutzt wird, um das heutige Verhältnis zwischen Politik und Ökonomie zu beschreiben, ganz klar erkennen. Man sagt immer wieder, dass die Ökonomie das politische Subjekt heutzutage überflutet und unterwandert: Das politische Subjekt kann das ökonomische Geschehen nicht mehr kontrollieren, die Ströme des Ökonomischen entgrenzen das politische Subjekt, lösen es auf. Die gleiche Rhetorik wird auch in Bezug auf die Erotik, die erotischen Ströme und das libidinöse Unbewusste verwendet. Wenn wir also über die Ökonomie als die libidinöse Seite der Politik sprechen, dann wird ganz klar, dass wir uns in einer Phase befinden, in der wir uns eingestehen müssen, dass die ökonomische Libido oder die Libido des Ökonomischen – also letztendlich der Glaube an das Geld – das politische Subjekt überflutet hat. Das politische Subjekt kann seine eigene Reproduktion nicht mehr kontrollieren. Es ist in seiner Lebensgrundlage ökonomischen Strömen unterworfen, die es weder begreifen noch begrenzen, noch unter seine Kontrolle bringen kann. Und das ist sicherlich die Abdankung des Subjekts, inklusive des politischen Subjekts.

Der Staat ist also mehr und mehr zu einem Zeremoniell geworden. Der Kommunismus war der letzte historische Versuch, das ökonomische Geschehen dem politischen Subjekt völlig zu unterwerfen. Das und nichts anderes war die Position des konsequenten Kommunismus. Das Ziel des Kommunismus ist die Freiheit des Menschen und nicht seine Versklavung gewesen – und zwar die Freiheit von ökonomischen Zwängen: eine Souveränität in Bezug auf die ökonomischen Entscheidungen. Wenn ich eine ökonomische Entscheidung im Kontext des kommunistischen Staates treffe, dann denke ich in erster Linie darüber nach, welche politische Relevanz sie besitzt: Hat sie eine positive, sage ich ja, hat sie eine negative, sage ich nein. Jetzt denkt man umgekehrt: Man trifft eine politischen Entscheidung aufgrund ihrer möglichen ökonomischen Konsequenzen.

Diese Freiheit vom Ökonomischen war wohl nicht zuletzt der Grund, weshalb Bataille und andere mit dem Kommunismus geflirtet haben: wegen der in Aussicht gestellten Souveränität.

Absolut! Der Kommunismus war tatsächlich das Reich der Freiheit. Nun ist er untergegangen – warum? Weil diese Freiheit sich nicht durchsetzen ließ. Sie wurde – übersetzt in die Sprache des ökonomischen Geschehens – einfach zu einer ökonomischen Ineffizienz. Man hat für den ökonomischen Zwang und gegen die politische Freiheit entschieden. Man hat sich diesen Zwängen unterworfen, und zwar mit Liebe. Man hat sich in diese Zwänge verliebt und sich ihnen hingegeben – das ist diese libidinöse Komponente. Es ist keine reine Unterwerfung unter einen äußeren Zwang, es ist auch eine Verliebtheit, eine Kombination aus Zwang und Liebe, die typisch ist für das Funktionieren des Unbewussten. Und das bedeutet den Untergang des Staates, der Politik, des politischen Subjektes und überhaupt den Untergang der Kultur in allen uns bekannten Formationen.

Was ist die Kultur überhaupt? Was ist die Philosophie? Woher kommt sie? Philosophie entsteht dort, wo der Mensch beginnt, sich zu erklären, sich zu rechtfertigen. Die Geschichte der Erklärungen, der Rechtfertigungen beginnt mit Athen, mit der Konstituierung der politischen Subjektivität, die von der Selbstauslegung lebt. Jetzt erreichen wir das Ende dieser Periode, die von Athen bis zum Untergang des Kommunismus reicht – das kommunistische Moskau war das letzte Athen –, in der man sich erklären, rechtfertigen musste. In der heutigen Welt dagegen muss man sich nicht mehr erklären: Hat man sich ökonomisch als effektiv erwiesen, ist alles in Ordnung. Alle weiteren Explikationen erübrigen sich. Hat man sich dagegen nicht als ökonomisch effektiv erwiesen, dann helfen keine weiteren Erklärungen – man geht einfach unter. Und das bedeutet, dass die Epoche der Erklärungen und Rechtfertigungen am Ende ist – die Sprache spielt keine lebenswichtige Rolle mehr. Und mit der Epoche der Erklärungen und der Selbstauslegungen ist alles untergegangen, was dazugehört: Kunst, Literatur, Philosophie – alles sublime Varianten dieser Selbsterklärungsstrategien.

Nationale Identität muss sich im Vergleich erst herstellen, und der Ort, an dem dies möglich ist, sagen Sie, sei allein das Museum. Die moderne Subjektivität definiert sich heute ausschließlich durch das Sammeln oder die Sammlung, heißt es an einer anderen Stelle. Vergleicht man beide Aussagen, erwächst der Eindruck, Sie unterscheiden von vornherein nicht zwischen der Herstellung nationaler und der individueller Subjektivität: Beide zeichnen sich heute aus durch eine »Abwesenheit der inneren organischen Einheit«.

Das ist richtig. Worauf es mir an diesen Stellen ankam, war, zu zeigen, wie man der Festlegung auf eine Identität zu entgehen versucht, indem man sagt: Anstatt gesammelt zu werden, beschließe ich jetzt zu sammeln. Dabei beschließe ich auch, heterogen zu sammeln, und zwar so heterogen, dass ich nicht mehr festgelegt werden kann. Aber es gibt nach wie vor innovative Sammlungen und nichtinnovative Sammlungen, es gibt innovative Heterogenitäten und nichtinnovative Heterogenitäten, und das heißt, dass man dem Gesammeltwerden nie entgeht. Man bleibt immer in einer Logik des Vergleichs, was immer man tut. Auch wenn man selbst nur sammelt, wird man mit anderen Sammlern verglichen. Für mich war es wichtig zu zeigen: Aus der Logik des Vergleichs kommt man nicht heraus – ist man drin, dann ist man eben drin.

Und der Mechanismus ist für beide Identitäten, für die »nationale« wie die »individuelle«, derselbe?

Nun gut – wenn man etwas schreibt, ist man zwar nicht direkt auf seine kulturelle Identität angewiesen, aber doch darauf, was die anderen darunter verstehen. Ich zum Beispiel komme als Russe nach Deutschland – und was weiß man im Westen von Russland? Man kennt im Grunde Dostojewski, die russische Avantgarde und Stalin. Wenn ich also etwas schreiben will, dann ist es ratsam, genau damit zu beginnen, weil ich dann besser verstanden werden kann. Wenn man mich nun liest, kann man sagen: Ach, diese Russen, sie schreiben doch immer nur über Dostojewski, die russische Avantgarde und Stalin – das sind offensichtlich ihre kollektive Traumata und ihre kulturelle Identität. Aber ich schreibe, wie gesagt, über diese Themen allein aus dem Grund, weil sie besser verstanden werden, besser ankommen – nicht weil sie mich selbst in erster Linie interessieren oder ich von ihnen besonders traumatisiert bin. So gerät man in einen Mechanismus der ständigen Widerspiegelung, der ständigen Wiederholung des Gleichen. Das ist zwar irritierend und ermüdend – aber was soll man dagegen tun? Das unausweichliche Streben nach Publikumserfolg führt notwendigerweise zu einer thematischen Tautologie, die mit persönlichen oder kollektiven Traumata nichts zu tun hat.

So sind viele Deutsche darüber irritiert, dass immer wieder über Hitler und den Holocaust geschrieben wird. Aber was soll man als Deutscher sonst tun? Was weiß man sonst von Deutschland? In erster Linie kennt man Hitler, er ist unbestreitbar der bekannteste Deutsche. Und man kennt den Holocaust. Will man also in Deutschland nicht nur die fremde Kultur importieren, sondern auch die deutsche Kultur exportieren, wie etwa Syberberg oder Kiefer es tun, dann knüpft man eben ein bisschen an Hitler an – nicht unbedingt in erster Linie, um ihn zu kritisieren oder zu demontieren, sondern aus dem einfachen Grund, weil er bekannt ist und gut ankommt. Martin Walser beklagt die Tatsache, dass man ständig über den Holocaust spricht, und sagt, dass er es nicht mehr hören will. Das kann man gut verstehen. Aber was tut er selbst? Er spricht wiederum über den Holocaust – und das kann man auch gut verstehen, weil er sonst weniger Presse bekommen würde.

Andy Warhol hat diese Lage als Erster präzise erkannt und in seiner Kunst thematisiert: Er verwendete nur das aus dem Fundus der amerikanischen Kultur, was ohnehin schon gut bekannt war – Coca-Cola, Marilyn Monroe, den elektrischen Stuhl –, und hatte damit einen verdienten Erfolg. Seitdem sind wir aber alle bis zu einem gewissen Grad Warhols geworden.

Für viele, sagen Sie, sei es heute schwierig, die Differenz des Anderen vom Anderen der Differenz zu unterscheiden.

Ja. Nur was die meisten nicht oder kaum unterscheiden, nach wie vor, obwohl viele darüber sprechen, das ist der Raum der Realität und der Raum des Buches. Nehmen wir mein Stalin-Buch: Ich sage nicht: Tatsächlich ist es so und nicht anders geschehen. Stattdessen schreibe ich ein Buch und *in* diesem Buch geschieht es. Verstehen Sie? Wenn man mit Hitler spielt, mit Stalin, mit Marilyn Monroe spielt, sind es nicht die reale Marilyn Monroe, der reale Hitler und Stalin – es sind Pappfiguren, Masken in einem Karneval, einem Spiel, das hier und jetzt stattfindet: in *diesem* Raum, in *diesem* Buch. Es hat mit den realen Personen, dem realen Hitler und Stalin, nicht das Geringste zu tun.

Und solch ein Spiel wäre schon nicht mehr der Karneval, wie Bachtin ihn beschrieben hat?

Nein, sicherlich nicht. Bachtin glaubt noch an einen realen Raum des Karnevals. Zwar inszeniert er diesen Raum letztendlich in seinem eigenen Buch, aber er inszeniert ihn so, dass er zugleich suggeriert, ihn nur zu beschreiben – in diesem Sinne ist er sehr traditionell. Auf der anderen Seite ist das, was ich hier ich zu sagen versuche, von jedem postmodernen Pessimismus weit entfernt. Schreibt man ein Buch, organisiert man eine Ausstellung oder Installation, tut man damit etwas durchaus Reales: Es entsteht dabei ein realer Raum – und das ist nicht nichts. Aber es ist nur *dieses* Buch und *dieser* Raum und nicht die Wirklichkeit draußen. Man kann von einem Buch aus auf nichts anderes schließen, was nicht in ihm enthalten ist.

Ihr Stichwort »postmoderner Pessimismus« leitet über zu meiner nächsten Frage. Dem Angriff der poststrukturalistischen Theorie auf die klassische Vorstellung von Subjektivität – das Subjekt scheint im Spiel der Zeichen für immer im Mehrdeutigen, Trügerischen etc. verloren – wollen Sie sich nicht unmittelbar anschließen. Abgesehen davon, dass Sie die Dekonstruktion insgesamt herunterkühlen und einer gewissen Ernüchterung aussetzen – wo sehen Sie die Schwachstellen, die grundlegenden Einschränkungen dieses Ansatzes?

Nun, Derrida verweist immer auf die unendliche Arbeit der Differenz, aber das Spiel mit der Differenz, das er veranstaltet, ist de facto ein *endliches* Spiel, und zwar begrenzt auf den Umfang eines Buches – oder auch mehrerer Bücher. Diese Bücher sind wunderbar, faszinierend. Das einzig Problematische daran ist Derridas Behauptung, dass dieses Spiel unendlich ist, dass es immer gespielt wird, dass es auf eine Zukunft jenseits jeder Zukunft verweist und sich jeder auktorialen Kontrolle entzieht. Das kann ich aber wirklich nicht nachvollziehen, denn woher soll man das wissen? Lesen kann man nur das, was Derrida geschrieben hat – und das ist schon viel –, aber ich kann nicht glauben, dass die Schrift selbst so gut schreibt, wie Derrida es tut.

In gewisser Weise kehren Sie die derridasche Denkfigur um: Zum einen werten Sie den Dekonstruktivismus à la Derrida, der sich als letzter, unhintergehbarer philosophischer Horizont und Diskurs versteht, ab und werten die Endlichkeit gegenüber der Unendlichkeit des Endes wiederum auf. Zum anderen unterstellen Sie der Subjektivität jetzt ihrerseits einen Willen zur Täuschung, zur Manipulation: Alles ließe sich umschreiben, die Sprache sei ein Karneval der subjektiven Inszenierung usw.

Wenn man Ihre Position als einen Anti- oder Postdekonstruktivismus bezeichnen wollte, wäre Ihnen die damit im Wort schon verbürgte Nähe zum Dekonstruktivismus zu groß?

Sicherlich existiert eine Verbindung zwischen der Dekonstruktion und meinem eigenen Diskurs.

Ich denke, Sie verdanken diesem Diskurs viel.

Klar, das ist gar keine Frage – und zwar aus einem sehr einfachen Grund. Genauso, wie man sagen kann, dass Hegel eine bestimmte idealistische oder historizistische Denkweise, die für seine Zeit charakteristisch war, in Bestform, sogar in eine endgültige Form gebracht hat, lässt sich sagen, dass Derrida sehr unterschiedliche Diskurse über das Unbewusste – den Marxismus, den Freudianismus, Nietzsche, Saussure und Bataille, aber auch Heidegger – in Bestform gebracht hat. Deswegen lässt sich damit auch leicht arbeiten. Genauso wie Hegel eine zentrale Figur des neunzehnten Jahrhunderts ist, ist dies Derrida für das zwanzigste Jahrhundert. Nur muss man ganz klar sehen, was in beiden Fällen passiert. Hegel sagt: Ich veranstalte diese unglaubliche Inszenierung eines absoluten Geistes, der sich selbst erkennt. Da fragt man sich aber, wie Hegel die Unendlichkeit des absoluten Geistes in seinem endlichen Bewusstsein denken kann. Woher nimmt er diese Sicherheit? So hat unter anderen Kierkegaard gefragt. Derrida nun veranstaltet im Grunde das gleiche Schauspiel, das Schauspiel eines Vergleichs von allem mit allem, des Vergleichs aller Formen miteinander. Allerdings behauptet er, dass das, was er zeigt, nur Ausschnitte sind, nur Hinweise auf den unendlichen Vergleich, auf die unendliche Bewegung der *différance*, die sich jeder bewussten Kontrolle entzieht. Aber damit stellt sich die gleiche Frage: Wie kann man denken, dass einem etwas unendlich entgleitet? Das ist ebenso wenig denkbar wie die Vorstellung, etwas sei einem unendlich gegeben. Beides scheint mir genauso absurd und genauso unglaubwürdig zu sein. In beiden Fällen geht es doch um ein endliches Schauspiel, das nur in bestimmten Büchern bestimmter Autoren stattfindet.

Kommen wir noch einmal zurück zur Subjektivität. Lassen Sie mich an dieser Stelle zwei Ihrer Aussagen einander gegenüberstellen. Erstens: »Ich bin nichts anderes als das Konstrukt der anderen.« – Eine Äußerung aus unserem vorangegangenen Gespräch. Und zweitens: »Doch dort, wo kein Subjekt ist, kann es auch nicht seine Abhängigkeit von irgend etwas geben.« – Diesen Satz formulieren Sie in Ihrem »Tagebuch« im Hinblick auf die Abhängigkeit vom Anderen und leugnen diese damit. Das hört sich zunächst einmal ganz nach einem Widerspruch an.

Was ich in diesen Texten zu sagen versuche, ist Folgendes: Die anderen sehen in mir von Anfang an ein Subjekt. Denn sie schreiben mir eine bestimmte Verantwortung zu für meine Worte, meine Taten usw. Sicherlich kann ich ihnen sagen: Schaut, eigentlich bin ich kein Subjekt, denn wenn ich mich selbst betrachte, kommt im Endeffekt kein Selbstbewusstsein zustande, sondern ein Rest an Unbewusstem entzieht sich für immer meinem gedanklichen Zugriff. Was sagen dann die anderen? Sie sagen: Ach ja, das ist also ein Subjekt, das behauptet, kein Subjekt zu sein – dafür soll man es verantwortlich machen. Aus der Subjektzuschreibung gibt es kein Entkommen. Das ist genauso wie mit den Ausländern: Der Ausländer sagt: Ich bin eigentlich ein Deutscher, denn ich lebe hier in Deutschland und nicht im Ausland. Dann sagen die Deutschen: Ach ja, das ist also ein Ausländer, der über sich selbst denkt, dass er kein Ausländer ist, sondern ein Deutscher – und es gibt wahrscheinlich auch andere solche Ausländer wie ihn.

So kann man auch über Derrida sagen: Siehe da – das ist doch der Autor, der von sich behauptet, die Autorschaft dekonstruiert zu haben. Ach, wirklich? Dann muss er ein interessanter Autor sein – man sollte vielleicht seine Bücher kaufen. Wichtig ist also nicht, was man über sich selbst denkt, sondern was die anderen über einen denken.

Also wäre Selbstbestimmung oder Subjektivierung das Produkt einer Selbst- oder Fremdbefragung, einer Praxis, eines Procedere, das ich mit allen anderen teile, weil wir über dieselben Mechanismen verfügen, die profan und alltäglich sind und von daher keine besondere Subjektivität voraussetzen?

Ja, so ist es. Was auch immer ich über mich selbst denke – für die anderen bin ich ein Subjekt, das unter Umständen auch denken kann, dass es kein Subjekt ist.

Meine Subjektivität gründet nicht in einem Selbstbewusstsein, sondern in einem Verdacht seitens der anderen, dass ich ein Subjekt bin und deswegen die Verantwortung für mich selbst tragen kann und soll. Deswegen ist es ja auch unmöglich, sich selbst zu reflektieren. Es ist nicht so, dass es in meiner Seele dunkle Stellen gibt wie Triebe oder Traumata, die von mir selbst nicht genügend beleuchtet werden können. Vielmehr ist meine Seele, mein »Ich«, von Anfang an bloß eine Unterstellung seitens der anderen – und kann deswegen von mir selbst nicht »innerlich« erfahren werden. Alles, was ich tun kann, ist diese Unterstellung im Sinne einer Politik der Subjektivität zu benutzen und zu sagen: Ich will dies, ich denke jenes. Und wenn ich gefragt werde: Wer ist dieses Ich, das will oder denkt, dann kann die Antwort nur lauten: Sie sollten es besser wissen als ich.

An verschiedenen Stellen schreiben Sie, dass Individualität an sich bereits das Produkt einer bestimmten Repression, Gewalt oder Einengung ist. Von daher sei es ein Widerspruch, Individualität befreien zu wollen, weil diese Befreiung eine Befreiung wäre von dem, was sie eigentlich erst herstellt.

Ja, wenn ich mich bestimmten Zwängen nicht unterwerfe, dann bleibe ich auch ohne Individualität. Nehmen wir die moderne Kunst, in der besonders intensiv nach der Individualität gefragt wird: Die Individualität eines Künstlers wird durch die selbst auferlegten Regeln definiert, denen seine Kunst folgt. Und je strenger diese Regeln sind, desto stärker ist die Individualität seiner Kunst ausgeprägt. Wenn ein Künstler sich von allen Regeln befreien will, dann entdeckt er seine Individualität nicht, sondern er verliert sie. Es gibt bei der Individuation eine Dimension der Gewalt, der Unterwerfung unter eine bestimmte Methode.

Meistens, und das scheint mir interessant, wird das Vorhandensein von Gewalt auf dieser elementaren Ebene unterschlagen.

Ja, weil sie für zu selbstverständlich gehalten wird. In der Regel wird die Lage so beschrieben: Wir haben so etwas wie eine Individualität – und die liegt in Ketten. Sprengt man die Ketten, dann beginnt sich die Individualität authentisch und aktiv zu entfalten. Nun verliert aber erstens die Individualität dabei ihre individuelle äußere Form, die ihr gerade von den Ketten, in denen sie lag, verliehen wurde. Und zweitens: Ich weiß nicht, vielleicht sind die westlichen Menschen tatsächlich so aktiv, dass sie ohne jeden äußeren Zwang die ganze Zeit nur arbeiten und ihre Individualität ausdrücken wollen? Ich bin auf jeden Fall ein fauler Russe. Wäre ich befreit, dann würde ich mich ins Bett legen und nie wieder aufstehen.

Was heißt das für Sie, dass Sie befreit sind?

Befreit sein heißt, ohne äußeren Zwang zu leben und sich nicht anstrengen zu müssen. Würde ich nicht durch die äußeren, vor allem ökonomisch diktierten Umstände dazu gezwungen, zu reden, zu schreiben und zu reisen, würde ich mich, wie gesagt, einfach ins Bett legen und nie mehr aufstehen. Was heißt es, frei zu sein? Es ist Freizeit! Man tut einfach nichts. Und tut man nichts, dann hat man auch keine Individualität – man rezipiert, konsumiert, genießt nur.

Man sagt heute oft: Die Völker Osteuropas wurden vom Kommunismus befreit. Aber im Kommunismus hatte man viel mehr Freizeit – und deswegen auch viel mehr Freiheit. Keiner hat sich besonders angestrengt. Deswegen war die ganze Sache auch nicht besonders effizient, aber das hat mit der Freiheit nichts zu tun. Ganz im Gegenteil – im Westen ist man viel mehr den äußeren Zwängen unterworfen. Daher auch die größere Effizienz im Westen.

Bedeutet Freiheit das Gegenteil von Individualität?

Ja, absolut. Individualität hat etwas mit Arbeit und Produktion zu tun. Ich stelle mir die Frage nach meiner Individualität, nach meiner Identität erst dann, wenn ich produziere, mich verkaufe, mich exportiere. Bleibe ich bei der Rezeption, dann brauche ich keine Individualität zu haben – es ist egal, was ich bin, solange ich konsumiere. Frage ich nach der Subjektivität – produziere, verkaufe, exportiere ich mich –, dann bin ich einbezogen in diese Zwänge, die, unterwerfe ich mich ihnen, noch *vor* der Entstehung der Subjektivität kommen. Es sind prozedurale, technische und keine ideologischen Zwänge. Alle richtigen Zwänge sind technische Zwänge; ideologische Zwänge sind nichts gegen die technischen Zwänge. Ein richtiger Zwang ist immer ein technischer Zwang.

Vielleicht ist meine nächste Frage in Anbetracht dessen, was wir gerade erörtert haben, unter Niveau. Sie vertreten die Auffas-

sung, dass Subjektivierung in unserer nachgeschichtlichen Zeit einer ebenso einfachen wie verfügbaren Technik gleichkommt. Das zu konstituierende Subjekt kann sich dabei gleichsam in einem Supermarkt verschiedenster Dialekte, Theorien, Zitate etc. bedienen. Diesem Akt quasigöttlicher (Selbst-)Kreation möchte man entgegenhalten, dass man sich – aller Theorie zum Trotz – weiterhin gebunden fühlt an gewisse ökonomische Bedingungen, charakterliche Stärken oder Schwächen, an das Regime seiner Keimdrüsen, an einen manchmal schon an Beleidigung grenzenden Körper.

Auf der einen Seite wird man also mit der schönen Behauptung konfrontiert, dass der einfache Mensch jederzeit in der Lage ist, sein Weltbild gegen ein beliebig anderes auszutauschen, wenn ihm dies günstiger erscheint. Doch auf der anderen Seite unterliegt er, wie geschildert, zahlreichen Restriktionen.

Sicherlich unterliegen wir vielen Zwängen und Einschränkungen, jedoch nicht von der Art, die Sie erwähnen. Alle diese Einschränkungen, Regeln und Zwänge haben nur einen Ursprung, und das ist das Recht der Toten. Bei der Herstellung meiner Subjektivität darf ich die Rechte der Toten nicht verletzen. Ich darf meine Subjektivität nicht so gestalten, dass sie der schon ausgewiesenen Subjektivität der anderen ähnelt.

Andernfalls sperrt man mich im schlimmsten Fall in die Psychiatrie? Ich denke an die Psychosen mit religiösem Wahn, wenn Menschen etwa der Überzeugung sind, der leibhaftige Christus zu sein.

Nein, das ist etwas anderes – das ist dann eine Art Appropriation, ein wortwörtliches Zitieren. Und das ist schon in Ordnung. Viel ungeschickter ist es zu glauben, dass man dadurch eine Identität bekommt, dass man als ein überzeugter Christ auftritt – eben nicht als Christus, sondern bloß als ein Christ. Der Anspruch, individuell, subjektiv zu sein, klingt in diesem Fall ziemlich unglaubwürdig, weil wir nur zu gut wissen, dass es viele Christen auf der Welt gibt. Auf der anderen Seite kann man auch einen neuen Modus erfinden, ein Christ zu sein – wie etwa Kierkegaard es getan hat.

Auf dieser Ebene unterscheidet sich der alltägliche, einfache Mensch in nichts vom Künstler, weil beide den gleichen Strategien und Zwängen unterworfen sind.

Ja, alle sind in der gleichen Lage. Der Unterschied liegt nur im Kontext, den man wählt, ob es der Kunstkontext oder ein alltäglicher Kontext ist. Aber wiederum ist es genauso dumm zu sagen, dass alle Menschen Künstler sind, wie es dumm ist zu sagen, dass der Künstler sich von einem normalen Menschen wesentlich unterscheidet. Der Kunstkontext ist ein anderer Kontext als der Kontext des alltäglichen Lebens. Und in diesem Kontext kann das gewinnen, was im so genannten Leben unterliegt, verliert – und umgekehrt. Deswegen gibt es doch einen Unterschied zwischen Künstlern und anderen Menschen – aber es ist ein kontextueller, kein substanzieller Unterschied. Nun, die Begrenzungen, die Sie in Ihrer Frage benennen, sind keine, weil die Grenzen des Aussehens, die organischen, körperlichen Grenzen, eine Frage der Interpretation sind. Überhaupt, kämpft jemand gegen die Grenzen in diesem Sinne, dann macht er schon einen Fehler. Wenn ihm eine Grenze zum Nachteil gereicht, muss er versuchen, diesen Nachteil einfach in seinen Vorteil umzuwerten.

Die Strategie erinnert an Alfred Adlers Individualpsychologie: Das Subjekt versucht, seine Organminderwertigkeit zu kompensieren …

Nein, es handelt sich hier bloß um ein Readymade-Verfahren und nicht um eine Kompensationsleistung: Es geht allein darum, jeden Nachteil so, wie er ist, und ohne Kompensation einfach zum Vorteil zu erklären.

Mit anderen Worten: die Defizite zu kultivieren.

Ja, eben. Diese Arbeit der Umwertung vollzieht sich auf der Ebene des Kontextes. Man muß bloß darauf achten, in welchem Kontext und unter welchen Bedingungen das, was zunächst einmal als Nachteil angesehen wird, wie ein Vorteil aussehen kann. Das erfordert eine gewisse Fähigkeit zur Imagination und ein strategisches Geschick, ist aber grundsätzlich machbar. In der Welt, in der wir leben, gibt es keine Nachteile, die durch diese Art Strategien nicht in Vorteile umgewandelt werden können.

Das hört sich aus Ihrem Munde überraschend optimistisch an.

Es ist absolut optimistisch, und wenn Sie so wollen, ist es eine andere Formulierung des berühmten Satzes: Sansara ist gleich Nirwana. Alles, was Teil des Sansara ist, also alles, was uns quält und schlecht gelaunt macht – das alles, ohne jede Kompensation und Änderung, kann uns auch glücklich machen. Man muss nur den Gesichtspunkt und den Kontext der Betrachtung richtig wählen.

Das moderne Museum produziert Ihrer Meinung nach wie keine andere Institution moderne Subjektivität. Auf der anderen Seite ist es ebendiese Subjektivität, welche ein Produkt, ein Kunstwerk – auf welche Weise auch immer – erschafft. Diese Figur scheint irgendwie paradox zu sein, in dem Sinne, wie Blanchot es beschreibt: Ein Dichter ist erst durch sein Werk. Aber: Es bedarf eines Dichters, um dieses Werk zu beginnen.

Nein. Blanchot geht hier von der naiven Vorstellung aus, dass der Schriftsteller *schreibt.* Aber wir alle schreiben irgendwie und sind deswegen noch keine Schriftsteller. Und ein Schriftsteller muss nicht unbedingt schreiben. Ein Schriftsteller ist jemand, der das, was von ihm oder von anderen geschrieben wurde, als Literatur auswählt – zur Literatur erklärt. Und eine solche Entscheidung ist eine durch und durch subjektive Leistung. Die Subjektivität manifestiert sich nicht primär in der Produktion und wird nicht allein durch die Produktion definiert – die Subjektivität manifestiert sich in der Übernahme der Verantwortung für bestimmte Dinge, unabhängig davon, wer diese Dinge produziert hat. Man wird von anderen gefragt: Hast du das gemacht? Wenn man ja sagt, dann positioniert man sich als Subjekt, das für diese seine Erklärung Verantwortung übernimmt. Und erst dann stellt sich die Frage, ob es interessant, neu und relevant ist, was dieses Subjekt gemacht hat.

Sie erwähnten gerade das Kriterium des Interessanten im Vergleich der kulturellen Produkte. Kürzlich sprachen Sie von der prinzipiellen Unmöglichkeit, die Avantgarde von der Nicht-Avantgarde zu unterscheiden, weil das Kriterium dieser Unterscheidung in sich selbst paradoxal ist. Aber, so argumentieren Sie weiter, wir können nach wie vor das Interessante vom Uninteressanten unterscheiden.

Auf die Bitte hin, eine Definition des Interessanten zu geben – ich werde jetzt aus dem Kopf zitieren –, erzählt Umberto Eco in einem kürzlich publizierten Interview, habe er geantwortet, dass das Interessante an und für sich nicht existiert. Etwas ist immer nur für jemanden interessant. Stecken wir damit nicht schon wieder im gleichen Dilemma einer Kriterienlosigkeit, weil das Interesse an einer Sache nur vom Einzelnen her bestimmt werden kann, im besten Falle von kleineren Gruppen, nie aber allgemein? Ich kann also nicht behaupten, etwas sei schlechthin interessant.

Hier ist wiederum der Kontext entscheidend. Es ist nicht so, dass etwa ein Kunstwerk *an sich* interessant sein könnte. Erst der Vergleich mit anderen Kunstwerken liefert eine Grundlage für ein Urteil: Es handelt sich hier um keine reine Geschmackssache.

Herr Groys, Sie leugnen die Kontinuität Ihrer Schriften, weil Sie ebenso wenig an die Beständigkeit Ihres Ichs wie an die eines

Lesers glauben. Überschaut man andererseits Ihre in deutscher Sprache vorliegenden Publikationen, sind ohne weiteres eine Reihe von Kontinua auszumachen – stilistische Eigenheiten etwa, sich weiter entwickelnde Denkfiguren, bestimmte Fragestellungen, ein spezifisches Sujet oder eine durchgehende Affinität zu gewissen anderen Denkern. Für die Behauptung, dass Sie nicht wirklich glauben, was Sie behaupten, und daher in diesem Sinne keine innere Gewissheit haben, hinsichtlich deren Ihre Aussagen erhärtet oder entlarvt werden können, wiederholen sich bestimmte Behauptungen immerhin mit schöner Regelmäßigkeit. Wäre die Behauptung, keine innere Gewissheit von etwas zu haben, auf diese Behauptung selbst anzuwenden?

Die Kontinuität, die Sie beschreiben, ist eine Kontinuität des Verfahrens: Ein Schreibender ist doch immer auf eine bestimmte argumentative Technik angewiesen, von der er meint, dass sie – zumindest für seine Zwecke – gut funktioniert. Warum sind meine Bücher aber trotzdem unterschiedlich? Weil ich in ihnen unterschiedliche Positionierungen beschreibe. »Gesamtkunstwerk Stalin« beschreibt die Situation einer gespaltenen kulturellen Identität im Kontext einer totalitären Gesellschaft. »Über das Neue« beschreibt die Situation eines Autors, der sich den Zwängen der Kulturproduktion, der Produktion der Subjektivität, des Neuen und Originellen unterworfen sieht. Es handelt sich hier um jemanden, der aus der Kälte kommt und ins warme Archiv hineinwill, hinein in die Kultur. Und dabei unterwirft er sich den Regeln und den Zeremonien des Eintretens: Er ist ein Gastarbeiter, ein Asylant. Stalin ist nun sicherlich derjenige, der sich diesen Gesetzen nicht unterwerfen will – Stalin, wie ich ihn beschreibe, will herrschen und sich die Frage: Bin ich subjektiv oder nicht subjektiv, bin ich neu oder nicht neu? nicht stellen. Stalin will einfach alles relativieren – unbegreifbar sein, unbegreiflich. Er will, könnte man sagen, nur ein Sammler sein, nicht gesammelt werden, und jedem Archiv entgehen.

Ist Stalin selber eine Art Archiv?

Ja, so ist es. Stalin will nicht gesammelt werden – er sammelt selbst, um selber zu einem Archiv zu werden. Das ist sicherlich eine höhere Bestimmung, ein höherer Traum. Aber dieser Traum wird wiederum dadurch bestraft, dass seine Realisierung banal wird – wie ich zu zeigen versuche. Wenn ich nicht mehr weiß, wie ich im Vergleich mit den anderen aussehe, werde ich mit der Zeit banaler und banaler. Und wenn ich nur sammle, kann ich mich eben nicht mehr mit anderen vergleichen.

Und auch Gott, der, um Cusanus zu zitieren, »über jedes Vergleichsverhältnis hinaus ist«, wäre in diesem Sinne banal?

Ja, Gott ist banal, wenn er allein bleibt. Allerdings bleibt Gott nie allein – er muss ständig mit anderen Göttern, mit anderen Religionen konkurrieren. Verliere ich die Möglichkeit des Vergleichs, banalisiere ich mich. Will man originell, individuell, subjektiv sein, muss man sich den Zwängen der Innovation unterwerfen. Will man sich von diesen Zwängen befreien – wird man banal. So weiß man nicht, was besser ist.

IIn einem Ihrer Interviews liest man folgenden diagnostischen Satz: »Die Inhumanität der Medien mit ihrer Sprache jenseits des menschlichen Autors ist das Zeichen unserer Zeit.« Was unterscheidet eine Aussage wie diese von dem – von den postmodernen Diskursen behaupteten – unpersönlichen, unbewussten Charakter der Sprache und überhaupt eines jeden kreativen Aktes? Wenn etwa Blanchot sagt, dass die Literatur »sich infolge ihres Mangels an begreifbarer Wirklichkeit auf ein noch unmenschliches Dasein beruft«. Es hat den Anschein, als ob hier auf zwei verschiedene Arten von Außer- oder Unmenschlichkeit verwiesen würde.

Ich möchte bloß ganz klar unterscheiden zwischen dem Autor als Handwerker und dem Autor als Autor. Der Autor als Handwerker schreibt einen Text. Der Autor als Autor erklärt etwas zu einem Text.

Ich kann zum Beispiel ein Paket Milch in eine Bibliothek stellen und erklären, es sei ein Roman – wie etwa »Anna Karenina«. Dann bin ich ein Autor dieses Romans – wer kann etwas dagegen sagen? Es ist eine mögliche Handlung, eine mögliche Entscheidung, und es ist nicht ausgeschlossen, dass dieses Paket Milch den Vergleich mit Tolstois Romanen aushält. Warum eigentlich nicht?

Ich fasse Ihre Position bezüglich des Dekonstruktivismus noch einmal zusammen, um unser Gespräch an dieser Stelle zu vertiefen. Der klassische Anspruch auf Unendlichkeit und Wahrheit wird durch »die unendliche Dekonstruktion des Anspruchs auf die Wahrheit« ersetzt. Die Unendlichkeit der Interpretation erneuert die alten metaphysischen Versprechen. Mit anderen Worten: Auch der poststrukturalistische Diskurs läuft auf eine Teilhabe des Endlichen am Unendlichen hinaus, auf eine, wie Sie es nennen, »säkularisierte Unendlichkeit«. Dieser Diskurs ist seinerseits insofern gewalttätig, als er dem Individuum als einem einzelnen, endlichen Sprecher seinen eigenen, selbst gewählten Sprachraum und damit auch das Wagnis, den Einsatz, das Risiko seines Sprechens abspricht.

Sie haben kürzlich von einem radikalen Perspektivenwechsel gesprochen, von einem Bruch, der sich durch das vergangene philosophische Jahrhundert zieht, zwischen der frühen und der späten Avantgarde: Während Nietzsche, Husserl und Wittgenstein von ihren eigenen, aktiven Entscheidungen, Bemächtigungen des Lebens, ihrer Sprache ausgingen, setzt sich der spätavantgardistische Diskurs in die Position des Empfängers, des Rezipienten, des Ohnmächtigen, Ausgelieferten. Hinsichtlich der Sprache bedeuten diese beiden unversöhnlichen Positionen: Wird die Sprache verstanden als Medium des Menschen, oder ist vielmehr der Mensch Medium einer unpersönlichen Sprache? Vertiefen wir diese Zäsur bzw. diese theoretische Figur.

Sie nennen den entscheidenden Punkt. Wenn Derrida sein Spiel der Dekonstruktion inszeniert, dann suggeriert er immer, dass er damit nur Einsicht bietet in das unendliche Spiel der unendlichen Schrift – in ein Ereignis, das sich erst ankündigt, das noch kommen wird. Das ist eine terroristische Strategie – so als würde man eine Bombe auf eine Stadt werfen und sagen, dass damit nur angekündigt wird, was kommen kann. Doch was passiert? Man weiß es nicht.

Wäre Dekonstruktion ein anderes Wort für Terrorismus?

Die Dekonstruktion ist in der Tat eine Art *black mail* im Namen einer Kraft, von der man keine Ahnung haben kann, wie mächtig sie ist. Auf die Macht des Papstes angesprochen hat Stalin bekanntlich gefragt: Aber wie viele Divisionen hat der Vatikan eigentlich zur Verfügung? Und genauso möchte man in Bezug auf die Dekonstruktion fragen: Wie viele Divisionen hat das radikal Andere?

Um auf die scheinbar entscheidende Frage zurückzukommen, ob ich die Sprache benutze oder die Sprache mich benutzt. Es handelt sich doch bloß um zwei unterschiedliche Selbstpositionierungen im gleichen theoretischen Feld. Die einen sagen: Ich spreche durch die Sprache. Und die anderen behaupten: Die Sprache spricht durch mich. Die einen haben sich so und die anderen haben sich anders positioniert. Wenn jemand sagt: Die Sprache spricht durch mich, dann sagt er das eben – und positioniert sich auf diese Weise. Dagegen ist nichts einzuwenden – aber daraus folgt nicht viel.

Dann bleibt es doch bei der Geschmacksfrage, ein bisschen wie beim Sex: Bin ich lieber aktiv oder passiv, hätte ich lieber Gewalt über die Sprache oder lieber nicht? Werde ich gesprochen oder spreche ich? Keine der beiden Auffassungen scheint plausibler zu sein als die jeweils andere.

Nein, es ist wiederum keine Geschmacksfrage. Ich zum Beispiel, wenn mir diese Frage gestellt würde, könnte nicht sagen: Ich spreche durch die Sprache. Denn alle oder zumindest viele haben das schon gesagt. Es wäre für mich ebenfalls nicht ratsam zu behaupten: Die Sprache spricht durch uns, denn Heidegger hat das schon gesagt. So muss ich versuchen, mit dieser Frage anders umzugehen – zum Beispiel sie als einen bestimmten Zug im Rahmen einer Politik der Subjektivität zu interpretieren.

Sie haben bereits angedeutet, dass der Autor als eine Art Doppelagent in einer komplexen Wechselbeziehung zwischen Tradition und Innovation steht. Könnten Sie dieses Verhältnis noch einmal beschreiben und auf den Punkt bringen?

Der Schreibende steht immer in einer Tradition des schon Geschriebenen – und zwar in einer Tradition, die von ihm verlangt, sich von dieser Tradition zu unterscheiden. In der Tradition zu stehen bedeutet nicht, die Tradition weiterzuführen, sondern es bedeutet, sich von dieser Tradition zu distanzieren. Die Tradition verbietet mir, sie zu wiederholen. Derjenige, der nicht in der Tradition steht, der die Tradition nicht kennt, kümmert sich nicht um die eigene Stelle in der Tradition, er kümmert sich nicht darum, was er tun soll, um sich von dem Gewesenen zu unterscheiden. Als Agent der Tradition bin ich hingegen dazu verpflichtet, die Innovation zu praktizieren – und damit die Geschichte zu machen.

Was ist die Geschichte? Zunächst einmal ist es eine Erzählung über die Vergangenheit, über das Gewesene: Geschichte erzählt von dem, was war und nicht mehr ist. Von der Tradition kann man aber nicht ohne weiteres sagen, dass sie allein der Geschichte, der Vergangenheit angehört, denn die Tradition ist anwesend, sie ist in unseren Museen ausgestellt, man kann sie in den Bibliotheken lesen. So stellt sich die Frage: Wie wird die Vergangenheit überhaupt zur Vergangenheit? Und an ebendiesem Punkt kommt die Innovation ins Spiel. Durch die Innovation sage ich: Die Zeit dessen, was *ist*, ist abgelaufen. Das bedeutet, dass ich durch die Innovation das, was *ist*, zur Vergangenheit gemacht habe. Die Innovation ist eine Operation, die die Vergangenheit *vergehen* lässt – die das, was *ist*, zu *Vergangenem* macht, zu immer schon Gewordenem und nicht länger Geltendem. Die Tradition als die Tradition der Vergangenheit, als vergangene Tradition, wird von mir also genauso hergestellt wie die Innovation, und zwar durch den gleichen Akt, durch den ich diese Trennung vornehme und sage: Bis hierher galt jenes, und ab hier gilt etwas anderes. Dadurch erscheint dieser Bruch, dieser Schnitt in der Zeit, den die anderen akzeptieren können oder auch nicht. Ob die anderen diesen Vorschlag akzeptieren – das ist allerdings ihre Sache. Ich kann nur einen Vorschlag machen.

Es ist Ihr Risiko.

Ja, es ist mein Risiko – aber gerade das macht die Sache interessant.

Wir sind wieder am Ausgangsort unseres ersten Gespräches angelangt: beim Museum und der Logik der Sammlung.

Während die Kunst vergangener Tage sich am Kanon der großen Werke abarbeiten musste, wird diese Art Zensur – so Ihre Theorie – mit der Moderne und ihren gesteigerten Reproduktionskräften obsolet, das Zensurieren qua »Qualität« wird abgelöst durch das Prinzip »Innovation« – der Umwertung von Werten: Etwas muss sich als neu erweisen im Vergleich zu etwas anderem, Altem. Nun scheint auch diese Innovationszensur der Archive nicht länger zu leisten, wofür sie ursprünglich gedacht war: »die kulturelle Überproduktion einzudämmen«. »Wie« – so fragen Sie in einem kürzlich erschienenen Essay – »wird sich die Kultur vor ihrem eigenen Müll schützen können, wenn weder das Prinzip Identität noch das Prinzip Differenz diesen Schutz bieten werden?«

Der Grenze zwischen Literatur und Nicht-Literatur, zwischen Kunst und Nicht-Kunst hängt sicherlich von der Bereitschaft der Gesellschaft ab, den materiellen Bestand der Tradition zu schützen, die Tradition künstlich am Leben zu erhalten, sie dauerhaft zu präsentieren. Wenn die Gesellschaft der Tradition erlaubt, auch materiell zu vergehen, unterzugehen, zu verschwinden, dann wird diese Grenze irrelevant – dann wird auch das Problem des Neuen irrelevant, denn man wird dann nicht mehr wissen, wie das Alte ausgesehen hat. Das wäre der Sieg der Massenkultur, die tatsächlich eine Kultur der Tautologie ist – oder vielmehr eine Kultur des Kampfes zwischen den Tautologien, eines Kampfes darum, welche Tautologie tautologischer ist als die anderen.

Sie beschreiben in diesem Essay die »Tautologie« als den Sieg der amerikanischen Massenkultur, als eine Inszenierung, eine Produktion des Ähnlichen und Gleichen: Daily Soap Opera und Hollywood, Terminator und Superman.

Ja – und das Wort Tautologie darf hier nicht missverstanden werden im Sinne einer mathematischen Tautologie, im Sinne einer genauen Wiederholung. Im Kontext der Massenkultur gibt es keine Kriterien der Genauigkeit – alles ist ungenau, vage. Alles ist irgendwie ähnlich, aber nicht wirklich identisch, denn der Raum des Vergleichs fehlt. Und die Zeit für einen genauen Vergleich fehlt auch.

Zum Beispiel betrachte ich Blümchen, die gemalt sind wie die Blümchen von Monet. Dabei handelt es sich weder um eine Reproduktion noch um ein Original Monets – aber es sieht doch irgendwie aus wie Monet. Und genau das ist die Tautologie im Sinne der Banalität. Die Banalität ergibt sich nicht aus der Reproduktion eines Kanons. Banalität ist etwas, was *zwischen* Differenz und Identität hängt: Die Blümchen sehen aus wie Monet, und sie sehen zugleich nicht aus wie Monet. Deswegen besitzt die Banalität eine solche durchschlagende Kraft: Da die Banalität einen solchen Status zwischen Differenz und Identität hat, kann sie aus beiden Gründen gewählt werden. Ich kann sagen: Ach wie schön, diese Blümchen sehen fast so aus wie Monet, den ich sehr liebe. Monet ist aber teuer, also kaufe ich lieber diese Blümchen hier, sie werden mich an Monet erinnern. Da kommt ein anderer und sagt: Ja, in der Tat, diese Blümchen sehen fast aus wie von Monet, aber sie sind doch anders – man merkt, dass sie von einem anderen Künstler stammen, der eine völlig andere Vorstellung von Blumen hat. Ich kaufe diese Blümchen, weil sie anders sind als die von Monet, obwohl sie den seinen ähneln. Man kann also diese Blümchen sowohl wegen ihrer Identität mit wie auch wegen ihrer Differenz zu Monet kaufen. Die Banalität schlägt durch diese Grenze durch: Sie wird auf beiden Seiten der Grenze gekauft. Und es ist die wichtigste Leistung eine Politikers oder eines Journalisten, solche Banalitäten, die zugleich ähnlich und unähnlich sind, zu erfinden und in die Welt zu setzen. Solche durchschlagenden Banalitäten zu erfinden ist übrigens außerordentlich schwierig: Was auch immer wir sagen oder tun, es ist meistens entweder der Tradition zu ähnlich oder zu sehr von ihr unterschieden. Um das richtige Maß zu finden – damit die eine Hälfte der Wähler es kauft, weil es gleich ist, und die andere, weil es anders ist, sodass im Endeffekt alle es kaufen –, dafür muss man wirklich ein Genie sein.

Ihre Definition des Banalen trägt Züge von etwas Bösartigem, banal Bösem. Das Böse als Gewalt einer fortschreitenden Indifferenz – eine maligne Banalität.

Nun ja, das wäre eine Wertung, und wir sprechen hier jenseits aller Wertungen. Aber sicherlich, solche Banalitäten sind wie Viren – und sie verursachen Epidemien.

Darauf wollte ich hinaus.

Banalitäten sind wie Neutrinos, die durch die Grenze zwischen positiver und negativer Ladung nicht zu stoppen sind. Es handelt sich dabei aber um keine Transgression. Die Grenze wird nicht durchbrochen oder überwunden. Vielmehr hält sich die Banalität ohne jede Anstrengung auf beiden Seiten jeder möglichen Unterscheidung auf, ohne sie dabei als solche zu dekonstruieren.

Es handelt sich hier aber auf keinen Fall um eine Politik der Unsterblichkeit, der Dauer, der Genauigkeit, der Innovation, sondern um eine Politik der Mitte – um die berühmte politische und mediale Eroberung der Mitte. Einfach ist diese Politik, wie gesagt, nicht. Es ist nicht einfach, banal zu sein. Die Mystiker und Märtyrer der Einschaltquote, wie Harald Schmidt oder Thomas Gottschalk, schaffen es nicht unbedingt in jedem Fall. Harald Schmidt zum Beispiel schafft es immer wieder nicht, weil er entweder zu gleich oder zu anders ist, weil er schwankt. Thomas Gottschalk macht es in dieser Hinsicht schon viel besser. Das ist ein interessantes Phänomen, das bisher wenig erforscht wurde.

Sie vergleichen die Museen mit dem Totenkult der Ägypter. Am Anfang auch unserer Kultur stehe die Mumie, sozusagen die Mumie des Ursprungs – das sind die Körper, die ihren Tod überleben. – Nun sieht es so aus, als wäre der biotechnische, manipulierte oder durch Klonierung erzeugte Körper eine Art posthistorische Mumie – ein Körper, ein Kadaver, der nicht enden kann. Was unterscheidet eine ägyptische Mumie von einem solchen Körper, einem Kadaverspender, der in seinen vitalen Funktionen, von Maschinen versorgt, sich nicht auflösen, zersetzen kann? Denken wir an die Körper der Diktatoren Tito, Deng Xiaoping oder des Nordkoreaners Kim Il Sung, und denken wir an diesen Zombie Jelzin, der dank High-Tech-Medizin von den Toten auferstanden ist.

Ich würde Ihre Formulierung radikalisieren.

Ich bitte darum!

Ich möchte Ihre Formulierung radikalisieren und sagen: Die Genetik bietet einen Weg, den Gedanken des Museums zu radikalisieren. *Wir* sind die Museen der Gene. Durch die Genetik ist der Mensch selbst zu einem wandernden Museum geworden. Wenn die Genetik ernst genommen werden soll, dann bedeutet es, dass wir alle von Anfang an *tot* sind – in dem Sinne, dass das, was uns als Lebendige ausmacht, eine Sammlung von Genen ist, die uns von unseren Vorfahren vererbt wurden, und die uns auch überdauern, um in immer neue Konstellationen, in immer neue Kontexte einzutreten. Das ist im Grunde die Definition der musealen Kunstsammlung, wie wir sie bereits diskutiert haben. Vom Standpunkt der Genetik aus gesehen sind wir alle Museen auf zwei Beinen. Also nicht nur, dass wir in die Museen gehen, sondern wir selbst *sind* Museen. Und das bedeutet unter anderem die Abschaffung des gesamten Zyklus der klassischen Humanwissenschaften – sagen wir, in einem hermeneutischen Sinne, dass, wenn wir die Menschen ansehen, wir nicht wissen, was in ihnen verborgen ist. Auf dieser Prämisse sind die Humanwissenschaften aufgebaut: Das Innere des Menschen offenbart sich und wir deuten. Mit der Genetik wird nun das ganze Zeremoniell hinfällig, weil die Genetik bereits das Innere des Menschen zeigt. Der Mensch ist kein Rätsel mehr. Was der Mensch ist, wissen wir immer schon von Anfang an – im klassischen Sinne des Wortes ist er von Anfang an tot.

Wenn wir aber dieses Stadium der Selbstmusealisierung nun erreicht haben, eröffnet sich die Möglichkeit einer neuen, genetischen Avantgarde – wie es mit der Kunst der Fall war, als sich die musealen Sammlungen formierten. Es handelt sich um eine Schaffung des *neuen Menschen* als eines immer schon halb toten, halb lebendigen, dauernden, musealen Menschen. Viele meinen, dass durch die Genetik ein perfekter Mensch entstehen soll. Aber die Avantgarde ist die Herstellung nicht der perfekten, sondern der neuen, ungewöhnlichen, interessanten Dinge. So denke ich, dass wir vielleicht in der Zukunft interessantere Körper bekommen als die, die wir zur Zeit haben. Vielleicht findet dann endlich die Entbanalisierung des Menschen statt, der sich bis jetzt in einer undefinierbaren Mitte zwischen Identität und Differenz aufgehalten hat.

Dadurch wird die Grenze überschritten, an der die klassische Avantgarde ihrerzeit aufgehört hat, sich weiterzuentwickeln – und die durch die Banalität des menschlichen Körpers markiert ist. Diese Grenze wird besonders sichtbar in den Zeichnungen von Rodtschenko aus den zwanziger Jahren, in denen alles gestaltet, *designed* ist, aber um eine *Leere* herum. Und diese Leere ist der menschliche Körper. Rodtschenko hat ihn nicht gezeichnet, weil ein natürlicher, banaler Körper ihn nicht interessiert hat – einen künstlichen Körper konnte Rodtschenko aber nicht herstellen. So blieb diese leere Stelle unausgefüllt, und an ihr ist die Avantgarde zugrunde gegangen. Auch Hitler und Stalin, die versucht haben, den neuen Menschen mit politisch-ideologischen Mitteln zu erzeugen, mussten dabei scheitern – die politischen Mittel reichen dafür nicht aus. Auch die Begeisterung für den Sport und für die Eugenik, die für die dreißiger Jahre so charakteristisch ist, markiert den Punkt, an dem die Avantgarde scheiterte – denn es handelt sich offensichtlich um Ersatzlösungen. Die Genetik gibt uns vielleicht die nötigen Mittel in die Hand und ersetzt damit die Hermeneutik und die Humanwissenschaften durch eine Gentechnologie. Anstatt der Frage, wie wir den existierenden Menschen verstehen können, stellt sich uns die Frage: Wie erzeugen wir einen neuen, anderen Menschen?

Nur – haben wir es dann noch mit einem Menschen zu tun? Die ontologische Würde des Menschen, das, was der Mensch den Göttern und Tieren voraus hatte, war seine Sterblichkeit. Zu sterben, sterben zu dürfen und ein Wissen davon zu haben unterschied den Menschen von Gott und Tier.

Nun ist es mit dem Menschen genauso wie mit einem Kunstwerk. Ein Mensch ist derjenige, der bereit ist, sich mit anderen Menschen zu vergleichen – und dessen Anspruch auf Gleichberechtigung wir bereit sind zu akzeptieren. Der Begriff Mensch ist ein politischer Begriff – kein biologischer. Und auch kein ontologischer. Wie auch immer ein Wesen äußerlich aussieht und innerlich existiert, können wir uns entscheiden, dieses Wesen als Menschen zu behandeln, das heißt, dieses Wesen mit entsprechenden Rechten und Pflichten auszustatten. Den Menschen biologistisch zu definieren ist dagegen nicht nur naiv, sondern auch politisch sehr gefährlich. Die Menschheit wird dabei immer noch nicht politisch, sondern als Rasse verstanden – wenn auch als eine einheitliche Rasse. Aber auch dann, wenn wir alle Menschen als einer Rasse zugehörig begreifen, bleibt unser Verständnis vom Menschen rassistisch. Das ist das Hauptproblem des traditionellen Humanismus, das Foucault übrigens besonders gut gesehen hat – nämlich dass dieser Humanismus dazu tendiert, die Menschheit als eine Rasse zu verstehen. Die Vision des neuen Menschen, die für viele ein Greuel ist, ist eigentlich der beste Ausgangspunkt für eine radikale Kritik am traditionellen rassistischen Menschenbegriff.

Vielleicht wird der neue Mensch zweierlei Geschlechtsorgane haben?

Oder er wird Augen haben, mit denen er nach hinten sehen kann. Oder Flügel – das wäre toll. Aber auf jeden Fall wird die Entscheidung, Mensch zu sein, für dieses neue Wesen zu einer strategischen, politischen Entscheidung. Und die Entscheidung, ein Mensch zu sein, wird eine Entscheidung, wie es die Entscheidung, ein Kunstwerk als Kunstwerk gelten zu lassen, ist. Ich kann mir gut vorstellen, dass einige dieser neuen Wesen sich dagegen entscheiden werden, als Menschen zu gelten. Der Begriff Mensch bekommt also eine neue Schärfe, wenn er frei gewählt werden kann.

Was heißt hier frei gewählt? Der Mensch wird Geisel seiner Gene sein, ausgeliefert an eine Reproduktionstechnologie, über die allein staatliche oder private Firmen verfügen. So gesehen werde ich doch von anderen gestaltet, mehr als ich mich selbst gestalte.

Diese Figur haben wir schon durchexerziert. Es geht nicht darum, dass ich etwas produziere, und nicht einmal darum, dass ich selbst von jemanden produziert werde, sondern es geht allein um meine eigene Bewertung meiner selbst. Wie ich aussehe, aus welchen Teilen oder Organen ich bestehe, das spielt gar keine Rolle für die Bestimmung dessen, ob ich Mensch bin oder nicht. Wichtig ist allein meine eigene Entscheidung – wie ich mich kontextualisiere, wie ich mich definiere –, eine Entscheidung, für deren Konsequenzen ich die volle Verantwortung übernehme. Von einer solchen Entscheidung hängt ab, in welche Konflikte ich gerate, in welche Kämpfe, in welche Konkurrenzverhältnisse.

Sie beschreiben eine kierkegaardsche Denkfigur: In der ethischen Wahl ändere ich nachträglich meine Haltung zu dem, was ist.

Ja, das stimmt. Aber ich würde vielmehr sagen: Durch die ethische Wahl definiere ich erst das, was ist, als das, was tatsächlich ist.

Mit anderen Worten, ich kann mich selbst noch zu meiner eigenen Monstrosität positiv stellen.

Absolut. Zum Beispiel werde ich von einer Firma als lebendiges Wesen mit so und so vielen Eigenschaften hergestellt. Das unterscheidet sich aber für mich in nichts von der Situation, in der ich von meinen Eltern mit diesen oder jenen Eigenschaften ausgestattet in die Welt gesetzt werde. Meine eigene Produziertheit kann ich nicht kontrollieren – so wie ich auch generell die Seite der Produktion nicht kontrollieren kann. Die Produktion ist doch im Wesentlichen ein kollektiver oder sogar anonymer Prozess, der vom Einzelnen überhaupt nicht kontrolliert werden kann. Dafür kann ich aber den Umgang mit den Produkten dieses Produktionsprozesses bestimmen, inklusive meiner selbst – und darauf kommt es allein an. Mein Menschwerden geschieht nicht in mir, sondern im

Kontext, im Vergleich zwischen mir und anderen Menschen. Wie ich den Kontext gestalte, in welchen Vergleich ich mich stelle, darauf kommt es an, und nicht, wie ich aussehe und was für ein Ding ich bin.

Keine andere Kultur hat so sehr wie unsere an anthropologischen Konstanten festgehalten. Die Welt war von jeher bevölkert mit Halbgöttern, Engeln, Tieren, Halbtieren, Monstren verschiedenster Art – mit allen möglichen Mischformen, die oft ganz gut miteinander ausgekommen sind. Jetzt leben wir dagegen in einer Kultur, in der die Kriterien des Menschseins und damit auch der Partizipation an gesellschaftlicher Kommunikation zu rigide festgelegt sind. Weder Inkuben noch Sukkuben, weder Engel noch Dämonen werden heutzutage als gleichberechtigte Gesprächspartner zugelassen. Das finde ich gar nicht gut.

Könnte es sich bei den Strategien der Genetik, der biogenetischen Kunst, um einen Befreiungsschlag des in seiner Definition eingesperrten Menschen handeln?

Das kann ich nur hoffen – auch wenn die meisten Teilnehmer der heutigen Diskussionen eine defensive Position einnehmen und den Menschen immer enger definieren wollen. Von einem späteren Standpunkt aus werden wir unsere Kultur als eine der gläubigsten und dogmatischsten der Weltgeschichte bewerten. Die Auflösung beginnt dort, wo wir die Kriterien des Menschseins, der anthropologischen Konstante in Frage stellen, wo wir beginnen, das Menschsein zu kontextualisieren – und das ist ein unausweichlicher Vorgang ... Die Klonierung, die Produktion des Neuen Menschen werden verteufelt – noch bevor feststeht, ob so etwas überhaupt möglich ist. Diese vorauseilende Ausgrenzung der künstlich produzierten Menschen, die noch gar nicht existieren, scheint mir ein überdeutliches Symptom der rassistischen Grundauffassung vom Menschen zu sein, von der gerade die Rede war. Ich denke aber zugleich, dass wir erst am Anfang der Geschichte des Menschen stehen – denn die Geschichte eines Begriffes fängt erst dann richtig an, wenn dieser Begriff problematisch, umstritten wird.

Der Anfang welcher Geschichte – das muss sich noch zeigen.

Es ist zumindest der Anfang einer spannenden Geschichte.

Spannend auf jeden Fall, keine Frage. – Ich eröffne jetzt einen letzten Komplex von Fragen und komme auf unseren Ausgangsort Russland zurück. Mit der Kultur der Ägypter beginnt der Versuch, eine »diesseitige Transzendenz« zu schaffen. Gott, sagen Sie, war nur eine Kompensation seitens der rechtlosen jüdischen Sklaven, die an dieser materiellen Transzendenz nicht teilhaben durften. Nach dem Tod Gottes, dem Verlust der imaginären Unsterblichkeit, befinden wir uns wiederum in einer vorgöttlichen Situation: Wir leben, zumindest auf einer symbolischen Ebene, im Ägypten zur Zeit der Pyramiden. Welche Verbindungen sehen Sie – ich folge Ihrer Argumentation – über den Abgrund der Jahrhunderte hinweg zwischen einem ägyptischen Priester und einem kommunistischen Funktionär? Der kommunistische Funktionär, wie Sie ihn beschreiben, allen voran Stalin, ist ein ästhetisch agierender Demiurg, der sich an die Welt und den Menschen heranmacht, als seien diese eine formbare Masse, ein Kunstwerk, das seiner endgültigen Realisierung harrt. Die Kultur der Stalin-Zeit wird zwar nicht ins Museum eingeschlossen, aber die Welt selbst wird als ein gigantischer Sarkophag gedacht, in dem die Dinge, inklusive der Mensch, Mumiengestalt annehmen. Die diesseitige Welt in Gestalt eines Mausoleums – dazu passt eine Formulierung Batailles über das Ziel des revolutionären Experimentes bei Lenin: die »Morgendämmerung des endlosen Tages«.

Ich möchte mit Ihnen eine Brücke schlagen vom ägyptischen Priester zum kommunistischen Demiurgen.

Der ägyptische Priester war noch kreativ im klassischen Sinne des Wortes, ein bisschen wie Blanchot: Er glaubte an das *Werk*. Deswegen war er der Überzeugung, dass mit seinem Körper etwas gemacht werden muss, damit dieser zu einer richtigen Mumie werden kann – dass der Körper dafür explizit in eine, sagen wir, jenseitige Form gebracht werden muss. Die Mumie eines ägyptischen Pharaos durfte nicht so aussehen, wie der Pharao in seinem alltäglichen Leben ausgesehen hat. Die Mumie Lenins dagegen sieht aus, wie der lebendige, alltägliche Lenin ausgesehen hat – da zeigt sich Stalin als Genie der modernen Kunst. Als Künstler gehört Stalin in die gleiche Reihe wie Duchamp – und kann als Mitbegründer des Readymade-Verfahrens gelten. Seine eigentliche künstlerische Arbeit ist und bleibt das Monument, das Museum mit der Mumie Lenins als Kunstwerk. Lenin, das ist seine Arbeit und darin zeigt er sich Duchamp ebenbürtig – in dieser Geste.

Stalin hat die Verbrennung Lenins verhindert.

Vor allem aber hat er ihn ausgestellt, ohne sein Äußeres zu verändern – Lenin wird zu einem Readymade à la Duchamp.

Stalin betont die Banalität, er arrangiert das triviale Aussehen der Figur.

Genau. Was auf diese Weise behauptet wird, ist die Unentscheidbarkeit zwischen dieser Welt und der jenseitigen Welt – die Tatsache, dass keiner von uns so richtig weiß, ob er immer noch lebt oder nicht vielleicht schon tot ist. Die traditionelle Grenze zwischen Leben und Tod wird durch die Readymade-Verfahren radikal in Frage gestellt.

Aber Stalins künstlerische Leistung wurde von seinen Nachfolgern nicht richtig eingeschätzt. Sie haben das Readymade verdoppelt und ihn selbst als Mumie neben Lenin gesetzt. Entsprechend der Logik der Sammlung kann kein Museum ein solches nichtinnovatives, repetitives Kunstverfahren annehmen. Deswegen wurde Stalins Mumie relativ bald aus dem Mausoleum hinausgeworfen und verbrannt.

Zu Recht?

Ganz zu Recht, denn es handelte sich um keinen innovativen Gestus mehr. Das war eben die Zeit, als die Sowjetmacht sich zu banalisieren begann.

Sie begeht eine museale Sünde – die einzige wahre Sünde, die man begehen kann?

Ja, das war die museale Sünde: Die Sowjetführer begannen damals, eine antimuseale Politik der Banalität zu praktizieren, aber sie wollten zugleich beides haben: Banalität und Museum, eine Politik der Mitte und eine Politik der Unsterblichkeit. Dabei waren sie zu sehr von ihrer eigenen absoluten Macht, Freiheit und Souveränität überzeugt.

Am Ende ist Lenin selber eine Art toter ägyptischer Pharao, und seine einbalsamierte Leiche – eingeschlossen in ein pyramidenähnliches Bauwerk – wird zum spirituellen Anziehungspunkt für die gesamte Sowjetunion. Und auf den Transparenten zu seiner Beisetzung steht: »Lenin ist unsere Unsterblichkeit«.

Nein, eigentlich stand dort geschrieben: »Lenin wsegda schiwoi«, was so viel heißt wie: Lenin lebt ewig oder Lenin lebt weiter. *Er* lebt weiter. Von unserer Unsterblichkeit ist hier nicht die Rede.

Das ist eine deutliche Differenz!

Eine große Differenz. Das moderne Museum ist eine Kirche nicht für Seelen, sondern für Körper, für Dinge. Auch für Menschen – aber nur soweit sie Dinge sind. So zeigt sich die Mumie Lenins als ein bloßes Ding. Und in diesem Sinne ist die Mumie Lenins eine unglaubliche Innovation. Es gibt für sie kein Jenseits, keine romantische Maskerade in Gestalt eines Vampirs, eines Zombies oder eines Gespenstes. Durch ihre radikale Alltäglichkeit proklamiert Lenins Mumie die Abschaffung eines jeden Verdachts. Doch dadurch wächst dieser Verdacht selbstverständlich ins Unermessliche. So verspricht das Mausoleum wie auch das moderne Museum die Rettung nicht der Seelen, sondern der Dinge. Christus hat dem Menschen die Rettung versprochen, indem er durch die Alltäglichkeit seiner Erscheinung, wie Kierkegaard schreibt, den visuellen Unterschied zwischen Gott und Mensch getilgt hat. Marcel Duchamp oder Andy Warhol als wahre Nachfolger Christi versprechen stattdessen den Dingen museale Rettung, indem sie den visuellen Unterschied zwischen Kunstwerk und bloßem Ding tilgen.

Möchten Sie gerettet werden? Für mich ist es eine Aussicht ohne Bedeutung: Weder möchte ich als Mensch gerettet werden noch als Ding. Doch was ich eigentlich fragen will: Wären wir damit – nach Hegel – am wirklichen, am endgültigen Ende der Geschichte, wenn nicht nur die Menschen gerettet werden, sondern auch die Dinge?

Nein, weil wir immer noch entscheiden müssen, was ein Ding ist – und was nicht. Dieses Stück Fett auf dem Stuhl, das uns Beuys präsentiert: Ist es noch ein Ding? Kann und soll es noch gerettet werden – oder schon nicht mehr? Wenn ich ein Ding finde, das noch nicht gerettet ist, und wenn ich es dadurch rette, dass ich es in die museale Ewigkeit stelle – dann bin ich in diesem Augenblick Christus: Ich bin Gott für dieses Ding. Wann auch immer also behauptet wird, dass alles schon gerettet ist, kann jemand kommen und etwas finden, was neu zu retten wäre. Wir können nie sagen, ob die Arbeit der Rettung vollendet ist. Wir haben diesbezüglich keine letzte Evidenz. Es ist letztendlich allein eine Sache der Entscheidung.

Mit den Bezeichnungen »subjektiv« oder »innovativ« meine ich deswegen nichts anderes als »christlich« – in dem Sinne, in dem Christus sagt: Mit mir bricht eine neue Zeit an. Die Idee des Neuen beginnt im Grunde mit dem Christentum und seiner Botschaft von der neuen Zeit: Die neue Zeit besteht darin, dass die Menschen, die zuvor nicht gerettet werden konnten, jetzt die Chance bekommen, gerettet zu werden. Aber dann stellt man fest, dass einige andere Menschen oder Dinge noch nicht gerettet sind, und so geht die Rettung weiter und weiter. Wie weit man gehen kann, lässt sich aber im Voraus nicht sagen. Es liegt eine gewisse Naivität in der Annahme, man könne die christliche Mission irgendwann zu Ende führen oder abbrechen. Die Situation bleibt immer offen.

Herr Groys, ich bin am Ende meiner Fragen.

Wenn wir schon bei Christus angelangt sind, dann können wir nur am Ende unseres Gesprächs sein.

Vielleicht noch eine Schlussbemerkung, eher ein persönlicher Eindruck. E. M. Cioran behauptet, auf dem Balkan und eben auch in Russland ginge man mit der Desillusionierung des Lebens zu weit. So gesehen würde ich Sie – auch wenn es auf den ersten Blick nicht den Anschein hat – als einen extremen, exzessiven Menschen bezeichnen: als einen Magier des Illusionslosen, der Desillusionierung. Oder, um es poetisch zu sagen: Man muss schon ein wenig um die schönsten Hoffnungen geprellt und der menschlichen Geschäfte müde sein, um Ihren Diskurs zu genießen. Man müsste, anders gesagt, sich selbst ein Stück weit entgehen und auf sein Leben verzichten können, dort, wo es am meisten schäumt.

Nun gut, ich denke, dass die Desillusionierung ihre eigene Ästhetik und damit auch ihre eigene Erotik hat. Aber ich denke gleichzeitig nicht, dass ich so etwas wie eine Desillusionierung betreibe – denn das Streben nach einer großen Desillusionierung scheint mir ebenfalls eine Illusion, eine Pose zu sein, die ich nicht gerne annehmen möchte. Der Gestus, den ich in meinen Büchern beschreibe, ist die Fortsetzung einer christlichen Rettungsmission –

einer metaphysischen Rettung, die mit den sogenannten realen Verhältnissen nichts zu tun hat. Es geht um einen Versuch, den metaphysischen Auftrag unter den Bedingungen der heutigen Welt zu erfüllen.

Ökonomie der Glaubwürdigkeit oder: Das Mana des Verdachts

Herr Groys, für Ihr letztes Buch »Unter Verdacht« ist vor allem die Feststellung wesentlich, dass – neben allem Nicht-Archiviertem – ein bislang kaum wahrgenommener zweiter Außenraum des Archivs existiert: Es handelt sich dabei um den Archivträger selbst. Dieser Träger hinter den Zeichen bleibt dem Blick des Betrachters strukturell immer verborgen. Der so unter der Zeichenoberfläche verborgene submediale Raum, sagen Sie, sei ein ungeheurer, der Raum eines niemals zu entkräftenden Verdachts … Wie kommt es, dass Sie diesen für das Archiv konstitutiven Verdacht so spät erst thematisieren?

Nun ist das Buch mehr der Problematik der Medien als der Problematik des Archivs gewidmet. »Über das Neue« ist aus der Position eines Autors geschrieben, der ins Archiv aufgenommen werden möchte und deswegen vor der Frage steht, wie er schreiben soll, um sein Ziel zu erreichen. »Unter Verdacht« ist dagegen aus der Position eines Medienbetrachters geschrieben, der sich die Frage stellt, wann und warum er dem vertrauen soll, was er in den Medien sieht oder liest. Die Ökonomie, die mich hier interessiert, ist also nicht die Ökonomie der Innovation und nicht die Ökonomie der Aufmerksamkeit, sondern die Ökonomie der Glaubwürdigkeit, der Vertrauenswürdigkeit. Die Frage nach der Glaubwürdigkeit der Medien kann nämlich nicht dadurch beantwortet werden, dass man das, wovon man in den Medien liest oder hört, etwa »mit den Fakten vergleicht«. Ein solcher Vergleich ist für einen normalen Medienkonsumenten erstens nicht möglich – man kann doch nicht jedes Mal mit eigenen Augen das sehen, wovon uns in den Medien berichtet wird. Und zweitens können wir mit unseren eigenen Augen in jedem Fall nur das sehen, was uns gezeigt wird. Es gibt also einen grundsätzlichen Unterschied zwischen der Frage nach der Wahrheit einer Aussage und der Frage nach der Wahrhaftigkeit oder Glaubwürdigkeit dieser Aussage. Die Frage nach der Wahrheit wird durch einen Vergleich mit den Fakten beantwortet – man sucht also die Antwort auf diese Frage in der Wirklichkeit außerhalb der Medien, im Leben selbst. Die Frage nach der medialen Glaubwürdigkeit stellt sich dagegen als Frage danach, wer uns das zeigt, was wir in den Medien zu sehen, zu hören oder zu lesen bekommen – ob dieses hinter den medialen Bildern verborgene Subjekt glaubwürdig ist oder nicht. Die Glaubwürdigkeit der medialen Bilder, die uns präsentiert werden, hängt also von der Glaubwürdigkeit des Subjekts ab, das diese Bilder präsentiert – ohne dabei selbst präsent zu sein.

Einige Kritiker meines Buchs haben mir vorgeworfen, das Unwissen darüber, was oder wer sich hinter der medialen Oberfläche verbirgt, nur vorgetäuscht zu haben. Eigentlich, so meinen diese Kritiker, weiß doch inzwischen jeder, was sich hinter der medialen Oberfläche verbirgt – nämlich Computer oder sonstige Technologie. Nun ist diese Feststellung zwar in einem gewissen Sinne richtig, aber sie geht an der Problematik des Buchs vorbei. Wir können der Technologie weder vertrauen noch misstrauen, denn es handelt sich dabei nur um eine Apparatur, um Hardware – wir können nur den Subjekten, den Null-Medien vertrauen oder misstrauen, die diese Apparatur bedienen, manipulieren, einsetzen oder ausschalten. Sicherlich meinen meine Kritiker, dass es solche verborgenen Subjekte möglicherweise gar nicht gibt, dass die Medien letztendlich subjektlos sind, dass die Zeichen auf der medialen Oberfläche von allein oder zumindest unkontrollierbar fließen und dass das Verlangen, nach einem verborgenen Subjekt hinter der medialen Oberfläche zu suchen, allein einer persönlichen Paranoia oder, was noch viel schlimmer wäre, einer altmodischen, überholten Welt- und Medienauffassung entstammen könnte.

Ich möchte aber diese Kritiker fragen: Woher haben sie dieses Wissen – über die Subjektlosigkeit der heutigen Medien, über das unkontrollierbare Fließen der Zeichen und vieles anderes mehr?

Die Antwort kann nur lauten: aus den Medien. Denn die Medien berichten doch ständig darüber, dass sie subjektlos sind und frei fließen. Das bedeutet aber, dass diese Kritiker zumindest in diesem Punkt den Medien vertrauen – und zwar blind, ohne jede faktische Überprüfung, denn eine solche Überprüfung ist in diesem Falle strukturell nicht möglich. Und ebendarum geht es eigentlich in meinem Buch: Man kann sich dem Spiel von Vertrauen und Misstrauen nicht entziehen, wenn man mit Medien zu tun hat. Als Medienkonsument ist man diesem Spiel einfach ausgeliefert. Eine vermeintlich abgeklärte, neutrale, unbeteiligte, distanzierte Haltung, die hinter der medialen Oberfläche nur Technologie vermutet, der man weder vertrauen noch misstrauen kann, ist ihrerseits nur ein Zug im medialen Spiel: Man vertraut dabei bloß einer bestimmten medialen Selbstpräsentation. Und zwar tut man das ohne jeden zwingenden Grund – einfach weil man diese Art der Selbstpräsentation als unmittelbar glaubwürdig, plausibel empfindet. Allerdings stellt sich dabei die Frage: Warum tut man das? Wie entsteht dieser Effekt der unmittelbarer medialen Glaubwürdigkeit, dem wir uns nicht entziehen können?

Meine zentrale Hypothese lautet, dass unser ursprüngliches Verhältnis zu den Medien durch einen tiefen Verdacht der geheimen Manipulation gekennzeichnet ist – ein Verdacht, der zum Misstrauen als der primären Grundhaltung den Medien gegenüber führt. Und der Effekt des spontanen Vertrauens entspringt demselben Verdacht. Wir beginnen den Medien nämlich erst dann zu vertrauen, wenn sie diesen Verdacht bestätigen und vielleicht noch überbieten – wenn sie von sich aus selbstkritisch, selbstanklagend, selbstdenunzierend auftreten. Dann sagen wir ganz spontan und ohne eine solche Selbstanklage nach ihrer Übereinstimmung mit der Realität zu überprüfen: Aha, das klingt endlich glaubwürdig, so muss es wirklich sein. Wir glauben also den Medien erst dann, wenn sie unseren eigenen verdächtigenden Blick reflektieren – und, wie uns dann scheint, einen tiefen Einblick in ihr eigenes manipulatives Inneres gewähren. Meine Kritiker glauben daran, dass die Medien subjektlos sind, auch nur deswegen, weil sie immer noch denken, dass dies das Schlimmste ist, was die Medien über sich selbst sagen können – nämlich dass sie nur sinnlosen Müll transportieren, nach dessen Bedeutung man lieber nicht fragen soll. Mir scheint dagegen nicht, dass dieser Verdacht auf Sinnlosigkeit der radikalste ist. Deswegen stimmt auch der Vorwurf nicht, dass ich fundamentalontologisch argumentiere, indem ich einfach den ontologischen Verdacht übernehme, wie er von Heidegger formuliert wurde. Das Gegenteil ist der Fall, weil es sich in meinem Buch um einen gegenteiligen Verdacht handelt – verglichen mit dem heideggerianischen.

Heidegger vermutet hinter dem Anspruch auf Herrschaft, den die moderne Technik anmeldet, eine Schickung des Seins, die der Kontrolle der Technik und derer, die sie bedienen, entgeht. Auf diese Weise will Heidegger die leere Stelle der Passivität, der Absenz, der Abhängigkeit von der Physis, der Subjektlosigkeit, der ungewollten Unterwerfung unter das Schicksal alles Seienden bei denen entdecken, die glauben, in der absoluten Präsenz ihrer Subjektivität, ihrer Souveränität, ihres persönlichen Willens zu handeln. Dagegen äußert Heidegger den Verdacht, dass hinter der modernen Technik immer noch das alte Sein – und das bedeutet letztendlich die Natur – steckt: Die Technik, die sich über die Natur erheben will, die die Natur beherrschen will, erweist sich also als in ihrem Ursprung als seinsabhängig, letztendlich also auch als naturabhängig oder genauer als von der Natur, der Physis selbst geschickt. Damit wird die Technik sicherlich ironisiert oder, wie man heute sagt, dekonstruiert – doch zugleich auch legitimiert, weil naturalisiert. Es ist deswegen verständlich – wenn auch auf den ersten Blick paradoxal –, dass heutzutage gerade die Diskurse, die technikfreundlich sein wollen, oft dem Heideggerianischen Muster der Naturalisierung der Technik im Sinne des Seinsgeschicks folgen. Damit wird die Technik allerdings nicht angemessen gewürdigt, weil sie dabei bloß als sekundär begriffen wird.

Die Technik kann erst durch einen anderen und tieferen Verdacht angemessen gewürdigt werden – durch den Verdacht, dass die Natur selbst eine mediale Oberfläche darstellt, hinter der sich die Technik, die Kunst verbirgt, und dass wir der Natur nur dann vertrauen können, wenn wir bereit sind, dieser verborgenen Technik und dem sie manipulierenden Subjekt zu vertrauen. Es handelt sich hier offensichtlich um einen theologischen – und keinen ontologischen – Verdacht. Es geht darum, dass wir, wenn wir mit Medien zu tun haben, ihnen ein Subjekt unterstellen müssen, um dann mit diesem Subjekt ein Spiel des Vertrauens und Misstrauens spielen zu können. Das Gleiche gilt auch für das Archiv, das ein relativ stabiles, auf Dauer angelegtes Segment der medialen Oberfläche darstellt.

Ausgangspunkt Ihres Essays ist die Frage – ich zitiere: »Welche Kraft trägt die Archive und verleiht ihnen Dauer?« Mit anderen Worten, Sie fragen nach der zeitlichen Stabilität des Archivs: Woher kommt seine Zeit?

Nun sind es zunächst einmal die materiellen Medienträger, die das Archiv tragen – Leinwände, Filme, Bücher, Computer. Aber diese ganze materielle Infrastruktur kollabiert selbstverständlich, wenn die Gesellschaft das Interesse an ihren Archiven verliert – man stellt dann schlicht und einfach kein Geld für die weitere Erhaltung dieser Infrastruktur zur Verfügung. Und das bedeutet: Letztendlich wird das Archiv von seiner Glaubwürdigkeit, von seiner Wahrhaftigkeit getragen. Die Archivkonsumenten unterstellen dem Archiv ein Subjekt, ein Null-Medium hinter allen materiellen Medien – und spielen mit diesem Subjekt ein Spiel des Vertrauens und Misstrauens, das das Archiv am Leben erhält. Das Archiv wird also von einer Unterstellung getragen.

Das ist auch der Grund, warum wir im kulturellen Archiv meistens kritische Theorien, kritische Kunstwerke und kritische philosophische Ansätze antreffen. Die Funktion der Kritik in unserer Gesellschaft besteht darin, die Glaubwürdigkeit der Medien und vor allem der Archive herzustellen und zu stabilisieren. Indem sich die Medien als »kritische Medien« positionieren, gewinnen sie das Vertrauen des Publikums – und zeigen sich als aufrichtig, unerschrocken, selbstentlarvend. Diese Funktion der Kritik wird oft missverstanden, denn man geht meistens ziemlich naiv davon aus, dass die Menschen den Medien und den Archiven grundsätzlich vertrauen. Unter dieser Prämisse wird die Kritik sowohl von deren Freunden wie auch von deren Feinden als Angriff auf dieses Vertrauen gesehen – als ein umstürzlerisches, ikonoklastisches Unternehmen, das die herrschende Ordnung untergräbt. Das Gegenteil ist aber der Fall. Das ursprüngliche Verhältnis des Publikums zu den Medien ist durch ein tiefes Misstrauen gekennzeichnet. Deswegen ist die Kritik das Einzige, was das Vertrauen in sich selbst und damit auch in die Medien im Allgemeinen herstellen kann – weil sie dieses Misstrauen reflektiert. Indem die Kritik die Unterstellungen bestätigt, die vom Verdacht ins Innere der Medien projiziert werden, verstärkt sie auch die tragende Kraft dieser Unterstellungen. Das Archiv bewahrt die kritischen Positionen also vor allem als vertrauenswürdige und damit tragende Positionen auf – um sich selbst und das mediale System im Ganzen maximal zu stabilisieren. Wenn man wirklich subversiv sein will, muss man dagegen einen konsequent affirmativen Diskurs entwickeln, der das schon latent vorhandene Misstrauen gegen die Archive mobilisiert und verstärkt. Die Intellektuellen und Künstler neigen aber nicht unbedingt zu solchen subversiven Strategien, weil sie an der Stabilisierung der Archive interessiert sind. So sind die meisten Diskurse kritisch und bestätigen die ursprünglichen Unterstellungen – und überzeugen das Publikum. Und je radikaler eine Kritik ist, desto plausibler klingt sie und desto größer ist die tragende Kraft der von dieser Kritik bestätigten Unterstellungen.

Nun haben wir unterschiedliche Namen für diese Unterstellungen: Gott, Geist, Sein …

… das Unterbewusste …

Ja, auch das Unterbewusste. Auch ihm wird diese kulturtragende Funktion unterstellt – als Ort der wiederkehrenden traumatischen Erfahrungen. So denkt man heutzutage oft, dass sich das kulturelle Archiv im Unterbewusstsein verankern lässt. Das Unterbewusste wird zugleich auch als Ausgangspunkt der Kritik am Archiv evoziert. Als Depot für Traumata und Niederlagen wird das Unterbewusste dem offiziellen, normativ wirkenden Archiv gegenübergestellt – demnach dient das Unterbewusste als das wahre Archiv, in dem das offiziell Vergessene, Unterdrückte, Unterlegene seine unauslöschlichen Spuren hinterlassen hat. Es handelt sich also um eine Unterstellung, die für die heutige mediale Kultur eine ausgezeichnete tragende Kraft hat …

… und damit eben durch und durch metaphysisch bleibt …!

… ja, selbstverständlich durch und durch metaphysisch, weil dabei immer noch davon ausgegangen wird, dass das Medium, in dem diese traumatischen Spuren hinterlassen werden, *einfach immer schon da ist.* Das Unterbewusste oder Unbewusste ist einfach da – ein Null-Medium, das keine materielle Realität hat, von niemandem produziert wurde, aber zugleich Bilder, Empfindungen, Worte speichern kann. So spricht der Diskurs der Dekonstruktion über die unendliche Entfaltung der Differenz, über die Unterwanderung der Opposition zwischen Präsenz und Absenz, über den radikal Anderen und über vieles anderes mehr – ohne sich allerdings zu fragen, in welchem Medium alle diese wunderbaren Sachen gespeichert sind und was für eine Firma dieses wunderbare Medium produziert hat. Das allein Wichtige dabei ist aber: Der Diskurs der Dekonstruktion ist kritisch – damit bestätigt er unsere Unterstellungen. Und damit stabilisiert er unsere Archive – statt sie aufzulösen. Den Wunsch, die Archive aufzulösen, kann nur ein affirmativer Diskurs hervorrufen, der meint, in der Wirklichkeit ist alles sowieso in Ordnung – und so brauchen wir keine Archive, um die Wirklichkeit in Frage zu stellen.

Ich teile die metaphysischen Voraussetzungen solcher Diskurse der Unterstellung sicherlich nicht. Deswegen kritisiere ich diese metaphysischen Voraussetzungen in meinem Buch. Aber meine Kritik führt nicht dazu, dass ich diese Diskurse verwerfe – ganz im Gegenteil stelle ich mir lieber die Frage: Wozu hat man diese Diskurse nötig? Wozu brauchen wir die Metaphysik, die Kritik der Wirklichkeit im Namen der Metaphysik, die Figur der Unterstellung des Inneren, Verborgenen, Unzugänglichen? Wenn man so fragt, dann kann man nicht umhin, in der Metaphysik eine notwendige Figur der Politik der Unsterblichkeit zu sehen. Wenn man nämlich diese Art metaphysischer Kritik aus der Welt schaffen würde, dann würde man damit auch jede kulturelle Dauer abschaffen. Aber das Schöne dabei ist: Man kann die Metaphysik nicht wirklich aus der Welt schaffen, denn ein solcher Akt der Abschaffung der Metaphysik ist selbst ein durch und durch metaphysischer Gestus – die ganze Geschichte der Metaphysik besteht im Grunde nur aus solchen Akten der Metaphysikbekämpfung. Die Metaphysik funktioniert geschichtlich als Kritik der Metaphysik. Indem man die Metaphysik wieder einmal kritisiert, ihre Abschaffung anstrebt, ihre Überwindung fordert, bereichert man also nur die Archive der Metaphysik – und verfestigt die metaphysischen Unterstellungen, die diese Archive tragen.

Ich halte die Metaphysik also für unüberwindbar – und zwar ist sie deswegen unüberwindbar, weil sie sich selbst für unglaubwürdig hält. Denn damit bestätigt die Metaphysik den ursprünglichen Verdacht, dass das Ganze der Welt unglaubwürdig ist – und erlangt zugleich ihre eigene Glaubwürdigkeit als vollendete Form der Selbstkritik. Schauen Sie: Gott ist schon seit langem unglaubwürdig geworden – und gerade deswegen haben die Kirchen einen solchen Erfolg, der durch die Religionskritik ständig verstärkt und stabilisiert wird. Heute denkt man, dass die Welt von der Technologie bewegt wird – und diese Ansicht wird wiederum ständig durch Technologiekritik bestärkt.

Das Medium »Gott« wird also ausgetauscht durch die Maschine als das absolute Medium?

Ja, alle diese Maschinen, das Internet, Computer, die digitalen Systeme übernehmen den alten Auftrag der Metaphysik. Heidegger hat schon geschrieben, dass die Metaphysik durch die Technik ersetzt wird. Und jetzt ist der Vorgang praktisch abgeschlossen. Nun ist die Technik aber dadurch ihrerseits zur Metaphysik geworden.

Kein deus ex machina *mehr …*

… sondern eine *machina* als *deus*. Ich habe das Gefühl, dass in unserer Kultur eine Maschinengläubigkeit herrscht wie früher nur in der Sowjetunion. Es handelt sich hier in der Tat um eine Vulgärform des Marxismus – um einen technologischen Determinismus. Interessant ist, dass wir gleich nach dem Untergang des Kommunismus de facto zur marxistischen Auffassung von der Kultur als einem Verhältnis zwischen der technologischen Basis und dem ideologischen Überbau zurückgekehrt sind. Der Zweifel an der traditionellen Metaphysik hat einen leeren Raum hinterlassen, der sofort und voreilig gefüllt wurde, zunächst einmal durch das Unbewusste – und jetzt durch den Technodiskurs und die Maschinengläubigkeit. Was ich aber in meinem Buch vorschlage, ist Folgendes: Lassen wir diesen Raum zunächst einmal leer. Und stellen wir uns nicht gleich die Frage, was diesen Raum füllen soll oder wie der Träger des Archivs beschaffen ist. Fragen wir also nicht: Ist es Gott, ist es das Unbewusste, sind es die Maschinen? Sondern fragen wir uns vielmehr: Warum glauben wir überhaupt, dass es einen solchen Raum gibt? In welcher Form kündigt sich die Frage nach dem verborgenen Träger überhaupt an? Warum sind wir gezwungen oder zumindest verleitet, uns diese Frage immer wieder zu stellen? Durch welche Unterstellungen füllen wir diesen Raum? Es handelt sich hier um eine phänomenologische Fragestellung, die erfordert, sich zunächst einmal des Wunsches zu enthalten, den fragwürdigen Raum sofort zu füllen – inklusive des Wunsches, ihn mit einer Leere zu füllen durch die Behauptung, dass es diesen Raum gar nicht gibt. Es handelt sich hier also um eine Phänomenologie der Metaphysik.

Ich denke jetzt natürlich an Husserl: Sie versuchen zuerst, die Rahmenbedingungen zu klären. Sie fragen nach der Beschaffenheit, nach der Struktur des Raumes, bevor Sie zu fragen beginnen, was den Raum im Inneren ausfüllt.

Genau. Es handelt sich gewissermaßen um eine kritische Fortführung der husserlschen Phänomenologie. Husserl versteht seine Phänomenologie zunächst einmal als eine Absage an die Frage, was »dahinter« steckt: Ist es die Materie, ist es Gott, ist es der Geist? Husserls Vorschlag lautet: Schalten wir unser Verlangen aus, in die Tiefe, ins Innere zu gehen. Bleiben wir auf der medialen Oberfläche der Welt. Analysieren wir nur das, was uns unmittelbar phänomenologisch gegeben ist. Husserl versteht also seine Phänomenologie als eine antimetaphysische Haltung, da sie die Ausschaltung aller metaphysischen Fragen voraussetzt. Darin ähnelt der husserlsche Ansatz dem Grundgestus des wittgensteinschen Diskurses: dem Ausschluss der Metaphysik und der Analyse dessen, was nach diesem Ausschluss übrig geblieben ist.

Es ist eine sehr kluge und gut durchdachte Strategie, nur – und daher der kritische Ansatz meines Buchs – geht sie nicht weit genug, weil Husserl darauf verzichtet, eine Phänomenologie der Metaphysik zu entwickeln. Es genügt nämlich nicht, das Verlangen nach dem Metaphysischen einfach auszuschalten und zu sagen: Bitte, verzichten Sie auf dieses Verlangen – und zwar für immer. Erstens ist ein solcher asketischer Gestus seinerseits metaphysisch. Und zweitens ist die Metaphysik eine reale individuelle und gesellschaftliche Praxis, die zumindest als solche untersucht werden muss. Das Problem mit der husserlschen Phänomenologie besteht darin, dass sie im Verhältnis zur traditionellen Metaphysik immer noch zu polemisch bleibt. Damit überlässt sie die Beschäftigung mit der Metaphysik als realer Praxis letztendlich der Soziologie. Das hat sich aber historisch als verhängnisvoll erwiesen: Es hat der Philosophie nicht gut getan, dass sie darauf verzichtet hat, sich mit der Metaphysik zu beschäftigen. Sie wurde dadurch in ihrem ureigensten Problembereich zunehmend auf den zweiten

Platz verdrängt, denn die Soziologie hat inzwischen – zumindest seit Max Weber – die führende Rolle in religiösen und metaphysischen Angelegenheiten übernommen. Mein Versuch, mit der Metaphysik phänomenologisch umzugehen, statt sie durch die Phänomenologie auszuschalten, ist also unter anderem durch den Wunsch diktiert, die Metaphysik als reale, individuelle und gesellschaftliche Praxis zu analysieren, ohne sie dabei zu soziologisieren, das heißt unter den unphilosophischen, unreflektierten Prämissen zu diskutieren, die für die Soziologie als positive Wissenschaft legitim, aber für die Sache der Metaphysik unangemessen sind.

Sie sagen, nach dieser anderen, submedialen Wirklichkeit, nach dem Raum hinter den Zeichen zu fragen bedeutet eine Neuformulierung der Frage nach dem Metaphysischen. Dabei geht es Ihnen – wenn ich Sie richtig verstehe – unabhängig davon, was der submediale Raum tatsächlich verbergen könnte, um die vom Verdacht hergestellte Realität, um die von ihm produzierten Effekte?

Ja, eben. Mich interessiert die Phänomenologie der Unterstellungen, die sich daraus ergeben, dass wir in das mediale Spiel des Vertrauens und Misstrauens involviert sind – ein Spiel, dem wir uns nicht entziehen können. Unsere mediale Welt versetzt uns in die gleiche Lage, in der sich der Mensch der Religion immer schon befand, der sich die Frage stellen musste, ob man der Welt – verstanden als mediale Oberfläche des Göttlichen – vertrauen kann oder nicht. Sicherlich kann man dazu sagen, dass diese Frage nach der Glaubwürdigkeit der Welt durch die Aufklärung entkräftet wurde, denn die Aufklärung hat uns dazu gebracht zu denken, dass die Welt keine Botschaft hat, dass die Natur uns nichts sagen will – sondern schlicht und einfach so funktioniert, wie sie eben funktioniert.

Der heutige Technodiskurs überträgt diese frühe aufklärerische Strategie auf die Medienwelt, die er als »zweite Natur« interpretiert, über die man nur sagen kann, dass es läuft, wie es läuft, weil es läuft, wie es läuft. Die Medien als solche lassen demnach die Zeichen fließen – sind aber ihrerseits keine Zeichen eines hinter ihnen verborgenen Subjekts. Damit missachtet der heutige Techno- und Mediendiskurs übrigens das berühmte Diktum seines Begründers Marshall McLuhan, der als Denker bekanntlich noch katholisch geprägt war: *The medium is the message*. Aber wie dem auch sei, die Metapher der zweiten Natur funktioniert nicht so richtig – und zwar aus einem sehr einfachen Grund: Die Aufklärer haben mit gutem Gewissen über die Natur als einen Gegenstand ohne Botschaft gesprochen, weil sie in der Regel ihre eigene Sprache nicht als Teil der Natur verstanden. Nur die hellsichtigsten unter den Aufklärern, wie etwa der Marquis de Sade, fragten sich, was es bedeuten würde, wenn man die Sprache selbst als eine Art Naturprozess interpretiert. Die Medientheoretiker sind dagegen ganz offensichtlich und unverkennbar ein Teil der Medienwelt – sie verbreiten ihre Botschaften durch die gleichen medialen Kanäle wie alle anderen Medienbenutzer auch. Eine ideologische Distanz, wie sie die frühere Medientheorie zwischen ihrem eigenen theoretischen Diskurs und der anonymen, »unreflektierten« Massenkultur etablieren wollte, ist ihrerseits längst kollabiert. Die Medientheoretiker selbst sind schon zu einem Teil der Massenkultur geworden. Dadurch wurden ihre eigenen Theorien zum Fragment der medialen Oberfläche und können deswegen den Verdacht, der in den submedialen Raum zielt, nicht entkräften.

Es handelt sich also in Bezug auf diesen Verdacht um eine letztendlich unbegründbare Entscheidung darüber, ob man glaubt, dass die Zeichen fließen, wie sie fließen, weil sie fließen, wie sie fließen, oder ob man glaubt, dass dieser Fluss der Zeichen selbst eine Botschaft enthält – die Botschaft eines Null-Mediums, eines Subjekts, einer Unterstellung. Was mich dabei interessiert, ist sicherlich nicht die Beantwortung dieser Frage, sondern die phänomenologische Untersuchung dessen, wie sich diese Frage stellt und wie ihre mögliche Beantwortung funktionieren könnte.

Sprechen wir von den Effekten des Verdachts, die zweifelsohne bestimmend sind für unser Verhalten auch außerhalb der Archive, in der profanen Welt. Was Sie über das Auftreten der Aliens in diversen Hollywoodfilmen schreiben – »die Angst des Todes, die der submediale Raum ausstrahlt« –, lehren in verschärfter Form der Krieg und die Kampfkunst: Ich bin gezwungen zu agieren – umgehend zu handeln, notfalls zu töten –, bevor ich mir die Motive meines Gegenübers und möglichen Gegners in letzter Konsequenz habe verdeutlichen können. Und das alles nur aufgrund eines Verdachts, den ich aus gewissen Zeichen, Gebärden, Worten, Blicken von der Oberfläche her ableiten muss …

Das Problem ist Folgendes: Einmal haben wir es mit einem schwachen Verdacht zu tun und ein andermal mit einem verschärften Verdacht. Der schwache Verdacht ist Effekt einer, sagen wir, kontemplativen Welteinstellung. Wenn man etwa ins Museum geht und die Bilder anschaut oder wenn man beim Spazierengehen die Natur betrachtet, dann fragt man sich, ob sich nicht hinter den Bildern der Kunst oder hinter der Natur etwas verbirgt. Es handelt sich um eine romantische, träumerische, kontemplative Stimmung: Ich sehe das alles, aber ich weiß nicht, was es bedeuten soll. Man betrachtet die Oberfläche der Dinge und hat den Verdacht: Vielleicht steckt etwas dahinter. Und doch dringt man nicht weiter vor, sondern kehrt nach Hause zurück.

Was heißt das: »Man dringt nicht weiter vor …«?

Man treibt die Unterstellung nicht voran, man beginnt nicht weiterzufragen, um welche Botschaft es sich eigentlich handeln soll, sondern stellt einfach fest: Hinter dieser Landschaft kann sich etwas verbergen – und geht mit diesem Gefühl nach Hause zurück.

Dabei bleibt bei mir ein Verdacht als vages Unbehagen übrig. Der Verdacht ist hier, phänomenologisch gesehen, der Effekt einer abgebrochenen Suche. Nun kann man auf dieses Unbehagen mit der Forderung reagieren: Forsche weiter! Mit anderen Worten: Jeden Zweifel oder jeden Verdacht kann man als Antriebsmotiv sehen, das uns auf den Weg weiterer Forschung bringt. Die wissenschaftliche Praxis ist hier die Antwort auf den theoretischen Verdacht. Dieses Verständnis des Verdachts führt also geradewegs zum Technodiskurs. Eine wissenschaftliche Untersuchung braucht aber Zeit – und zwar eine potenziell unendliche Zeit, denn der Verdacht lässt sich, wie gesagt, durch eine solche Untersuchung nicht endgültig entkräften. Der Verdacht ist nämlich kein Gegenstand, und er ist auch nicht »im Gegenstand«. Wenn ich also einen Gegenstand untersuche und dabei weiter und weiter zu seinem Kern vordringe, nähere ich mich dem Verdacht dabei nicht – denn der Verdacht bezieht sich zwar auf das Innere des Gegenstands, aber er ist nicht im Gegenstand. Der Verdacht ist eine Unterstellung, die von außen kommt, wenngleich sie sich auf das Innere des Gegenstandes bezieht.

Nun kann man sicherlich sagen, dass man vielleicht lieber denjenigen wissenschaftlich untersuchen sollte, der einen solchen Verdacht hegt, denn es handelt sich möglicherweise um einen Paranoiker, der von seinem Verdacht kuriert werden könnte und sollte. Leider hilft eine solche psychologische oder psychoanalytische Untersuchung des Verdächtigenden nicht, denn der Verdacht befindet sich auch nicht »in der Person des Verdächtigenden«. Der Verdacht ist weder im Gegenstand noch im Betrachter – vielmehr regelt der Verdacht die Relation zwischen Betrachter und Gegenstand der Betrachtung. Der Verdacht ist allein für diese Relation konstitutiv – und existiert nicht jenseits dieser Relation. Gerade deswegen kann der Verdacht nur phänomenologisch untersucht werden.

Und worum genau handelt es sich beim verschärften Verdacht?

Der verschärfte Verdacht entsteht dort, wo das, was hinter der Weltoberfläche verborgen vermutet wird, gleichzeitig als etwas empfunden wird, was für mich unmittelbar gefährlich sein kann und deswegen keine Zeit für Forschung und Reflexion lässt. Diese Situation wird gut durch das Benehmen von Aliens illustriert, wie man es oft im Film erlebt: Man beginnt irgendwann zu vermuten, dass hinter der unauffälligen Oberfläche gut vertrauter Menschen und Dinge sich Aliens verbergen, die eine andere Botschaft haben als diese Menschen und Dinge selbst. Und man möchte dieser Frage nachgehen und die Situation genauer untersuchen. Doch es zeigt sich bald, dass das Alien viel weniger Zeit benötigt, um einen solchen forschenden Betrachter umzubringen, als dieser braucht, um seine Forschung abzuschließen.

Irgendwann komme ich an den Punkt der Untersuchung, wo das Alien als absolut fremdes keine weitere Analysen und Schlüsse zulässt ...

.... nein, nicht allein, weil es fremd ist, sondern vor allem, weil es zu schnell ist. Das Problem mit dem Alien ist seine Geschwindigkeit: Man hat einfach keine Zeit, um festzustellen, ob es fremd ist oder nicht, ob es erforschbar ist oder nicht. Die szientistische Antwort auf die theoretische, philosophische Frage: Was steckt dahinter? ist die Aufforderung: Geh und forsche, und du wirst es wissen! Aber diese Antwort hat einen großen Nachteil, der darin besteht, dass der Gegenstand der Forschung den Forscher umbringen und seine Forschung damit beenden kann, noch bevor er überhaupt dazu kommt, mit der Forschung anzufangen.

Das Alien kann man nur beobachten und fürchten – oder eliminieren. Man kann das Alien nicht erforschen, es lässt das nicht zu! »Alien« ist die Metapher für den verschärften Verdacht, für die radikale Möglichkeit, dass hinter den Dingen sich etwas verbirgt, was sich nicht erforschen lässt. Und zwar nicht, weil es fremd oder merkwürdig oder unzugänglich wäre, sondern weil es diesem Forschen effektiv ein Ende bereitet. Die rein kontemplative Einstellung ergibt sich hier aus einer Notlage heraus. Die gesamte Moderne führte einen Kampf gegen die kontemplative Einstellung:

Das Mönchtum, die klassische Philosophie und die klassischen Künste wurden als Manifestationen der passiven, kontemplativen Einstellung abgeschafft und durch aktives Forschen, durch ein szientistisches, technologisches Vordringen ins Innere der Dinge ersetzt. Dabei wurde aber ignoriert, dass die kontemplative Einstellung aus einer Notlage heraus entstehen kann – nicht weil man sich dazu entschließt, kontemplativ zu leben, sondern weil man dazu gezwungen wird von einer Kraft, die sich aktiv gegen das Forschen wehrt. Dieser Verdacht, dass es eine solche Kraft gibt, die sich gegen das Forschen wehrt, ist der verschärfte Verdacht. Es gibt Zeichen für diesen Verdacht, und dieser Verdacht ist phänomenologisch zu analysieren.

Sie lokalisieren die Subjektivität im submedialen Raum, indem Sie definieren: »Subjektivität ist immer nur die Subjektivität des anderen, die hinter seiner Oberfläche vermutet wird [...] das, was mir am anderen verdächtig erscheint, Angst macht ...« Wir haben das eben exemplarisch mit der Metapher »Alien« abgehandelt. In Ihren Betrachtungen gibt es also keine wirklich freundlichen Subjekte, weil das, was im Dunkeln bleibt, als durchweg gefährlich erscheint. Verwerfen Sie von vornherein als wenig oder weniger interessant den Verdacht auf das platonische Gute und Schöne, welches sich doch genauso hinter jeder bedrohlichen, hässlichen Oberfläche verbergen könnte?

Ja, dieser Verdacht ist weniger interessant in dem Sinne, dass die Vorstellung eines guten, barmherzigen Gottes, dem man vertrauen kann, ihre Schärfe erst dann bekommt, wenn zunächst einmal davon ausgegangen wird, dass man dem sich hinter der medialen Oberfläche verbergenden Subjekt primär *nicht* vertrauen kann. Nur wenn Gott ursprünglich als ein rächender, grausamer, ungerechter und jedem Forschen ein Ende bereitender verstanden wird – nur in dieser Perspektive macht es Sinn, über die göttliche Entscheidung zu sprechen, sich als vertrauenswürdig zu zeigen – zum Beispiel in der Offenbarung. Jedes Verständnis des Verborgenen ist nur zu begreifen und phänomenologisch zu interpretieren vor dem Hintergrund dieser allgemeinen Gefahr. Und trotzdem lässt sich nach wie vor fragen: Ist diese Offenbarung aufrichtig? Kann man ihr vertrauen? Beweise oder Garantien hat man in diesem Fall bekanntlich keine.

Das Problem der Aufrichtigkeit respektive Unaufrichtigkeit würde ich gerne an späterer Stelle noch einmal aufgreifen …

… ja, aber das ist eben der Punkt, an dem die Frage nach der Glaubwürdigkeit des Verborgenen eröffnet wird!

Halten wir das fest. – Mit der Installation des Verdachts wird eine gewisse Verwandtschaft zum Gedankengut Sartres augenscheinlich: Auch bei Sartre sind Subjektivität und Verdacht Synonyme. So ist in seinem Ansatz die Subjektivität keine Eigenschaft, die ich direkt beobachten könnte. Selbst die Unterscheidung Subjekt/Nicht-Subjekt ist nicht sicher feststellbar. Wo genau verorten Sie die Position Sartres im Rahmen Ihrer neueren Ausführungen?

Sicherlich ist mir dieser Ansatz Sartres sehr nahe, und vieles in meinem Buch steht in der sartreschen Tradition. Ich denke, dass Sartre diese Lücke bei Husserl, von der ich spreche, gut gesehen hat. Seine eigene Phänomenologie, wie er sie in »Das Sein und das Nichts« dargelegt hat, ist ebenfalls ein Versuch gewesen, die husserlsche Phänomenologie in diese Richtung weiterzuentwickeln. Und er hat sich die gleiche Frage gestellt, die ich mir stelle: Wie funktioniert die Unterstellung der Subjektivität? Wie sehen die phänomenologischen Bedingungen dafür aus? Allerdings ist das sartresche Denken anthropologisch zentriert – nur dem Menschen kann nach Sartre unterstellt werden, ein Subjekt zu sein. Ich versuche dagegen, diese Unterstellung von allen üblichen anthropologischen Voraussetzungen zu lösen. Deswegen ziehe ich es in diesem Zusammenhang auch vor, vom Alien statt vom Menschen zu sprechen.

Der Verdacht der Subjektivität, argumentieren Sie, bezieht sich auf alle submedialen Räume: Hinter allem und jedem könnte sich eine Gefahr, ein Subjekt verbergen – hinter einem Computer genauso gut wie hinter einem Automobil.

Genau, so ist es.

Worauf ich eigentlich hinauswill: Neu ist dieser Verdacht nicht. Dass auch Dinge als lebendige, machtvolle Kraftträger und Subjekte gelten, kennen wir aus dem animistischen Denken. Und im Zusammenhang mit Marcel Mauss und dem Begriff des »Mana« sprechen Sie von der »Rekonstruktion des polynesischen Mythos«. Repräsentiert der ontomediale Verdacht so etwas wie eine neomagische Weltsicht?

Magisch ja, aber nicht neomagisch. Ich treffe hier keine neue Entscheidung zugunsten der Magie und gegen die Aufklärung – und auch nicht umgekehrt. Ich möchte nur, wie gesagt, die Bedingungen für eine solche Entscheidung phänomenologisch klären. Mein Ziel ist ein völlig anderes – dem Verdacht philosophische oder phänomenologische Relevanz zu verleihen. So schaue ich mir die Hollywoodfilme an, in denen Autos und Kühlschränke – von den Computern ganz zu schweigen – mit einer gefährlichen Subjektivität ausgestattet sind. Und ich sehe eine Möglichkeit, die von Husserl und vielen anderen vernachlässigt wurde: Man hat in der phänomenologischen Tradition nicht die Möglichkeit bedacht, dass ein Auto Subjektivität erlangen und beginnen kann, die Leute zu überfahren, ohne dass sie etwas dagegen tun können. Deswegen möchte ich diese Möglichkeit, die uns die Massenkultur zeigt, die uns die Mythologie zeigt, in meine phänomenologische Betrachtung einschließen.

Herr Groys, Sie schreiben: »Der Verdacht ist das Medium aller Medien.« Nun sind das Archiv, das Submediale etwas, was nur in und durch die Sprache existiert … Warum wären nicht alle

Fragen des Archivs, inklusive die nach seiner Dauer und seinem Träger, als rein semantische Fragen zu behandeln? Ist das Archiv der Archive allein die Sprache? Auch der Verdacht ist doch zunächst einmal eine Sprachoperation ...

Nicht unbedingt. Eine genuine Entscheidung lässt sich nicht versprachlichen und logisch begründen, denn eine solche Entscheidung ist momentan – die Sprache braucht dagegen Zeit. Wir können sicherlich jede Entscheidung in der Sprache erklären, aber die Erklärung einer Entscheidung ist mit dieser Entscheidung selbst nicht identisch. Und was ist eigentlich die Sprache? Man sagt: Die Sprache ist ein Medium.

Aber woher kommt eigentlich der Begriff Medium? Der Begriff »Medium« – und das wird oft vergessen – kommt aus dem Spiritismus, aus der theosophisch-anthroposophischen Tradition. Das Medium ist ein Mensch, der, wenn er redet, nicht von sich aus und nicht in seinem eigenen Namen spricht, sondern die anderen – meistens die Abwesenden und die Toten – durch sich selbst sprechen lässt. Das Medium schaltet den eigenen Willen und die eigene Sprache aus und lässt einen fremden Geist erscheinen – in der spiritistischen Séance zum Beispiel. Das Medium zeigt sich also gerade dadurch, dass es sich nicht zeigt. Das Medium ist nur dann wirklich zum Medium geworden, wenn es das andere, eine andere *message* durch sich hindurchgehen lässt. Und das ist eine spiritistische Erfahrung. Daher kommt die gesamte Medienproblematik – inklusive der Dekonstruktion, die ebenfalls den radikal Anderen beschwört, aber nicht als Geist. Erst in seinen jüngeren Schriften beginnt Derrida, über den Geist oder das Gespenst zu sprechen. Wir können aber sagen, dass die Medienphilosophie oder Medientheorie im zwanzigsten Jahrhundert ein nicht konsequent verstandener Spiritismus ist. Wir kennen inzwischen viele Autoren, die behaupten, dass nicht die Sprache das Medium für ihre Botschaften ist, sondern dass ihre eigenen Diskurse allein dazu dienen, die Botschaften der Sprache als solcher zu übermitteln. Botschaft und Medium tauschen hier die Plätze. Heidegger positioniert sich als Medium des Sprache, des Seins. Derrida positioniert sich als Medium der Schrift.

Das spiritistische Medium ist aber die Figur des Verdachts par excellence. Das Medium steht notwendigerweise und ständig unter dem Verdacht, die Botschaften der anderen Geister, die durch es sprechen, strategisch zu manipulieren. Wohl bemerkt: Es ist ein anderer, ein gegensätzlicher Verdacht in Bezug auf jenen Verdacht, den die Dekonstruktion formuliert. Der Diskurs der Dekonstruktion verdächtigt den Sprechenden, der in seinem eigenen Namen spricht, ein Medium für den Anderen zu sein. Ich versuche aber einen anderen Verdacht ins Gedächtnis zu rufen: den Verdacht, dass derjenige, der vorgibt, nur ein Medium für das Andere oder für den Anderen zu sein, eigentlich selber spricht – seine eigene Botschaft verkündet, die er für die Botschaft der Sprache oder der Schrift ausgibt.

Ihre Kritik am szientistischen Ansatz ist die, dass die wissenschaftliche Analyse der Medienträger fehlgehen muss, weil diese während der Untersuchung »eben nicht als Medienträger, sondern bloß als Gegenstände dieser Untersuchung fungieren«.

Genau: Im aktivierten Zustand kann der Medienträger konstitutiv nicht untersucht werden. Er kann nur in dem Moment untersucht oder erforscht werden, in dem er seine mediale Funktion nicht mehr erfüllt.

Sie bieten im Verlauf Ihres Buchs einige ungewöhnliche Reflexionen zu McLuhans Medientheorie. Unter anderem heißt es: »Der Kubismus hat dem Bild das Geständnis seiner Materialität durch die Anwendung rigoroser Methoden der Reduktion, Fragmentierung und Collagierung […] abgezwungen.« Und deshalb habe McLuhan in einem postkubistischen Sinne meinen können, dass das Medium die Botschaft ist. Nun ist aber auch ein noch so reduziertes kubistisches Bild noch immer ein Bild – sprich: ein Zeichen – und nicht die reine, zeichenlose Medialität oder, wie es bei Ihnen heißt, »die reine mediale Oberfläche«. Worauf ich hinauswill: Bleibt nicht das saubere Auseinanderdividieren von Medienträger und intendierter Botschaft/Zeichen ein nicht zu erreichendes Ideal? Nehmen wir zum Beispiel Gott: Ist Gott ein Zeichen oder ein Medium? Edmond Jabès schreibt, dass Gott für ihn ein Wort im Wörterbuch ist – also ein Zeichen. Für andere wiederum ist Gott das Medium, auf dem alle Erscheinungen erst sichtbar werden.

Das Verhältnis zwischen Medium und Zeichen ist ein dynamisches – und zwar ein Verhältnis des ständigen Austausches zwischen Zeichen und Medium. Nehmen wir Ihr Beispiel, das Zitat von Jabès: Man kann Gott entweder nur als Zeichen oder nur als Medium sehen. Man muss sich also für das eine oder das andere entscheiden. Aber diese Entscheidungen sind zugleich in einen Prozess des Austauschs zwischen dem Medialen und dem Zeichenhaften einbezogen, und zwar so, dass man zu bestimmten Zeiten und an bestimmten Orten gar nicht umhinkann, Gott als ein Medium zu sehen – während man zu anderen Zeiten nicht umhinkann, Gott nur als ein Wort zu sehen.

Wovon hängt es ab, dass ich Gott entweder als Zeichen oder als Medium verstehe, ohne dass ich mich für eines von beiden entscheiden kann?

Es ist abhängig vom Kontext und der Lage, in der man sich befindet.

Könnten Sie mir Beispiele für Situationen geben, in denen sich Gott mir situativ als Medium aufdrängt oder eben als ein Zechen?

Wenn Nietzsche zum Beispiel sagt, dass Gott tot ist, dann sagt er im Grunde nichts anderes, als dass Gott zum Zeichen geworden ist und aufgehört hat, Medium zu sein. Er stellt das aber als Ereignis dar und nicht als Effekt einer Entscheidung. Nietzsche sagt

– wie ich meine, zu Recht –, dass man in unserer Zeit nicht umhinkann, Gott als Zeichen zu sehen. Das bedeutet: Gott ist für uns ein Symptom für etwas anderes als er selbst. Oder anders gesagt: Gott ist in der Welt – ein Seiender unter vielen anderen Seienden, wenn man die aktuelle Lage des Göttlichen in der Sprache Heideggers charakterisieren will. Und das bedeutet: Gott ist nur ein Zeichen, das Medium ist die Welt. Dagegen ist für einen gläubigen Menschen alles in Gott – und die Welt nur ein Zeichen im Medium des Göttlichen. Ein anderes Beispiel habe ich oben schon angeführt: Mal wird die Sprache als Medium gesehen, das ich benutze, um meine eigenen Botschaften zu übermitteln, mal werden meine eigenen Botschaften als Medium gesehen, die die Botschaft der Sprache übermitteln. Dabei muss aber klar gesehen werden: Weder der Tod Gottes noch die Verwandlung der Sprache in die Botschaft können als historische Ereignisse interpretiert werden – sie sind bloß Ergebnisse persönlicher Entscheidungen. Zu jeder Zeit kann ich mich zu Gott bekennen, zur Botschaft der Sprache oder zu meiner eigenen Botschaft.

Vom Medium Gott zu Hitler: In einem unserer Gespräche sprachen wir bereits über Stalin und Hitler als Künstler. Sie zählen die Figur Hitlers mit ihrem »ausgesprochen alltäglichen, privaten, profanen, müllartigen, unbestimmten Charakter« zur »postdadaistischen Ästhetik der totalen Inszenierung, bei der das Medium selbst auf der Bühne steht und schreit«. Nehmen wir Hitler als eine Art Performance-Künstler, dann ist dieser radikaler, »avantgardistischer« als Stalin, an bleibender Faszination unübertroffen. Wir haben es bislang nicht geschafft, die Figur Hitlers so zu beruhigen, wie wir die Figur Gottes als eines vormals strafenden, rächenden Gottes beruhigt haben, der, insofern er verbraucht und zerredet ist, sich heute nur noch als Zeichen zeigen kann. Imponiert Hitler nicht unverändert im Sinne einer Drohung und einer unverbrauchten Gefahr?

In unserer Zeit ja. Wobei ich nicht sicher bin, dass dies immer so bleibt. Wir sind momentan von der Massenkultur extrem entsetzt – und auch fasziniert. Die Kräfte der Massenkultur scheinen uns medial zu sein, medial in dem Sinne, dass sie eine Gefahr mit sich bringen und bei uns einen intensiven Verdacht erwecken. Hitler ist im Grunde eine Ikone der Massenkultur, die den stärksten Verdacht beschwört, während Leute wie Bill Gates uns als Beglücker der Menschheit erscheinen, die Gutes tun in der Welt – alle diese planenden, fortschrittlich denkenden, zurückhaltenden, netten, asketischen, gut organisierten, gut manipulierenden Gestalten ...

... hinter denen doch etwas Dämonisches lauern könnte ...?

... sie scheinen uns sehr beruhigend zu sein. Und irgendwie – es sind Stalin-Gestalten. Bill Gates ist für mich eine Stalin-Gestalt.

Sie sind unpersönliche Funktionäre und funktionieren in der Funktion von Apparaten.

Sie sind Funktionäre eines globalen Imperialismus, eines Techno-Imperialismus. Stalin ist die Ikone einer solchen imperialistisch-technologischen, planenden, manipulativen Politik. Er ist derjenige, der im zwanzigsten Jahrhundert diese leise, planende Gewalt wie kein anderer verkörpert. Wenn Hitler sozusagen die Gefahr der Rock-Kultur als Lebensweise darstellt, stellt Stalin die Gefahr von Microsoft als Lebensweise dar. Es ist nicht ausgeschlossen, dass vielleicht in der nächsten Generation diese Gefahr sehr viel deutlicher empfunden wird ...

... dass auch Stalin wiederum in eine Zone der Beunruhigung, ...

... der Gefahr und des Verdachts eintritt und zur Ikone des Verdachts wird, während Hitler als Mick-Jagger-Typ gesehen wird – im Grunde als lächerliche Figur – und in eine Perspektive der völligen Gefahrlosigkeit und Irrelevanz einrückt. Das wäre möglich, denn es findet ständig ein Austausch statt: Der Verdacht wandert ständig von einem Zeichen zum anderen – und macht diese Zeichen zu Medien. Mal medialisieren sich einige Zeichen – und dann wiederum verlässt sie das Mana: Das Mana der Gefahr und des Verdachts verlässt sie und überträgt sich auf andere Zeichen.

Das Mana sucht sich einen neuen Wirt, um in der Sprache der Biologie zu sprechen.

So ist es.

Ich möchte an dieser Stelle unseres Gesprächs noch einmal das Problem der Aufrichtigkeit aufgreifen. In Ihrem Buch stellen Sie die Frage: Durch welche Operationen – Bewegungen auf der Zeichenoberfläche – kommt der Effekt der Aufrichtigkeit zustande? Sie nennen zwei Kriterien: die Ausnahme vom Normalfall – und eine gewisse Erniedrigung oder Selbstherabsetzung durch »die Zeichen des Niederen, Armen und Reduzierten«, nach dem Motto: Ich bin ein armes Schwein, ein Verbrecher, ein Gescheiterter etc. Hieße das nicht, dass mit dem Wissen um diese Kriterien jedermann »Aufrichtigkeit« selbst inszenieren könnte?

Ja, selbstverständlich ist dies der Fall, und man praktiziert es ständig. Man glaubt doch, dass die Medien – oder das einzelne Medium – dann aufrichtig sind, wenn sie sich als manipulativ, bösartig, gierig, korrupt zeigen, das heißt, wenn sie den ursprünglichen gegen sie gerichteten Verdacht reflektieren oder sogar überbieten. Mittels einer solchen vermeintlichen Selbstentlarvung, die eigentlich nur eine Reflexion des Verdachts ist, stellen die Medien den Effekt der Aufrichtigkeit her und erlangen damit Glaubwürdigkeit, Vertrauenswürdigkeit.

Anders gefragt: Wenn man die Zeichen der Aufrichtigkeit produziert, wird man automatisch aufrichtig, selbst ohne es zu wollen?

Es gibt keinen Unterschied dazwischen, Zeichen der Aufrichtigkeit zu produzieren oder aufrichtig zu sein, denn das Subjekt als solches ist von Anfang an bloß eine Unterstellung seitens der anderen. Zu diesem Thema gab es zwei oder drei wunderbare Filme, in denen zum Beispiel ein Ganove mit einem Genie oder einem berühmten Helden verwechselt wird. Und plötzlich beginnt er, sich entsprechend zu verhalten, weil er gar keine andere Wahl hat – nicht weil er daran glaubt oder weil er so ist: Er wird zum Gefangenen der Unterstellung. Wenn man ein Zeichen der Aufrichtigkeit erzeugt und andere damit überzeugt hat, wird man zum Gefangenen der Unterstellung, dass man aufrichtig ist – und wird dadurch aufrichtig –, und kann dem Zeichen nicht entgehen.

Man wird zum Sklaven seiner eigenen Produktion von Zeichen …

… der eigenen simulierten Aufrichtigkeit. Man ist dazu verdammt, sich mit dieser erfundenen Aufrichtigkeit in der Tat zu identifizieren.

Das erinnert mich an den Mann, der mit vorgetäuschter, gespielter Pathologie seine Kriegsdienstuntauglichkeit simulieren will, und von dem man sagt, dass er, wenn ihm seine Rolle überzeugend gelingt, auch realiter ein pathologischer Fall sein muss.

Ja, genau. Und vor allem kann er diese seine Rolle niemals mehr aufgeben, weil er sonst bestraft wird. Und irgendwann wird er mit dieser Rolle absolut verschmelzen. Wenn man sich einmal als »aufrichtig« etabliert hat, kann man dem nicht mehr so leicht entgehen – sonst ist man medial erledigt.

Man ist immer, so oder so, erledigt … und kann nicht einfach in die alte Rolle zurückspringen. Man ist ebenjener Dynamik unterworfen, als Gefangener jener Produktion von Zeichen, die man selber inszeniert.

Wenn man zum Beispiel als Politiker einmal glaubwürdig geworden ist, dann ist man dazu verdammt, auch weiterhin glaubwürdig zu bleiben. Deswegen ist es idiotisch zu sagen, die Politiker würden das Image der Glaubwürdigkeit nur künstlich erzeugen. Sicher, das tun sie – aber sie haben wenig Chance, ihrem Image zu entgehen. Wir haben das bei Bill Clinton gesehen: Er hat ein Image der Glaubwürdigkeit erzeugt – und hat dann versucht, dieses Image durch eine Liebesaffäre zu unterwandern. Doch die Öffentlichkeit hat ihn gezwungen, diesem Image zu folgen. Er wurde für seine Glaubwürdigkeit gewählt, und er musste glaubwürdig bleiben, ob er wollte oder nicht …

… glaubwürdig bis zum Ruin. – Herr Groys, der Begriff des »Mana« ist bereits gefallen. In einem für mich überraschenden Brückenschlag bringen Sie den medienontologischen Verdacht mit den Schriften von Marcel Mauss in Verbindung: Erst die symbolische Ökonomie – die streng regulierte Zirkulation der Gaben – erzeugt so etwas wie Individualität, konstruiert das Gesicht, die Person, die Maske. Dennoch, sagen Sie, und betonen das nachdrücklich, haben wir es mit keiner »fließenden Identität«, sondern immer mit einem definierten, zentrierten Subjekt zu tun.

Was ist das Mana? Wir haben schon darüber gesprochen, wie der Verdacht funktioniert. Ich sehe ein Ding, und plötzlich habe ich das Gefühl, dass es nicht bloß ein Ding ist, sondern dass in oder hinter ihm etwas steckt, was gefährlich ist, was mich verfolgen oder vernichten kann. Die Metaphysik ist, wie gesagt, eine paranoidale Haltung ohne Paranoia. Das Mana ist also nur ein anderer Ausdruck für den metaphysischen Verdacht. So wie zum Beispiel in manchen Hollywoodfilmen der Held ein Auto sieht und plötzlich merkt, dass dieses Auto lebt und ihn verfolgt. Und das bedeutet: Dieses Auto scheint ihm nicht alltäglich zu sein – es ist nicht wie jedes andere Auto. Und das bedeutet: Dieses Auto hat Mana. Aber dann überwindet er die Gefahr – und die Welt ist wieder in Ordnung, und die Autos sind wieder alltäglich geworden. Stattdessen revoltieren dann aber die Vögel, die Insekten oder irgendwelche Kühlschränke. Der Verdacht wandert also von einem Ding zum anderen – so wie das Mana, wie es von Mauss beschrieben wurde, von einem Gegenstand zum anderen wandert.

Haben wir es mit einer Hierarchie der Aufmerksamkeiten hinsichtlich der Verdächtigung zu tun?

Die Aufmerksamkeit wird sicherlich in erster Linie auf das gelenkt, was uns gefährlich zu sein scheint. Der Verdacht stellt sich ein und zieht meine Aufmerksamkeit auf den Gegenstand des Verdachts. Der Verdacht führt sozusagen ein Eigenleben. In diesem Sinne folgt unsere Aufmerksamkeit der Bewegung des Mana, der Bewegung des Verdachts.

Das Wandern des Verdachts von Gegenstand zu Gegenstand beschreibt, sagen Sie, die Dynamik des Archivs.

Ich bleibe noch bei Marcel Mauss, der ja seinerzeit zurückhaltend bis ablehnend aufgenommen wurde. Auch in Ihrem Buch kommt der »agonistische« Charakter der Gabe zur Sprache: Jedes Geschenk ist zugleich eine Machtdemonstration, ein Angriff, der mögliche Beginn eines Krieges, der durch ein Gegengeschenk abgewehrt werden muss. Indem Sie die Illusion der Selbstlosigkeit zerstören, den Heroismus des Selbstopfers dekonstruieren, wird man Ihr Buch nicht gerade lieben. Sie zerlegen, tranchieren das Romantische wie der Fleischermeister ein Schwein … Eigentlich will davon doch niemand etwas wissen!

Ich bin mir bewusst, dass meine Position keine populäre ist. Und das Buch »Unter Verdacht«, wie alle meine Bücher übrigens, ist in der Tat beim größeren Publikum nicht besonders erfolgreich. Allerdings hat es einigen Leuten gut gefallen, die professionell in den Medien arbeiten und wissen, wie man Effekte der Gefährlichkeit oder der Aufrichtigkeit erzeugt.

Das Mana wandert – heißt das, Sie selbst müssen dem Mana, dem Verdacht folgen, sind weniger Agent als vielmehr Patient des Verdachts?

Ja, das bin ich ganz bestimmt. Aber trotzdem ist meine Position, wie ich sie im Buch formuliere, keine Position des Verdachts, sondern eine phänomenologische Position in Bezug auf den Verdacht.

Halten wir fest: Es geht um eine wirklich wichtige Differenz: Die Phänomenologie nicht als eine Überwindung der Metaphysik, sondern ...

... als eine Phänomenologie *der* Metaphysik, als Analyse der Metaphysik, als Analyse der Lage der Metaphysik.

Ein solches philosophisches Vorgehen ist sicherlich nicht en vogue!

Nein, überhaupt nicht. Aber mein Wunsch war auch nicht, en vogue zu sein, sondern eine gewisse Position zu beschreiben, eine Analyse vorzunehmen, die meiner Meinung nach in dem, was an philosophischer Literatur vorhanden ist, fehlt. Mauss hat es versucht, Bataille hat es versucht, aber nicht sehr konsequent.

Der Schritt von Mauss zu Bataille – könnten Sie diesen Schritt vom theoretischen Ansatz her erläutern?

Bataille liebt die Kultur – er arbeitet als Bibliothekar –, er liebt die kulturelle Tradition und merkt, dass sie verloren geht. In einem nächsten Schritt stellt er fest, dass es keinen Sinn machen würde und naiv wäre, dagegen anzukämpfen. Stattdessen feiert er den Verlust der Kultur, der ihm erhaben und romantisch zu sein scheint. Aber dann merkt er – und das ist sein großes Verdienst –, dass der Verlust seinerseits ökonomisch funktioniert, denn er sieht eine Analogie zwischen dem Mana bei Mauss und seinem eigenen

Begriff des Verlusts. Im Grunde wandert bei Bataille der Verlust, wie bei Mauss das Mana wandert – und wie »mein« Verdacht wandert. Das Gefühl des Verlusts, zeigt Bataille, haftet an bestimmten Dingen nur eine bestimmte Zeit lang, und dann wandert es weiter und geht auf andere Dinge über. Warum ist das so? Weil es sich, wenn ich »Verlust« oder »Verdacht« sage, um Lagen oder Einstellungen handelt, die fundamental unsichtbar und nicht nachweisbar sind. Es gibt kein objektives Kriterium, um festzustellen, was ein Verlust ist und was – ein Gewinn. Genauso wie es keine objektiven, nachweisbaren Kriterien dafür gibt, dass ein Ding mir verdächtig vorkommt – oder auch nicht.

Nun schreiben Sie, auch mit Blick auf die modernen Kunststrategien, über den Wettbewerb des Verzichts, des Verlusts, der Askese. Bei dieser Art von Wettbewerben geht es Bataille zufolge darum, »an eigenen Reichtümern freiwillig mehr zu opfern, als ohnehin vom Schicksal vernichtet wird«. Es handelt sich um einen Wettbewerb, der die Archive zur Voraussetzung hat und sehr wohl zwischen Gewinn und Verlust unterscheidet.

Ja, aber dieser Wettbewerb basiert auf ebenjener Zweideutigkeit. Wenn zum Beispiel jemand wie der Marquis de Sade einen Roman schreibt: Ist das ein Verlust oder ein Gewinn? Bataille würde sagen, es ist ein Verlust, und das bedeutet für ihn, dass de Sade der Größte ist. Sein Buch hat Mana, weil es einen puren Verlust manifestiert. Es ist aber nicht schwierig – und das war Bataille genauso klar wie jedem anderen Beobachter –, dieses Buch als einen großen Gewinn zu veranschlagen und zu behaupten, das Buch de Sades habe kein Mana, weil es einen Gewinn verkörpert. Es gibt da eine Unsicherheit, die der Unsicherheit darüber entspricht, ob ein Ding Mana hat oder nicht. Und diese Unsicherheit eröffnet erst einen Raum für Wettbewerb und Bekenntnis – weil es im Endeffekt doch darum geht, ob ich bereit bin, mich persönlich zu einem Werk als einem Zeichen des Verlusts zu bekennen oder nicht. Und beim Wettbewerb im Verlust geht es darum, wie viele Menschen welchen Rangs unter welchen Umständen bereit sind, sich dazu zu bekennen oder nicht. Und das kann man weder voraussehen noch erzwingen. Man kann es auch nicht nachweisen.

Verhält es sich damit ähnlich wie mit dem zu Beginn unseres Gesprächs erörterten dynamischen Verhältnis von Zeichen und Medium?

Genau. Und wenn Nietzsche sagt: »Gott ist tot«, dann meint er, dass er um sich herum keine Menschen sieht, die bereit wären, sich zu Gott als äußerster Gefahr zu bekennen. In diesem Sinne ist Gott tot: Er bleibt zwar Gott, aber er hat kein Mana mehr. Aber »in Gott« hat sich nichts geändert. Es ist der gleiche Gott, man kann weiterhin nachweisen, dass er existiert oder nicht existiert. Das Einzige, was sich geändert hat, ist die Haltung der Menschen: Sie bekennen sich nicht mehr, fürchten sich nicht mehr, haben keine Angst mehr vor Gott. Und diese Tatsache kann man nicht dadurch erklären, dass die Menschen etwa durch die Aufklärung dazu gebracht wurden, keine Angst mehr vor Gott zu haben. Das Gegenteil ist der Fall: Die Menschen haben begonnen, Aufklärung zu betreiben, weil sie die Angst vor Gott verloren haben.

Die Gefahr, der Verdacht, das Verlustgefühl wandern von Ding zu Ding – aber nach Gesetzen, die nicht abgeleitet werden können von der Psychologie der Völker, der Entwicklung der Menschheit oder vom kollektiven Unbewussten. Das Mana ist genauso wenig innerhalb der Dinge zu suchen wie in der Psychologie der Individuen oder der Völker – das Mana operiert allein zwischen den Dingen und Seelen. So wäre es ein Fehler, das Mana innerhalb der Psyche zu situieren – wie Freud es seinerzeit versucht hat. Der Wandel des Mana kann einzig und allein, wie Mauss es zu Recht zeigt, von den rhetorischen Verbindungen des Austauschs abgeleitet werden: Wenn ich ein gefährliches Ding austausche gegen ein anderes, dann wird dieses andere Ding seinerseits gefährlich. Tausche ich zum Beispiel Gott gegen den Klassenkampf aus, wie der Marxismus es getan hat, dann wird der Klassenkampf gefährlich, wo vorhin Gott gefährlich war. Wenn aber daraufhin die Sozialdemokratie kommt und ein Bündnis für Arbeit organisiert, ist der Klassenkampf seinerseits nicht mehr gefährlich. Stattdessen wird der flottierende Signifikant gefährlich – oder was auch immer.

So wie ich mit den Zeichen der Aufrichtigkeit spielen kann, könnte ich natürlich auch mit den Zeichen des Verlusts spielen – strategisch umgehen. Eine der gelungensten Strategien wäre es – Sie führen in diesem Zusammenhang paradigmatisch die Figur des Parvenus ein –, die Illusion zu erzeugen, einen Reichtum zu verschwenden, den man überhaupt nicht besitzt. Die Vorstellung, dass man auch mit dem Nicht-Besitz operieren kann, gefällt mir persönlich sehr.

Wenn der Verlust als ein Wert und das heißt als Mana anerkannt wird, dann ist es verdienstvoll, etwas nicht zu haben. Und wenn ich sage, dass ich etwas nicht habe, wer kann mir das Gegenteil nachweisen? Es ist ein Spiel, das genau die Menschen nicht verstehen, die in ein Museum kommen und sagen: Ach, dieser Künstler kann nicht malen. In dem Moment aber, in dem die Unfähigkeit zu malen als ein Wert gilt, ist es egal, ob dieser Wert als Effekt einer fehlenden malerischen Begabung bei einem Künstler entstanden ist oder …

… ob er freiwillig auf sein Genie zu malen verzichtet – wie der Mensch, den E. M. Cioran als »raté« beschreibt, als einen, der sein Talent nicht ausbeutet, der alles bei sich behält und seine Potentiale ruhen lässt und so zum »König des Verlusts« wird.

Ja, genau. Und das ist für mich der Beweis, dass es sich dabei um Mana handelt und nicht um eine individuelle Einstellung. Die Kultur lässt uns nicht zwischen einem willentlich herbeigeführtem Verlust und einem faktischen Verlust unterscheiden. Die Kultur erkennt beide gleichermaßen an.

Und ich besitze für den Verlust kein sicheres Kriterium …

… und keine Verwaltungsmacht über das Mana des Verlustes. Ich kann nicht darüber entscheiden, ob ich verzichte oder ob ich gezwungen bin, zu verzichten. Ich folge dem Mana in beiden Fällen – das ist das Entscheidende. Ich gehe dorthin, wo das Mana ist – und nicht umgekehrt. Ich kann das Mana nicht zwingen, auf ein anderes Objekt überzugehen, sondern ich gehe zu dem Objekt, auf welches das Mana übergegangen ist.

Ich kann das Mana nicht strategisch verwalten, sein Wandern nicht steuern?

Nein, das kann ich nicht. Ich muss dem Mana folgen, ich wandere dorthin …

… als Künstler müsste ich Sensoren entwickeln …

… wo das Mana sich befindet …

… bevor ich die Wanderung des Mana verpasse und vor einem entzauberten, nur noch toten Objekt sitze.

Und die Menschen, die dem Mana folgen, gewinnen am Ende. Wie die Heiligen Drei Könige, die dem Stern folgen. Das alles sind Bilder für das Mana, für den metaphysischen Verdacht. Es ist immer das Gleiche: Wenn man das Mana sieht, wenn man einen Stern sieht und erkennt, dass er sich bewegt, dass er von einem Ort zum anderen zieht – dann soll man ihm folgen, wenn man erfolgreich sein will.

Aber es muss an dieser Stelle noch einmal betont werden: Das Mana übt keinen Zwang aus. Der Einzelne ist jederzeit frei, sich gegen die Bewegung des Mana zu entscheiden. Ich kann mich auch dann zu Gott bekennen, wenn alle anderen an ihn nicht mehr glauben. Ich kann bei einem, wie Sie sagen, toten Objekt sitzen bleiben und sagen: Für alle anderen ist dieses Objekt tot, aber für mich bleibt es bis in alle Ewigkeit lebendig. Man darf ja nicht vergessen, dass Mauss und Bataille beide Soziologen waren – für beide stand die gesellschaftliche Relevanz im Mittelpunkt. Mana ist letztendlich ein soziologischer Begriff. Wenn man aber philosophisch denkt, dann steht für einen nicht die gesellschaftliche Relevanz im Mittelpunkt, sondern die Relevanz für das eigene Denken, für die eigene Entscheidung. Und als Einzelner bin ich keineswegs genötigt oder verpflichtet, dem Mana, dem Zeitgeist, dem gesellschaftlich Relevanten zu folgen. Darin unterscheidet sich die Philosophie radikal von jeder Art Soziologie. Ich folge deswegen vielen Ausführungen von Mauss oder Bataille, aber ich kann den zwingenden Charakter dieser Ausführungen nicht akzeptieren – ich folge diesen Ausführungen allein aus freiem Willen. Der Unterschied mag nicht so groß erscheinen – aber er ist entscheidend, denn er bedeutet, dass ich die Gefolgschaft dem Mana gegenüber jederzeit aufkündigen kann. Es gibt nichts – weder eine Kraft der Geister noch einen Überschuss an Sonnenenergie –, was mich zwingen könnte, dem Mana zu folgen, mit dem Zeitgeist Schritt zu halten und alles, was ich behalten will, restlos auszutauschen. Mehr noch: Ich kann mich gegen etwas entscheiden, gerade weil es für mich Mana hat. Das heißt, ich kann auch gegen mich selbst entscheiden – gegen das, was mich fasziniert, was mich anzieht.

Noch einmal zurück zu Bataille. Bei seinen Forderungen wird ein gewisser Selbstwiderspruch sichtbar: Einerseits will er die Sammlungen, die Archive vernichten, andererseits muss diese Vernichtung, um überhaupt als Vernichtung wahrgenommen zu werden, ihrerseits archiviert werden.

Man muss, damit man den Verlust überhaupt feststellen kann, zunächst einmal angeben, was dabei verloren gegangen ist. Und das kann man nicht tun, ohne über die Archive der Vergangenheit zu verfügen. Was wir Geschichte nennen, ist im Grunde die Geschichte der Bewegung des Mana. Im Grunde ist das die einzig authentische Geschichte. Alle anderen Geschichten sind sinnlose Geschichtsschreibung und für niemanden interessant. Wir sagen: Das Mana war früher hier, und jetzt ist es dort. Die Archive sind also vor allem die Archive der Mana-Wanderung, die uns zeigen, dass das, was einmal faszinierend war, uns jetzt nicht mehr oder wieder einmal fasziniert. Das ist das eigentliche historische Ereignis.

Ich versuche, unser Gespräch abzurunden, einen Bezug zum Anfang herzustellen. – Warum, glauben Sie, wird heute – ich zitiere – »der medienontologische Verdacht ignoriert und die Wahrheit der medialen Oberfläche behauptet«? Sind wir vielleicht allesamt offenbarungsmüde geworden? Oder ist das Leugnen des Verdachts vielleicht der erste Schritt hin beziehungsweise zurück zum Verdacht selbst?

Man denkt oft, dass die Frage nach dem Inneren, nach dem Jenseitigen, nach dem Metaphysischen usw. nur in der Hoffnung gestellt werden kann, eine allgemein gültige, allgemein bindende Antwort darauf zu bekommen. Wenn diese Hoffnung nicht mehr da ist, soll man deswegen auf die metaphysische Fragestellung als eine sinnlose, vergebliche und sogar irreführende verzichten. Nun wird die Metaphysik dabei allein in einer soziologischen Perspektive gesehen. In der Perspektive der Philosophie genügt es, auf die metaphysische Frage eine eigene, individuelle Antwort zu geben – dadurch definiert man seinen eigenen Platz im philosophischen Feld, den man nicht unbedingt mit anderen teilen muss. Eine allgemein gültige oder sogar eine mehrheitsfähige Antwort auf eine metaphysische Frage zu geben ist kontraproduktiv – eine solche Antwort würde die metaphysische Selbstpositionierung erschweren: Der Einzelne kann sich nicht richtig positionieren, wenn sich zu viele zur gleichen Position bekennen.

Haben wir jetzt eine Metaphysik ohne Hoffnung – die Metaphysik ist noch da, aber die Hoffnung ist weg?

Ja – wenn man eine allgemein gültige und allgemein verbindliche metaphysische Position anstrebt. Aber soll man das? Wir hören schon genug allgemein Verbindliches von der Wissenschaft. Die Metaphysik wird erst dann wirklich relevant, wenn sie dem Einzelnen erlaubt, sich jenseits des allgemein Verbindlichen zu positionieren – eben eine Metaposition in Bezug auf die Gesellschaft einzunehmen.

Metaphysik zeigt sich im Wandern des Verdachts oder der Gefahr – oder ist sie das Mana selbst?

Metaphysik funktioniert de facto als Verlagerung des metaphysischen Verdachts von einem Gegenstand auf den anderen. Wir können nicht endgültig atheistisch werden – genauso wie wir nicht ein für alle Mal gläubig werden können. Wir glauben immer an irgendwelche Dinge, die für uns Mana haben, weil sie unseren metaphysischen Verdacht wecken.

In Ihrem Buch schildern Sie zugleich die Geschichte dieses Verdachts, den mit Descartes beginnenden Versuch, den Verdacht zu entkräften, indem man ihn zum erkenntnistheoretischen Zweifel mildert. Vom präkartesianischen Verdacht, welcher Himmel und Hölle und ewige Verdammnis mit einschloss, bleiben nur noch neutrale, wissenschaftliche Erkenntnisse. Der auf diese Weise verwaltete, domestizierte Verdacht heißt jetzt »Zweifel«. Lässt es sich mit dem Zweifel wirklich weniger ängstlich und damit besser, ruhiger leben als mit dem Verdacht?

Wenn man vom Zweifel redet, stellt man sich zwangsläufig in die cartesianische Tradition: Das Subjekt des Zweifels bin ich. Ich bin derjenige, der den Zweifel hat, der den Zweifel verwaltet, der imstande ist, mit dem Zweifeln zu beginnen und aufzuhören. Das Subjekt, auf das sich der Verdacht bezieht, ist hingegen der andere, der dahinter steckt, der sich hinter der Oberfläche der Welt verbirgt. Deswegen kann ich den Verdacht nicht so verwalten, wie ich den Zweifel verwalten kann. Zweifel und Verdacht beziehen sich also auf unterschiedliche Subjekte.

Wenn ich, wie Sie sagen, den Verdacht selbst nicht zu entschärfen in der Lage bin, wenn ich nicht wissen kann, ob eine Person mir Gutes oder Böses will: Wäre es dann nicht in meiner Macht – in der Macht des Subjekts –, mich für eine der Möglichkeiten zu entschließen, sprich meinen Zweifel zu beenden, indem ich dieser Person einfach unterstelle, mir freundlich gesinnt zu sein? Dem Verdacht nicht länger nachzugehen, mich gegen meine Paranoia zu verhalten, ohne dafür ein überzeugendes Kriterium zu besitzen?

Selbstverständlich, nur gründet eine solche Unterstellung des Wohlwollens ihrerseits in der Unterstellung, dass die betreffende Person überhaupt die Absicht haben kann, Gutes oder Böses zu tun – unter Umständen also auch Böses. Diese noch tiefere Unterstellung wird also durch die Entscheidung, dem Anderen Wohlwollen zu unterstellen, nicht entkräftet. Sie kennen bestimmt die Geschichte über einen Mann, der dachte, dass er eine Maus ist und von einer Katze gefressen werden kann. Nach langer Therapie fragt ihn der Arzt: Wissen Sie jetzt, dass Sie keine Maus sind? Der Mann sagt: Ja, ich weiß es jetzt – aber ich habe doch noch eine Frage. Weiß die Katze das auch? Der metaphysische Verdacht bezieht sich eben auf die Katze – und bleibt in diesem Sinne unbeantwortbar und unkurierbar.

Diese metaphysische Realität wird von meiner Entscheidung, dem Verdacht nicht zu folgen, nicht berührt?

Eben. Wenn Sie zum Beispiel plötzlich den Verdacht bekommen, dass Ihr Bett lebt und dass es Sie im Schlaf umbringen will – dann können Sie auch sagen, nein, ich tendiere eher dazu zu glauben, dass mein Bett mich liebt und mich in den Schlaf wiegen wird, anstatt mich zu ersticken. Aber dieser zweite Schritt ist nur möglich als ein zweiter Schritt in Bezug auf einen ersten Schritt: auf den grundsätzlichen Verdacht, dass dieses Bett, wenn es nur wollte, Sie umbringen könnte. Und schon dieser Verdacht allein kann Ihnen eine schlaflose Nacht bereiten. Ist ein solcher Verdacht erst einmal geweckt, kann er nicht dadurch entschärft werden, dass man sagt, dass das Bett überhaupt nichts von einem will, weil es kein Bewusstsein hat. Vielmehr wird man durch eine solche Gleichgültigkeit seitens des Betts schockiert und noch zusätzlich verunsichert.

Mit anderen Worten: Die Realität des Verdachts, das Mana eines Objekts …

… ist primär …

… und meine Reaktionen sind immer nur sekundär …

… sekundär in Bezug auf das Eintreten des Mana, das sich aber in keinem sichtbaren, nachweisbaren Unterschied manifestiert. Das Bett, das mich umbringen will, muss sich äußerlich nicht von einem Bett unterscheiden, das »bloß ein Ding« ist – und deswegen kein Mana besitzt.

Es geht mir im Folgenden um die verschiedenen Möglichkeiten, sich in Bezug auf den Verdacht zu positionieren. Einer der Versuche, den Verdacht immer drohender Gefahr hinter den Zeichen zu beschwichtigen, ist die Überzeugung oder der Wunsch, dass sich hinter den Zeichen nichts verbirgt. – So ähnlich äußerte sich der Lennon-Attentäter Chapman: In einem Fernsehinterview von 1992 sagte er, an Yoko Ono gerichtet: »Versteh bitte, Yoko, ich habe keine wirkliche Person umgebracht. Ich brachte ein Image, ein Musikalbum-Cover um.«

Nun ja, aber wenn Lennon nur ein Image wäre, wie könnte man dann ihn umbringen? An eine solche Möglichkeit kann nur ein Poststrukturalist glauben.

Das wäre die zweite Frage: Warum fühlt sich jemand genötigt, ein Image umzubringen?! War er vielleicht besessen von dem Verdacht, dass sich unter dem Cover, hinter dem Image etwas Böses verbirgt?

Eben, genau.

Mit dem Satz widerspricht er sich eigentlich selber.

Absolut! Was der Attentäter hier meint, ist Folgendes: Hinter dem Image gab es für ihn keinen Menschen, sondern einen Dämon, einen *spiritus* der Massenkultur – und den brachte er um. Sein Verdacht war also ein sehr tiefer Verdacht – ein Verdacht, für den auch der Mensch nur eine äußere Gestalt, das Image eines verborgenen Subjekts ist, das nicht mehr menschlich ist.

Wenn wir den Verdacht nicht sicher entkräften können und er allen meinen Handlungen vorausgeht, kann ich dann ebenso wenig den wahnhaften, paranoiden Ideen, den so genannten Psychosen eine nicht hinterfragbare Realität absprechen?

Nein, das können wir in der Tat nicht. Eine Hexe zum Beispiel hat Mana, und man verbrannte sie in früheren Zeiten aus ebendiesem Grund. Die Behauptung, sie sei eine normale Frau, ist dabei ein zweideutiges Kompliment. Die fehlende Unterstellung des Mana ist doch eine Beleidigung. Wir haben also nur die Wahl zwischen Verdacht und Beleidigung. Ich bin mir ziemlich sicher, dass Lennon beleidigt gewesen wäre, hätte ihm jemand gesagt, er sei bloß ein Mensch.

Eine Frau, der man kein Mana zuspricht, die nicht potenziell gefährlich erscheint …

… wäre damit als Frau schon erledigt.

Ein anderer Versuch, den Verdacht zu bewältigen – und vielleicht die Idee des »unsichtbaren Unterschieds« aufzuheben –, beschreiben die Sätze des konfuzianischen Gelehrten Shibata Kyuo: »Alles, was man im Herzen fühlt, findet im Gesicht seinen Ausdruck. Das beinhalten die Worte: ›Wenn im Innern Wahrhaftigkeit herrscht, tritt sie nach außen in Erscheinung.‹« Hier wird auf eine schlichte, unaufgeregte Weise das Innere mit dem Äußeren gleichgesetzt.

Ja, aber dem liegt eine Voraussetzung zugrunde, die ich zuvor schon kritisiert habe: Dieser Zen-Gelehrte geht davon aus, dass sich hinter der Oberfläche nichts verbirgt, dass der Ausdruck also mit dem identisch ist, was er ausdrückt. Aber jeder Ausdruck kann simuliert werden. Wenn ich den Eindruck habe, dass im Äußeren eines Menschen sich die Wahrhaftigkeit manifestiert, dann kommt mir dieser Mensch möglicherweise gerade deswegen doppelt verdächtig vor. Vielmehr tendiere ich dazu, einem Menschen zu vertrauen, der sich als unmittelbar verlogen zeigt – ich gehe nämlich in diesem Fall davon aus, dass er tatsächlich verlogen ist. Das meine ich, wenn ich sage, dass wir in erster Linie dem vertrauen, was unser Misstrauen zu bestätigen scheint.

Sie sagen: Ich bin vor mir selber ebenfalls eine Zeichenoberfläche …

Ja, so ist es: Ich bin für mich selbst undurchsichtig …

… mein eigenes Innere ist vor mir verborgen. Das Individuum hat somit keinen privilegierten Zugang zu sich selbst. Andererseits können auch unter meiner Oberfläche – vor mir selber verborgen – die Kräfte des sogenannten Wahnsinns, der Selbstzerstörung oder die Macht des Bösen lauern.

In diesem Falle werde ich für mich selbst interessant und erfüllt mit Mana. Aber genauso gut kann ich mich für eine vollkommen uninteressante banale Erscheinung halten und mich für etwas ganz anderes interessieren, zum Beispiel für die Raumfahrt oder für die Genetik oder für die neuen Medien.

Ist Ihr Buch »Unter Verdacht« vielleicht selbst ein Versuch oder eine Strategie, die allgemeine oder auch eigene Paranoia zu kontrollieren, einzugrenzen? Wenn ich den Verdacht nicht ausschalten kann, dann kann ich zumindest mit ihm spielen, ich kann ihn analysieren oder sogar im Rahmen einer philosophischen Abhandlung inszenieren! Ich könnte auch fragen: Warum erscheint Ihnen der submediale Raum heute verdächtig und tat dies früher, zu einem anderen Zeitpunkt, nicht?

Nun ja, ich habe persönlich überhaupt keine Paranoia – mir kommt alles vollkommen banal vor. Aber ich habe bemerkt, dass sich die Menschen in erster Linie für das interessieren, was ihnen verdächtig vorkommt. Auch mein eigener Diskurs beginnt die anderen erst dann wirklich zu interessieren, wenn sie denken, dass dahinter etwas steckt. So werde ich immer wieder gefragt: Denken alle Russen so? Sind Sie typisch für einen Russen? Und ein Russe zu sein bedeutet automatisch, gefährlich zu sein, weil die Russen generell gefährlich zu sein scheinen – mit allen diesen Raketen, Atombomben, der Mafia usw. Davon haben schon viele russische Autoren profitiert – ich übrigens am wenigsten.

Ich habe am Anfang dieses Gesprächs behauptet, dass »Unter Verdacht« ausschließlich aus der Perspektive eines Medienkonsumenten geschrieben ist. Aber wahrscheinlich ist das nicht richtig. Eigentlich ist dieses Buch, wie alles, was ich schreibe, doch aus der Perspektive eines Autors, eines Produzenten geschrieben. Wenn man nämlich ins Archiv kommt, dann beginnt man zu merken, dass diese Tatsache bei anderen weder Interesse noch Respekt hervorruft, sondern allein Verdacht und Misstrauen. Dahinter vermuten die anderen ausschließlich Intrigen, Strategien, geheime Verbindungen usw. Umgekehrt – je mehr man einen Autor verdächtigt, desto mehr scheint dieser Autor, wie man so sagt, angekommen zu sein. So beginnt man zu merken, dass unsere Archive nicht nur von einem Interesse am Neuen, sondern vor allem vom Verdacht getragen werden. Die Stars der Massenkultur merken so etwas sicherlich viel schneller. Der Künstler oder der Philosoph bleibt aber eine längere Zeit naiv, weil er sich in einem Feld ohne Mana bewegt.

Die Philosophie hat kein Mana mehr?

Sie hat jetzt wenig Mana. Nach dem Untergang des Kommunismus macht die Philosophie den Leuten keine richtige Angst mehr. Man hat nicht mehr den Verdacht, dass hinter dem philosophischen Diskurs ein Wille zur Macht verborgen ist, der sich auch real durchsetzen, das Leben effektiv verändern könnte.

Auf einer anderen Ebene ist die Konstruktion des Verdachts in Buchform selber eine ökonomische Operation, mit der Sie oder jemand anders Erfolg haben können – oder aber Misserfolg!

Ja, absolut. Aber der Erfolg bemisst sich in diesem Fall sicherlich nicht nach der Zahl der Leser, nicht nach der Rezeption – so etwas ist für ein solches Buch im Grunde völlig irrelevant. Die Frage ist, ob die Dinge, von denen ich vermute, dass sie Mana haben, auch wirklich Mana haben – das wäre die relevante Frage: Ob ich meinen Diskurs so an diese Dinge anzuschließen vermochte, dass er das Mana sozusagen anzapfen kann … und auf mein Buch übergeht. Das ist aber nicht so einfach abzuschätzen – ich kann diesbezüglich nur vage Vermutungen anstellen.

Wenn ich mir das Leben als eine Reihe verschiedener Ökonomien vorstelle – Ökonomien, die ineinander greifen, sich überlagern oder miteinander konkurrieren –, dann ist die Ökonomie des Verdachts auch nur eine Ökonomie unter vielen, nur eine Zeichen-Operation unter anderen. Strapazieren Sie diesen Verdacht nicht ein wenig, wenn Sie ihn zum Medium aller Medien stilisieren? Sie scheuen sich nicht, Ihre Ökonomie des Verdachts wortwörtlich als allumfassend zu denken!

Nun ist jede Ökonomie letztendlich eine Sache der Glaubwürdigkeit – das ist doch allgemein bekannt. Der ganze Güter- und Geldverkehr funktioniert allein kraft des Vertrauens in die Kapitalflüsse. Deswegen ist die Ökonomie der Glaubwürdigkeit zugleich, wenn man so will, die Fundamentalökonomie. Diese Ökonomie vollzieht sich auf der Ebene der reinen Unterstellung, des reinen Verdachts, das heißt auf der Ebene des Null-Mediums, auf der die gesamte mediale Hierarchie gründet. Wir leben im Kapitalismus, und der Kapitalismus hat jetzt ein großes Mana. Wir können uns aber auch Zeiten vorstellen, in denen der Kapitalismus sein Mana verliert. Der Kapitalismus ist also in eine fundamentalere Ökonomie involviert – der Kapitalismus als solcher, als Ganzes kann unter Umständen ebenfalls ausgetauscht werden.

Lassen Sie es mich mit einem Kunstgriff versuchen: Wenn Sie sich zum Leser, zum Kritiker Ihres eigenen Buchs machen würden, welches wäre Ihr schärfster Einwand gegen eine allumfassende Ökonomie des Verdachts? Wo, an welcher Stelle, würden Sie Ihre Kritik ansetzen?

Oh nein – warum soll ich mich selbst widerlegen und so die Arbeit der anderen tun? Darüber hinaus ist ein grundsätzliches Argument gegen alle Ökonomien gut bekannt: Es wird behauptet, dass dabei die Möglichkeit übersehen wird, dass es einen Punkt, einen Ort gibt, der sich nicht austauschen lässt.

Das wäre der Punkt, der Ort ...

... an dem die Erleuchtung stattfindet. Oder es wäre der Ort des absolut Anderen – das heißt einer unmöglichen Erleuchtung. Auf jeden Fall muss dieser Ort etwas mit der Erleuchtung zu tun haben.

Nun sitzt Buddha zum Beispiel in einer bestimmten Landschaft, unter einem bestimmten Baum – und bekommt eine Erleuchtung. Man kann sich aber fragen: Warum nicht irgendwo anders? Andere wurden unter anderen Umständen, an anderen Orten erleuchtet. Derrida zeigt mal an einem Beispiel, mal an einem anderen, dass uns die Erleuchtung entwischt – und so werden wir erleuchtet durch die Einsicht, dass es keine Erleuchtung gibt. Aber man kann sich auch weitere solche Beispiele vorstellen. So kann man sagen, dass die Erleuchtung von einem Ort zum anderen Ort wandert – dass das Unaustauschbare als solches in eine Ökonomie der Unaustauschbarkeit involviert ist. Das ist dann übrigens die gleiche Ökonomie wie die Ökonomie des Verdachts.

Sie haben vorhin – ich mache einen kleinen Sprung – von der Medientheorie als einer Geisterkunde gesprochen und dabei die Bemerkung gemacht, dass sich hier für Sie eine neues phänomenologisches Forschungsfeld eröffnet. Könnten Sie mit Blick auf die Zukunft ein paar Stichworte nachlegen? In welche Richtung wird Ihre Arbeit gehen, wohin wandert das Mana?

Zunächst einmal habe ich für mich ein Terrain geschaffen, auf dem ich bestimmte theoretische Ansätze, die ich um mich herum beobachte, einer kritischen Betrachtung unterziehen kann. Wenn man zum Beispiel über die Ökonomie des Aufmerksamkeit spricht, dann ist diese für mich ein Teil der Ökonomie des Verdachts – das heißt, sie ist nicht etwas, was man verwalten kann.

Die Aufmerksamkeit ist nur eine Funktion des Verdachts.

Ja, sie ist sekundär in Bezug auf den Verdacht. Deswegen kann man sie nicht verwalten oder steuern, wie man das ab und zu tun zu können glaubt. Aber wie es weitergeht? Das weiß ich eben nicht. Ich verwalte das Mana nicht – ich versuche nur, dem Mana zu folgen. Und sehr oft folge ich dem Mana eben nicht.

Vielleicht am Ende doch noch die Kardinalfrage, die für mich beim Lesen eines der Zentren war, von denen Ihr Buch zusammengehalten wird, und die Sie zum Schluss sehr deutlich beantworten: Gibt es ein Jenseits des symbolischen Tausches? Was ist mit Heideggers »Es gibt Sein. Es gibt Zeit.«?

Es gibt nichts jenseits des symbolischen Tausches – weil es das Jenseits selbst ist, das hier ausgetauscht wird. Deswegen kann man sagen, es gibt dieses Jenseits – und gleichzeitig gibt es dieses Jenseits nicht. Der Verdacht ist das Jenseits. Das einzige, was wir beobachten können, ist die Wanderung dieses Jenseits durch unsere Welt.

Heidegger meinte, dass die Bewegung des Mana vom Sein gelenkt oder geschickt wird – das, was Heidegger als Lichtung bezeichnet hat, ist nichts anderes als das Mana. Das Sein kann allerdings sein eigenes Mana mit der Zeit auch verlieren. Heute ist Heidegger für uns vor allem als jemand interessant, der in einem bestimmten engen Verhältnis zum Nationalsozialismus stand – das macht Heidegger für den heutigen Leser gefährlich, verdächtig, verführerisch. Seine Seinslehre wirkt dagegen ziemlich lau und brav. Viele sind darüber verärgert, dass Heidegger im Kontext des Nationalsozialismus gesehen wird, und sagen: Warum bringt man Heidegger immer wieder in Kontakt mit der nationalsozialistischen Bewegung? Lösen wir ihn lieber davon – er ist doch ein eigenständiger Denker. Das ist zwar richtig. Aber wenn man Heidegger davon löst, dann verliert er sein Mana – er wird unverdächtig, ungefährlich, uninteressant. Genauso hat man mir immer wieder vorgeworfen, die Avantgarde als Vorbote von Stalin zu beschreiben. Aber die Avantgarde ist für uns heute nur interessant als Trägerin eines totalitären Anspruchs und als Ankündigung der totalitären Regime der dreißiger Jahre. Wenn man diesen totalitären Anspruch wegdenkt, dann bleiben von der Avantgarde nur geometrische Figuren oder Farbflecken übrig, die zwar ab und zu recht hübsch aussehen, aber eben rein dekorativ sind.

Haben Sie noch etwas, was Ihnen auf der Seele brennt, was wir nicht geschafft haben zu diskutieren?

Nein, ich denke, wir haben einen Parcours abgeschritten, der die ganze Landschaft mehr oder weniger sichtbar macht. Die Frage stellt sich nur hinsichtlich des Endes – müssen wir wirklich mit Heidegger enden?

Nein, lassen wir das Mana nicht bei Heidegger stehen. – Vielleicht lassen wir das thematische Ende Ihres Buchs mit dem Ende unseres Gesprächs zusammenfallen: Auf den letzten Seiten schreiben Sie, dass die »mediale Zukunft jede Lebenszeit (von Autor und Leser) übersteigt«. Die Botschaft überdauert unter Umständen Bote und Betrachter, Sendung und Empfänger! So weit, so gut – problematisch wird es für mich, wenn Sie behaupten, dass die Zeichen sich auch dann noch zeigen, »wenn sie von keinem lebendigen Betrachter mehr gesehen werden können«. Andererseits schreiben Sie, dass »die Natur als Ganzes nur in dem Falle untergehen kann, dass es einen Gott gibt«. Wen oder was haben Sie im Auge, wer soll hier der letzte Zeuge sein, ob lebendig oder nicht?

Nun ja, wir haben immer wieder über die Archive und über das Gedächtnis gesprochen. Aber an dieser Stelle, die Sie angesprochen haben – vielleicht ist das wirklich ein guter Schluss –, habe ich mir die Frage gestellt: Was passiert, wenn wirklich alles ausgelöscht und vergessen wird? Nehmen wir das Buch, das wir diskutieren: Man kann sich vorstellen, dass irgendwann die Sprache, die Grammatik vergessen wird, in der dieses Buch geschrieben wurde – sodass es sich nicht mehr entziffern lassen wird. Dann wird das Buch zu einem bloßen Ding. Aber auch ein Ding kann zum Gegenstand eines Verdachts werden – und damit wieder zum Zeichen. Es kann eine symbolische Funktion zugesprochen und sogar ein Mana bekommen – und zwar aus einem Grund, den wir uns heute nicht vorstellen können. Und diese Möglichkeit erklärt, denke ich, die eigentliche, innere Dynamik des Schreibens. Die Rezeptionstheorie und die Kontexttheorie, die Kunstsoziologie und die Philosophiesoziologie wie auch die Geschichte der Philosophie gehen davon aus, dass wir die Gründe erraten können, aus denen unsere Bücher gelesen werden. Wir denken, dass wir wissen können, warum ein Buch interessant sein könnte. Sicherlich stelle ich mir, wenn ich ein Buch schreibe, einen Leser vor, und ich will mein Buch für diesen Leser interessant machen, seine Aufmerksamkeit auf das Buch ziehen, sein Interesse gewinnen, ihn überzeugen. Doch irgendwie ist das für mich nicht Grund genug, ein Buch zu schreiben – diese Motivation allein reicht nicht aus. Wenn man die Leute so ansieht, die man im Leben antrifft, so muss man zu dem Schluß kommen, dass die meisten Menschen nicht unbedingt zur aufmerksamen Lektüre neigen. Und man hat sogar das Gefühl, dass die Zahl solcher potenziell aufmerksamer Leser mit der Zeit deutlich abnimmt. Unter diesen Umständen scheint die Perspektive, dass das eigene Buch irgendwann nicht mehr gelesen werden könnte, vielmehr ermutigend als entmutigend zu wirken. Man schreibt also auch für den Fall, dass das eigene Buch vielleicht als Amulett benutzt wird, das gutes Wetter – oder auch schlechtes – Wetter bringt.

Auch die Überzeugung der Avantgarde, für ein Publikum nach dem eigenen Tod zu arbeiten, verwerfen Sie?

Nein, ich verwerfe sie nicht, aber mein Verdacht ist tief genug, um auch die Möglichkeit, dass irgendwelche Bücher später gelesen und beachtet werden, als eine Möglichkeit zu sehen, mit der ich als Autor nicht wirklich rechnen kann. Doch paradoxerweise erschließt sich gerade dadurch die Möglichkeit, dass mein Buch aus einem mir absolut unvorhersehbaren Grund interessant sein könnte – vielleicht gar nicht als Buch, sondern als bloßes Ding. Wenn man einen einsichtigen Grund für sein eigenes Schreiben haben will, dann kann man nur verzweifeln und gar nichts mehr schreiben, denn alle solchen Gründe sind letztendlich unglaubwürdig.

Nur die Überzeugung, dass man nicht alle Gründe, aus denen man schreiben soll, berechnen kann, lässt einen weitermachen. Alles, was strategisch gedacht und geplant wird, ist ein Grund zur Hoffnung – aber gleichzeitig auch zur Enttäuschung und Verzweiflung. Nur die Ahnung einer Chance jenseits aller Strategien bringt uns dazu, überhaupt irgendetwas zu tun. Ansonsten ergibt das Ganze keinen Sinn.

Ich finde, das ist ein schöner Schluss ... In letzter Minute wurde Heidegger das Mana »geklaut« und auf etwas Mysteriöseres verschoben.

Ja, das ist vielleicht ein schöner Schluss, ein schönes Ende.

Editorische Notiz

Was nur auf ein kurzes Interview angelegt war, entwickelte sich kraft seiner Eigendynamik in den folgenden Jahren zu mehreren ausgedehnten Dialogen: Jedes Gespräch forderte mit fast schon logischer Notwendigkeit eine Fortsetzung – um den thematischen Bogen weiter zu spannen, andere, bereits besprochene Aspekte noch zu verdichten und auf das neue Material mit immer neuen Fragen zu antworten …

Das erste der hier vorliegenden Gespräche fand im Oktober 1995 in der Evangelischen Akademie Tutzing statt: Zu später Stunde, über Mitternacht hinaus, entwickelte sich, was von mir als »Krise der Archive« anvisiert worden war, zu einem luziden Kommentar von Kunst und Kulturproduktion. Das zweite, im Mai 1997 in Karlsruhe geführte Gespräch erörterte, ausgehend von der »Erfindung Russlands«, die Riten der Produktion – Strategien zur Herstellung von Subjektivität und Identität. Inwieweit dieses Procedere auf das philosophische Feld zu übertragen ist, war Thema der dritten Begegnung im Juli gleichen Jahres, in der Groys Philosophie als Wettbewerb mit den Toten, als Sorge des Philosophen um das eigene Begräbnis abhandelt. Bei unserer letzten Karlsruher Zusammenkunft, nunmehr schon nach der »Jahrtausendwende«, ging es ihm um eine Phänomenologie der Metaphysik, wie er sie in seinem Essay »Unter Verdacht« vorgeschlagen hatte – eine Art Nachlese, Kommentar, Vertiefung zum Buch. Die Ökonomie der unsichtbaren Unterschiede, der Unterschiede ohne Differenzen als Antwort auf die postmetaphysische Philosophie des zwanzigsten Jahrhunderts, setzt, durchaus passend, den Schlussstein, steht am Ende unserer Exkurse.

Die Transkription versucht, möglichst dicht am Originalton, den groysschen Habitus des Philosophierens, eine spezifische Mischung aus Vigilanz, Askese und Ernüchterung (eine Art von westlichem Zen), einzufangen, ein Denken, das jede Aufgeregtheit und unnötige Anstrengung vermeidet. Der ruhige, sichere Gleichklang seines Sprechens wird nur gelegentlich unterbrochen durch ein nach innen gerichtetes Lachen, eine »implodierende«, aber immer sparsame Heiterkeit – wie der Leser sie hier und da noch heraushören kann und die, als atmosphärische Eigenart, ungeschrieben dazugehört.

Freiburg, im Juni 2001 *Thomas Knoefel*